台灣民俗藝術

③

建構茶藝經典　薪傳生活美學

茶藝發展史

張宏庸◎著

晨星出版

重現民俗藝術之美

中華民俗藝術基金會執行長
林明德

民俗藝術,乃指流傳於各民族與地方特有之傳統藝能與技術,包括:表演藝術、器物製造技能等。它的內涵豐繁,形式多樣,是俗民文化的具體表現。台灣族群多元,潛藏民間的民俗藝術,不僅流露民族意識與情感,也呈現多樣的美感經驗,毋庸置疑的,這是台灣族群的偉大傳統與文化資產。

七〇年代,台灣社會急遽轉型,人民生活與價值觀念產生很大的改變,直接衝擊了俗民文化,更影響了民俗藝術的命脈與生機。加上廟宇文化消褪,低級趣味充斥,大眾對民俗既陌生又鄙視,遑論民俗藝術的存活與價值,馴至民俗藝術的原始意義與美學,在歲月流轉中,逐漸走出人們的記憶。經過一場鄉土文學論戰後,文化主體意識逐漸浮現。一九七九年,一群來自不同領域的文化工作者反思台灣的人文現況,呼籲搶救瀕臨滅絕的文化資產,並成立「中華民俗藝術基金會」,大家共識:「維護民俗藝術,傳承民間藝人的精湛技藝,以提高民俗文化的學術價值,充實精神生活。」為了落實此一理念,於是調查、研究兼顧,保存、傳習並行,為台灣民俗藝術注入活力,也帶來契機。

之後,一些有心人士紛紛投入民俗藝術的維護,幾年之間,基

金會、文物館、博物館、美術館、民俗村、文史工作室，相繼成立，替急驟轉型的台灣社會，留下許多珍貴的人文資源。政府也意識到文化建設的趨勢，自一九八一年起，先後成立文化建設委員會與各縣市立文化中心，以推動「文化即是生活，生活即是文化」的理念。

一九八二年，總統令公布《文化資產保存法》，使文化政策與實施有了根據。

一九八四年，文建會為落實文化教育的推廣和文化觀念的溝通，邀請學者專家撰寫「文化資產叢書」，內容包括古蹟、古物、自然文化景觀、民族藝術、民俗及有關文物。一九九七年，國立傳統藝術中心籌備處為提供大家認識、欣賞傳統藝術的內涵，規劃「傳統藝術叢書」。兩類出版令人耳目為之一新，也締造了階段性的里程碑，其意義自是有目共睹的。不過，限於條件與篇幅，有些專題似乎點到為止，仍有待進一步去充實與發揮。

艾略特（T.S.Eliot,1888～1965）在〈傳統和個人的才能〉中曾說：「傳統並不是一個可以繼承的遺產，假如你想獲得，非下一番苦工不可。最重要的是傳統含有歷史的意識，……這種歷史的意識包含一種認識，即過去不僅僅具有過去性，同時也具有現代性。……這種歷史的意識是對超越時間即永恆的一種意識，也是對時間以及對永恆和時間合而為一的一種意識：這是一個作家所以具有傳統性的理由，同時也是使一個作家敏銳地意識到自己在時代中的地位以及本身所以具有現代性的理由。」（見杜國清譯《艾略特文學評論選集》）艾略特的論述雖然針對文學，但此一文學智慧也適合民俗藝

術的解釋，尤其是「歷史的意識」之觀點，特具識照，引人深思。

我們確信民俗藝術與現代生活不僅可以並存而且可以融匯，在忙碌的生活時空，只要注入些優美的民俗藝術，絕對有助於生命的深化、開展，文化智慧的啓迪，從而提昇生活素質（quality of life）。因爲，民俗藝術屬於「地方精神」，是「一種偉大的存在」。

人不能盲目的生活，蘇格拉底（Socrates,469?～399B.C.）云：「沒有經過反省的生命是不值得活的。」因爲文化的反思，國人在富裕之後對充實精神生活與提昇生活素質有了自覺，重新思索民俗藝術的意義，加上鄉土教材的迫切需求，於是搶救民俗藝術的呼籲，覓尋民俗藝術的路向，一時蔚爲風氣。

基本上，民俗藝術具有歷史、文化與藝術價值等特質，是文化資產的重要環節，也是重塑鄉土情懷再現台灣圖像的依據。更重要的是，民俗藝術蘊涵無限元素，經過承傳、轉化，往往能締造無限的契機，展現無窮的活力。例如：「雲門舞集」吸收太極引導、九轉金丹，創造新舞碼——水月，表現得多采多姿；「台北民族舞蹈團」觀摩藝陣，掌握語言，重編舞碼－廟會，騰傳國際；攝影大師柯錫杰的民俗顯影，民俗藝術永遠給他創作的靈感；至於傳統廟會的許多元素，更是現代藝術的觸媒，啓發了豐碩多樣的作品。

二十多年來，基金會立足臺灣社會，開風氣之先，把握民俗藝術脈搏，累積相當豐饒的資源。爲了因應時代趨勢，我們有系統的釋放各類資源，回饋社會大眾，於是規劃「臺灣民俗藝術」叢書，範疇概括：宗教、傳統建築、傳統表演藝術、民間工藝、飲食與休

閒文化。每類由概論開端，專論接續，自成系統。作者包括學者專家，均爲各領域的菁英；行文深入淺出，理趣兼顧；書型爲二十五開本、彩色，圖文並茂，以呈現視覺美感。

「發掘族群人文、整合民俗藝術」，是我們堅持的目標也是夢想。叢書的推出，毋寧說明了夢想的兌現，更標幟嶄新的里程碑。希望叢書能再現臺灣圖像，引導大家進入多采多姿的民俗世界，領略民俗藝術之美。

【作者序】

我的茶藝歷程

張宏庸

從小酷愛傳統文學，尤其是古典小說。小學五六年級起，不論是石印或洋裝的說部，苦心蒐集，仔細研讀。由於深深服膺　孫逸仙先生至理名言：

> 無論那一件事，只要從頭至尾，徹底做成功，便是大事。

因而以文學研究為職志，考大學自然選擇「乙組」，也就是文學院。當時認為中文可以自己研究或旁聽，於是填志願表時，只選了幾個歷史悠久的外文系。

一九六八年上了大學。上課時唸外文，沈浸於西方文學作品與文學理論之中；休閒時唸中文，涵泳於中國文學作品與孔孟老莊旨趣之中，過著逍遙自在、悠游歲月的日子。直到有一天，細讀了 T. S. Eliot 的傳統觀，改變了我的治學方向：

> 它（傳統）不像財產一樣，可以繼承下來。而且，假如你想得到它，必須痛下一番徹骨的苦功。最重要的是它含攝了歷史的鑑識力。……而歷史的鑑識力含攝一種洞察力。不但洞察了過去的一去不復返，而且洞察眼前的一去不復返。

這對自小接觸傳統文化的我，不啻當頭棒喝。我體認到研究傳統文化的精義，不單在於熟習古典，更在於汲取消化，要能學古、

師古，而不役於古。也就是體認傳統的真義應是「古學而今用」，不該關在象牙塔裡，孤芳自賞、自清自娛。初學外國文學，古學今用談何容易，倒是中國文學，自幼即有根柢，於是打起了唸中文研究所的念頭。

一九七二年，大學畢業，同時順利考上中文研究所，主要治學的範圍還是明清小說。當時的學術研究，對於傳統小說裡反覆出現的品茶、賞花、焚香、奇石、飲酒、飲饌、雅集等生活藝術，並不深入。我認為如果對作者筆下的「實物描寫」，只能虛以臆度的「霧裡觀花」，怎能真正體會？又怎能古學今用？於是舉凡一切生活藝術的描繪，大都自己研究，透過「以意逆志」，達到「尚友古人」，從此一頭栽進了傳統生活藝術的瀚海中。平生深服《道德經》的三寶哲學：

我有三寶，持以保之：一曰慈，二曰儉，三曰不敢為天下先。

我把「不敢為天下先」改為「謙」，加上「和」，「慈儉謙和」就成為我日後處世和治學的指針。有悲憫心，才能利他；有節儉心，才能惜福；有謙敬心，才能受益；有合和心，才能圓融。我更認同陸羽《茶經》的說法：「伊公羹、陸氏茶。」

陸羽研創茶道，自比伊尹「以湯羹治國的理念」，這是以教學與著作「下學而上達」，用茶文化來教人誨人，移風易俗。陸羽的抱負是無私的，是宏偉的，甚或悲壯的。西方傳統裡，霍瑞思〈詩的藝術〉（Horace' Ars Poetica）的文學功能說，結合「甜美」（Dulce）與「實用」（Utile）為一，也就是結合了教導（Instruction）

與娛樂（Pleasure），但是陸羽更上層樓：不但融合「娛樂」與「教導」為一體，並賦予崇高的社會使命——經國大業。再三析讀，深為感佩，當下決定自己的人生規劃：以生活藝術的研究與發展為終生職志。

在廣泛的涉獵中國生活藝術文獻以後，我認為研治中國傳統生活藝術，文獻史料的蒐集，絕不能侷限於中土，更要延伸到域外，才能既觀通衢，又照隙隅。在方法學的應用，得有國際宏觀的視野，並經過圓融觀照之後，才能達到艾略特的「傳統」。在中國傳統藝術與文學中，似乎沒有能和陸羽「伊公羹、陸氏茶」相互呼應的理論。至於分析與詮釋時，也有不少捉襟見肘，無法發揮之處。於是我相中了當時的顯學：比較文學。

一九七五年，唸完中文所，同時順利進了外文研究所（即比較文學博士班），如願以償的開啓了另一扇學術的大門。在百家爭鳴的諸多理論之中，以美國學派雷麥克（Henry H. H. Remak）的基本架構，比較適合我的生活藝術研究：

比較文學是超越國家境界的文學研究。一方面，比較文學是（不同國家之間的）文學相互關係的研究；另一方面，比較文學也是文學與其他領域的學科或信仰等之間的相互關係研究，諸如藝術、……哲學、歷史、社會科學、自然科學、宗教等等。簡而言之：它是一種文學與另一種文學，甚或另數種文學之間的比較研究；它也是文學與其他形式的人類思維模式所表現出來的知識領域之間的比較研究。

這個系統，後來得到了魏斯坦恩（Urich Weistein）的補足與詮釋，理論更加完整實用，輔以艾略特的傳統觀，我建立了自己的生活藝術系統理論。內容包括了四項：一、生活藝術的地域性與語言系統；二、生活藝術本質的一貫性與階級類型的多元化；三、各種生活藝術間的相互關係；四、生活藝術與其他學科之間的相互關係。如此一來，區域生活藝術是第一層圈子，國家生活藝術是第二層圈子，比較生活藝術是第三個圈子，若能匯通這些圈子，古今中外的生活藝術就是一個地球村。

自一九七二年開始研究生活藝術，至今已經三十年了。中國文化札實精確，帶給我基礎的學養；西方文化洞察系統，帶給我廣闊的視野。我把這些觀念，運用在治學與實踐上，都有自認差強人意的結果。我認為在理論上，這是「東西相遇」，但在實踐上，這是「胡分東西」。換個角度來看：佛性豈有南北，自然又何分東西。

三十年來，我研究與推廣生活藝術的收穫，約略有下述八項：

一、成立茶學文學出版社：一九八五年一月一日成立茶學文學出版社。其中《陸羽叢書》六種，是茶學史上第一套以有系統的中國治學方法，完整收錄古今中外陸羽研究的基本文獻。《世界茶學名著譯著叢書》六種，是茶學史上第一套以有系統的西方治學方法，完整架構生活藝術基礎的叢書。內容涵蓋了前述生活藝術理論的四項基本範圍。

二、建立生活藝術理論：完成論文百餘篇，大多集中於茶藝，也有少數論花論香之作。茶藝方面，建立了茶藝美學、茶藝思想、

中國茶節、茶藝類型、戲擬茶學、地方茶學、茶學文獻譯註等等系統，其他生活藝術則以社會類型為主。

　　三、撰著生活藝術史：㈠《華夏之美——茶藝》：是世界第一部中國茶藝史，為當代茶藝要籍。㈡《臺灣傳統茶藝文化》：是世界第一部臺灣茶藝史。㈢《中國秉花簡史》：與內子許淑真合撰，下同，是世界第一部秉花史。㈣《中國佩花史》：2002 年起連載於《花藝家雜誌》，是世界第一部佩花史。其他香藝、雅石等專著，也正在撰寫中。

　　四、學術支援茶藝展：㈠ 與劉漢介、吳國棟諸位先生，以《華夏之美——茶藝》為藍本，舉辦《中國茶文化展》。㈡ 與劉漢介先生等，以《中國茶藝類型》為藍本，舉辦《中國茶禮大觀》，兩次展覽，都對茶文化有震撼性的影響。此外一九九四年，清華大學藝術中心以個人藏書舉辦茶書展，這是當代首次茶書展。

　　五、學術支援茶博物館：臺北縣坪林茶葉博物館的歷史部分，以《華夏之美——茶藝》為骨幹。福建漳浦天福茶博物院的歷史部分，也是以《華夏之美——茶藝》為藍本，個人實際參與規劃。並將戚繼光部將的八十八義士墓區，規劃為武人茶苑，撰寫〈天福武人茶苑緣起〉，立碑為誌。

　　六、建立三友茶苑：一九九九年一月一日成立，專門舉辦融古通今的最正式茶會。與會的客人均為當代生活藝術大老，所使用茗茶、茶器、茶泉、茶術、茶人、茶所、茶食、茶宴都精心策劃，寓義深遠，力求古學今用。並撰著專文及整理完整圖錄，彙為專書，

目前完成《千禧三友茶會》、《玉燭茶會》等兩種。

七、建立能隱雅築：二○○二年三月二十三日成立。規劃與佈置結合中式、西式、和式的生活文化觀，以比較生活藝術的實踐為重心，也就是從國家文化，走向世界文化，以達比較文化。目前，尚未對外開放。

八、學術支援表演藝術：二○○二年，協助漢唐樂府，將「品茶」、「賞花」、「焚香」等三種生活藝術搬上舞臺。並撰著〈韓熙載夜宴圖考〉、〈南唐生活藝術〉等文章。將生活藝術融入表演藝術，這是古今首創，它豐富了表演藝術，也發揚了生活藝術，更開啟了傳統藝術的新境界。

繼《臺灣傳統茶藝文化》之後，《臺灣茶藝發展史》終於出版了。感謝許多朋友的鼎力協助，使本書能有如此的風貌。至於文圖掛漏誤謬之處，敬請海內外方家不吝指正。

謹識於三友茶苑

二○○二年四月二十五日

臺灣茶藝發展史　目次

第一章 茶藝文化的範圍

第一章　茶藝文化的範圍

飲茶藝術至少可以包括兩個層面：一是以茶湯製作爲中心，二是以茶湯品鑑爲中心。

壹　以茶湯製作爲中心

第一個層面涵蓋了茗茶、茶泉、茶器、茶術等四種，沒有它們，茶藝根本不可能存在，這是茶藝的「本體」，宜稱之爲「本體茶藝」，或稱爲「瀹茶藝術」。

一、茗茶

「茗茶」是指製作完成的茶葉或茶餅。茗茶製法代有變革，古今不同，要而言之，鑒藏之美，不離其本, 以色香味爲主。明代張源《茶錄》說：「茶之妙，在乎始造之精，藏之得法，泡之得宜。」又說：「造時精，藏時燥，泡時潔。精燥潔，茶道盡矣。」可見好茶在製造、收藏與沖泡時，是一點都不可馬虎的。

二、茶泉

唐代張又新的《煎茶水記》說：「夫烹茶於所產處，無不佳也。蓋水土之宜。離其處，水功其半。」可見瀹茶的的要素裡，茶泉的重要性並不亞於茗茶。所以明代許次紓在《茶疏》裡說：「精茗蘊香，借水而發。」同時代的張源《茶錄》則說：「茶者水之神，水者茶之體，非眞水莫顯其神，

非精茶曷窺其體。」這些鞭辟入裡的茶泉理論，發微茶泉極致。

三、茶器

明代屠隆《考槃餘事・茶錄》說：「凡瓶要小者，易候湯。又點茶注湯有應。若瓶大嗳存，停久味過，則不佳矣。」這是論茶器大小的理論，接著他討論茶器質材與茶的關係：「所以策功建湯業者，金銀爲優。貧賤不能具，則瓷石有足取焉。瓷瓶不奪茶氣，幽人逸士，品色尤宜。」可見傳統品茶對茶器講求之精。

四、茶術

茶術就是「瀹茶技術」。明代許次紓的《茶疏》說：「水一入銚，便需急煮。候有松聲，即去蓋，以消其老嫩。蟹眼之后，水有微濤，是爲當時。大濤鼎沸，旋至無聲，是爲過時，過則湯老而香散。決不堪用。」這是討論水溫與茗茶的關係，深得烹點綠茶茶術之妙。

以現代茶藝而言，第一個階段的中心是「茶術」，也就是「泡茶的技術」，目的就是「如何泡好一壺茶」。

貳 以茶湯品鑑爲中心

至於第二個層面是以「茶宴」爲中心，涵蓋了茶人、茶所、茶食、茶宴等四項，也就是由什麼樣的人品茶，布置出什麼樣的品茶環境，配搭什麼樣的品茶點心，舉辦出什麼樣式的茶宴，目的就是「如何享受一壺茶」。這四項宜稱之爲「整合茶藝」，或稱爲「品茶藝術」。

一、茶人

品茶貴於獨飲，若與他人飲，也宜氣韻雅致之人。許次紓《茶疏》裡認為品茶佳友為：「夜深共語」、「賓主款狎」、「佳客小姬」等等，均為宜於品茶之時。如果客人不韻，那就是大殺風景了。又，本書所說的茶人是指與茶有關，並且雅好茶藝之人，並非單指「茶師」、「茶宗匠」，這和日本的茶道及煎茶道是不相同的。

二、茶所

茶所就是品茗空間，以許次紓的看法而言，諸如「聽歌拍曲、杜門避事、鼓琴看畫、明窗淨几、洞房阿閣、小橋畫舫、茂林修竹、課花責鳥、荷亭避暑、小院焚香、兒輩齋館、清幽寺觀、名泉怪石、清風明月、紙帳楮巾、竹床石枕、名花琪樹」等，都是宜於品茶的場所。可見中國傳統茶藝裡，對茶所的考究。

三、茶食

茶食就是品茶所用的點心。清代李漁的《閒情偶記》說：「果者酒之敵，茶者酒之敵。嗜酒之人，必不嗜茶與果，此定數也。凡有新客入座，平時未經共飲，不知其酒量深淺者，但以果餅及糖食驗之。取到即食，食似有踴躍之情者，此即茗客，非酒客也。取而不食，及食不數四而有倦色者，此必巨量之客，以酒為命者也。以此法驗嘉賓，百不失一。予係茗客，而非酒人，性似猿猴，以果代食，天下皆知之矣。」可見傳統茶藝裡，雅尚品茶之人，絕大多數都有品茶吃茶食的風尚。

四、茶宴

　　茶宴就是品茶的宴會。唐代顏眞卿聯句的「素瓷傳靜夜，芳氣滿閒軒」就是典型的文人雅集。他的朋友皎然，著名的〈飲茶賦〉：「晦夜不生月，琴軒猶爲開。東牆隱者在，淇上逸僧來。茗愛傳花飲，詩看素卷裁。風流高此會，曉景屢徘徊。」隱者、逸僧與高士的雅集，賞花、聽琴、吟詩、品茶，諸藝結合，眞是美學盛宴。

「茗茶、茶泉、茶器、茶術」等四項「本體茶藝」，以及「茶人、茶所、茶食、茶宴」等四項「整合茶藝」是本書的研究重心。本書以中國茶學理論爲基礎，藉以探討臺灣茶藝的發展，對臺灣茶文化的論述，當有「沿波討源、振葉尋根」的歷史意義，而且立論也較能持之有故，言之成理，表現較大的格局。

第二章　臺灣茗茶發展史

第二章　臺灣茗茶發展史

第一節　緒論

　　研究臺灣茗茶發展時，特別要注意到的一個理念是：必須將茗茶分爲「消費茗茶」與「生產茗茶」兩種類型來討論。換句話說，臺灣茗茶的「產」、「製」、「銷」往往不以本土爲訴求，而以國外銷售爲訴求；同時本土的飲用茗茶往往不是土生土產，而是仰賴進口的。消費茗茶可能是進口的，也可能是本土所產的。相同的，生產茗茶可能是供應外銷的，也有可能是供應本土消費的。也就是說，本土茗茶和茶藝以及飲茶習俗並沒有必然的關係。

　　「消費茗茶」隨著人文開發而演變。中國人自古即有飲茶習俗，所以漢族移民把傳統的飲茶習俗帶進臺灣，臺灣開發到何處，消費茗茶就發展到何處。它主要的路徑是由南往北走，由西往東行，最後隨著臺灣人帶到美國、歐洲、東南亞、大陸等等。

　　「生產茗茶」主要有「野生茶」與「栽培茶」（人工栽培茗茶）兩種。「野生茶」經濟價值不大，影響民生日用有限，所有的古文獻記載都是大同小異，大多只是拿它說明臺灣茶葉的起源。光復以前，誰也沒有好好研究過它，直到光復後，才出現何信鳳・王兩全〈臺灣野生茶樹之蒐集〉等論文，開啓了臺灣野生茶的全面研究。在古文獻裡，各條記載大多只是傳承與抄襲，表面看來沒有什麼創意。

· 台灣茶業地圖（Davidson's.《The Island of Formosa》,1903）

　　至於「栽培茶」，是一種高經濟價值的農作物，所以它深受政治、經濟、文化等的影響。清代的英國人，日治時代的日本人，光復後的國民政府，他們的決策影響了臺灣茗茶的發展。當代臺灣商人又將它帶到了中南半島，例如越南；也隨著兩岸通商帶到了嶺南、江南，以及西南，例如福建、雲南等等。

　　在臺灣，生產茗茶的發展主要是由北往南、由西往東；由低海拔，往高海拔。於是生產茗茶，由北部、桃竹苗區域、中部、南部、東部、海外開發等逐漸發展。至於消費茗茶，是隨著歷史走的，從明鄭、康雍乾、嘉慶、道光、咸豐、同治、光緒（至二十年）、日治、民國（光復以後）等九個時期，逐漸發展成型。

· 三角湧產茶區（Davidson`s.《The Island of Formosa》,1903）

· 茶山採茶（Davidson`s.《The Island of Formosa》,1903）

第二節　明鄭茗茶志

　　現存的古典茶文獻本已不足，明鄭時期的文獻，提及品茶的更少，所以沒有太多的史料，可以佐證明鄭的茗茶文化。然而明鄭的部屬主要來自江南與閩粵，較少江北人士，所以飲茶習俗，大致上還是步武大陸，以江南、嶺南為主。至於岩生成一的〈荷鄭時代臺灣與波斯間之糖茶貿易〉（《臺灣經濟史二集》）或許賢瑤〈荷蘭人在臺灣的茶葉貿易〉（《論茶》）裡提及的荷蘭時期臺灣的茶貿易，是以轉運為主，非關民生日用，本文不論。

　　西元一五九七年（明萬曆二十五年）許次紓的《茶疏》通論當時天下的名茶，他說：

> 江南之茶，唐人首稱陽羨，宋人最重建州。于今貢茶，兩地獨多。陽羨僅有其名，建茶亦非最上。惟有武夷雨前最勝。近日所尚，為長興之羅岕，疑即古人顧渚紫筍也。介於山中謂之岕，羅氏隱日故名羅。然岕故有數處，今惟洞山最佳。……若歙之松蘿，錢塘之龍井，香氣濃郁，並可雁行，與岕頡頏。

· 日光萎凋（Davidson`s.《The Island of Formosa》,1903）

· 室內萎凋（Davidson`s.《The Island of Formosa》,1903）

　　因此，當時著名的茗茶有武夷雨前茶、洞山羅岕茶、錢塘龍井茶、歙縣松蘿茶，再加上自古以來的神秘名茶，蒙山中頂茶，共有五種。茲分別敘述於下：

壹　蒙山中頂茶

　　「揚子江心水，蒙山頂上茶。」自古以來，蒙山茶就是江南茶人的最愛。它被茶人當做不朽的靈草，長生的仙藥。五代毛文錫的《茶譜》記載了有名的蒙山中頂茶，也就是「雷鳴茶」。那是在春雷初發聲時，併手採摘，三日乃止，一兩以本處水煎服，可以袪除宿疾，二兩可以眼前、以後無疾，三兩可以換骨，四兩可以成爲地仙。這種看法，始終深植中國人的印象之中。明末，方以智《通雅》：「蒙茶在蜀，非山東之蒙也。諺云：蒙山頂上茶。乃雅州之蒙山。唐李德裕入蜀，得蒙餅，沃於湯，移時盡化。」可見明朝的蒙山茶，仍以唐代的文化觀爲主，帶著濃厚的神話色彩。

貳 洞山羅岕茶

在明代茶人的心目中，羅岕茶是宇內第一名茶。它像國畫裡的山水，是第一畫科；它像盆景裡的松柏，是第一名木；它也像日本的比叡山茶，是「本茶」，是第一名茶。於是明清之際有熊明遇的《羅岕茶記》、周高起的《洞山岕茶系》、馮可賓的《岕茶箋》、冒襄的《岕茶彙鈔》等四部茶書專論羅岕茶。這在中國茶學史上無出其右，是一項殊榮。許次紆認為，如果岕茶「採之以時，製之盡法，無不佳者。其韻致清遠，滋味甘香，清肺除煩，足稱仙品。」周高起以洞山岕茶的絕品在老廟後，「每年產不廿斤，色淡黃不綠，葉筋淡白而厚。製成，梗絕小。入湯色柔白如玉露，味甘芳，香藏味中，空濛深永，啜之愈出，致在有無之外。」《洞山岕茶系》，這是明茶最高標準。

參 錢塘龍井茶

清沈初云：「龍井新茶以穀雨前為貴，今則於清明前採者入貢為頭綱。頒賜時，人得少許，細僅如芒。瀹之，微有茶香，

· 初焙（Davidson's,《The Island of Formosa》,1903）

· 炒菁（Davidson's,《The Island of Formosa》,1903）

· 覆焙（Davidson's,《The Island of Formosa》,1903）

而未爲辨其味也。」(《西清筆記》)可見上品龍井以雨前爲貴，極爲細嫩。所以高應冕的〈龍井試茶〉：「茶新香更細，鼎小煮尤佳，若不烹松火，疑餐一片霞。」說明了新茶、小鼎、松火，是龍井之最佳烹茶法。龍井自古多贋品，明‧馮夢楨《快雪堂集》引徐茂吳說法：「眞者甘香而不冽，稍冽便爲諸山贋品。」

肆　歙縣松蘿茶

明‧許次紓《茶疏》：「近時製法，旋摘旋焙，香色俱全，尤蘊眞味。」明‧吳從先：「松蘿色如梨花，香如豆蕊，飲如嚼雪，種愈佳則色愈白。即經宿無茶痕，足美也。秋露白片子，更清輕若空。」明人特重松蘿，因爲徽歙本爲人文薈萃之地，清代更是鼎盛。徽墨、歙硯、松蘿茶，始終爲明清文人的最愛。鄭板橋的：「不風不雨正晴和，翠竹亭亭好節柯。最愛晚涼佳客至，一壺新茶泡松蘿。」說明了江南雅士茶風。

伍　武夷雨前茶

所謂「雨前茶」就是穀雨以前採製的茗茶。明‧徐燉《武

‧採茶美女（Davidson`s.《The Island of Formosa》,1903）

‧女工揀枝（Davidson`s.《The Island of Formosa》,1903）

· 大稻埕評茶（Davidson`s,《The Island of Formosa》,1903）

夷茶考》：「武夷山中土氣本宜茶，環九曲之內有數百家，皆以種茶爲業。歲所產數十萬斤，水浮陸轉，鬻之四方，而武夷之名，甲於海內。」可見明代武夷茶之勝景與市場之廣大。武夷自古即爲名茶，且聲譽始終極佳。到了清代，更是中國最著名的茶區。

臺灣古典茶客飲用的茗茶，多以中國傳統茗茶爲主，不論明鄭、有清、日治均同，因此上述中國傳統名茶，即爲臺灣傳統名茶。

第三節　康雍乾茗茶志

臺灣最早有關茗茶的記載，就是野生茶，試把幾條野生茶的文獻加以排比，可以得見早期野生茗茶的發展風尚：

■ 茶經：茶者，南方嘉木，北路無種者。水沙連山中，有一種，味別，能消暑瘴。武夷、松蘿諸品，皆自內地也。（清·周鍾瑄《諸羅縣志》卷十〈物產志〉，康熙五十六年，1722）

· 台北舊試茶房（Ukers`《All About Tea》）

■ 水沙連內山，茶甚夥，味別。色綠如松蘿。山谷深峻，性嚴冷，能卻暑消脹。然路險，又畏生番，故漢人不敢入採，又不諳製茶之法。若挾能製武夷諸品者，購土蕃，採而造之，當香味益上矣。（清·周鍾瑄《諸羅縣志》卷十二〈雜記志·外紀〉）

■ 水沙連茶，在深山中，眾木蔽虧。霧露濛密，晨曦晚照。總不能及。色綠如松蘿。性極寒，療熱症最效。每年，通事於各番議明，入山焙製。（清·黃叔璥〈赤崁筆談·物產〉，《臺海使槎錄》卷三，康熙六十一年，1727）

■ 水沙連內山，產土茶。色綠如松蘿，味甚清洌，能解暑毒，消腹脹。亦佳品。（清·藍鼎元《東征集·紀水沙連》，康熙六十一年）

■ 纔過穀雨覓貓螺，嫩綠旗槍映翠蘿。惜獨未經嫻茗戰。春風辜負採茶歌。（註云：貓螺，內山地名。產茶，性極寒，番不敢飲。）（清·吳廷華《社寮雜詩》之十，出自清·陳桂培《淡水廳志》卷十五，同治十年，1871年）

■ 品茶誰譜水沙連，辟暑亦供石鼎煎。廿四社番阿堵處，追幽鑿險利無邊。（清·陳學聖〈水沙連〉，出自清·周璽《彰化縣志》卷十二，道光十年，1829 年）

■ 朝經水沙連，暮宿大坪頂。峨峨高半天，嶺上疊諸嶺。居民扳木末。雲際摘仙茗。（清·陳肇興《陶村詩稿·大坪頂》，咸豐九年，1860 年）

■ 舊志稱，水沙連之茶，色如松蘿，能辟瘴卻暑。至今五城之茶，市尚售之，而以凍頂為佳，唯所出未多。（連橫《臺灣通史·農業志》，日·大正十年，1921 年）

　　由於臺灣地屬亞熱帶，南部地區相當炎熱，來臺人士所居的台南，更是酷暑難當。清初，臺灣尚未開發，瘴氣很重，而政府官員必須到處巡查，自然對於具有辟瘴醫療效果的藥材更加注意。因此，辟暑療瘴的水沙連茶，恐怕是大多數來臺的大陸要員最渴望的靈丹仙藥。所以在前三條資料裡，表面看來是大同小異，但是第一條只強調有一種味別，能消暑瘴。第二條則強調水沙連茶的問題有

· 苦力以手推車運茶（Ukers`《All About Tea》）

· 鐵路裝載茶運基隆（Ukers`《All About Tea》）

三：一是路險。二是漢人畏番不敢採，三是不諳製茶法。作者提出了解決方法：「購土番，採而造之。」如果向土番買生葉茶，那麼茶還是土番採的，路險和畏番都不成問題了；如果由漢人採而造之，就可解決製茶技術問題，那就兩全其美了。這個問題顯然很快的圓滿解決了。在第三條資料說「每年，通事於各番議明，入山焙製。」透過翻譯官員，漢人和各番社定下合同，入山焙茶，旋採旋製，不會耽誤生葉的時效。在短短的五、六年間，從發現茶葉，提出改良製法，到解決所有問題，流程相當緊湊而辦事效率奇高，恐怕有相當高層要員的介入，也就是「珍茗妙藥，權安所據」。這正可解釋爲什麼前三條資料裡都沒有提及水沙連茶的市場。到了後來，臺灣開發得非常迅速，來臺人士漸能適應，暑瘴問題也逐漸解決，水沙連茶不再奇貨可居，逐漸釋出市場，第五條正說明那種情況。

所謂「水沙連」，是指「水」和「沙連」。「水」是指日月潭，它是「水沙連番地」的中心，由於是「水裡社」番人的居所，所以稱爲「水裡潭」或稱「水裡湖」，至於日月潭之名，是因爲它

· 台北包裝茶（Ukers`《All About Tea》）

· 大稻埕茶行（Ukers`《All About Tea》）

的「日潭」與「月潭」相連，所以稱為日月潭。此外原本居住在彰化地區山邊的平埔番阿克村族，稱該地方的內山生番為 SARIAN，漢字音譯為「沙連」。於是結合了「水」的地理特質，以及「沙連」族，合稱為「水沙連」。廣義是指沙連堡、五城堡以及埔里社堡；狹義是指五城堡、埔里社堡。

　　總之，臺灣野生茶主要產地在臺灣中部的山區，以水沙連為中心，是原住民的特殊經濟產品。水沙連茶秉性嚴寒，具有卻暑療瘴的藥效和功能，深為水土不服的大陸來臺人士喜好。可惜製作方法不合漢人需求，所以漢人設法透過通事，和各社的原住民達成約定，由原住民採摘生葉，漢人入山焙製茗茶，帶茶下山。早先的水沙連茶大概都由相關要員取得，到了後來，臺灣開發較多，才逐漸在市場上出現。而這種野生茶，和臺灣後來發展的生產茗茶，沒有任何關係。

· 試茶房（Ukers`《All About Tea》）

第四節　嘉慶茗茶志

在研究臺灣茗茶源流史時，有六個人物要特別注意：一、連橫，二、克雷波斯（Klaproth），三、林占梅，四、史溫豪（Robert Swinhoe），五、杜德（John Dodd），六、井上房邦。這六個人的史料，架構出臺灣生產茗茶發展史。連橫提出臺灣茶的起源，克雷波斯提出臺灣茶最早的出口記載，林占梅見證了臺灣北部茶區的鼎盛，史溫豪發現了臺灣茗茶的外銷契機，杜德把這契機付諸行動，井上房邦建立了包種茶史。這些人物，分別詮釋了嘉慶、道光、咸豐、同治、光緒、日治時代的臺灣茗茶文化。

在臺灣茗茶起源史上，連橫、柯朝等人，都是大家耳熟能詳的。一般認為臺灣的生產茗茶源於嘉慶時期的柯朝，但是柯朝的記載始於連橫的《臺灣通史》，去嘉慶年間已逾百年，而且是條孤證，後代求證不易，使臺灣的茗茶起源，顯得撲朔迷離。

連橫的《臺灣通史》，一九一八年八月一日在劍花室寫了自

序，一九二〇年十一月五日上冊發行，十二月二十七日中冊發行，一九二一年四月二十八日下冊發行。在下冊的〈農業志〉提到臺灣茶葉的起源，他說：

> 臺北產茶約近百年。嘉慶時，有柯朝者，歸自福建，始以武夷之茶，植於鰈魚坑，發育甚佳。既以茶子二斗播之，收成亦豐，遂相傳植。

在詮釋這段文字時，要注意到幾件事：

一、這條史料的出處始終不明，文獻不足徵，很可能是耆老所言，沒有文字記錄，連橫並未說明來源，即據以收錄。

二、這條史料上距嘉慶時期已有一百多年時間，這段時間內也沒有其他文獻可以輔助連橫論點。目前所有討論臺灣茶葉起源的史料，只有伊能嘉矩的《臺灣文化志》裡引用了他的論點。

三、「近」百年表示「不足」、「接近」百年，但是〈農業志〉在《臺灣通史》下冊，是書成於一九二一年，百年前是道光元年，嘉慶時期已「逾」百年，而非「近」百年。

· 新竹山坡茶園（Ukers`《All About Tea》）

四、鰶魚坑是以地方特色命名的，這類地名在臺灣往往並非獨一無二，例如九芎林、林投厝、三塊厝等，這類地名相當普遍，如果自然生態產生變化，很有可能舊地名會消失。因此就算連橫所言屬實，當代學者在討論嘉慶時期的鰶魚坑是在今日的瑞芳或文山時，不可以以今律古，硬扣現代地名，要連帶周遭的生態環境與歷史發展一起考量。

五、「鰶魚坑」地名，在現存古籍裡，應以道光年間 (1821～1850) 鄭用錫《淡水廳志稿》最早著錄：

　　五堵渡：在廳治北，離城一百六十里。六堵渡：在廳治北，離城一百六十三里。馬陵坑渡：在廳治北，離城一百六十三里。八堵渡：在廳治北，離城一百七十三里，往大雞籠要路。四腳亭渡：在廳治北，離城一百九十三里。鰶魚坑渡：在廳治北，離城一百九十八里。苧仔潭渡：在廳治北，離城二百零八里。以上七渡，俱峰仔峙上流。（橋渡）

　　廳城北石碇保（筆者案，保當為堡）：……五堵莊，

· 壓條法（Ukers`《All About Tea》）

· 牛犁茶園（Ukers`《All About Tea》）

離城一百四十五里。六堵莊，離城一百四十七里。七堵
莊，離城一百五十里。暖暖莊，離城一百六十里。石碇內
莊，離城一百六十三里。四腳亭莊，離城一百一十六里。
（筆者案，當為一百六十六里），枋仔瀨莊，離城一百七十
里，鰍魚坑莊，離城一百七十里。（街里）

「廳治」是淡水廳官署所在地，指竹塹城，也就是現在的新竹
市。《淡水廳志稿》記載的順序，是由現在的臺北往基隆方向的渡
橋和街里，「鰍魚坑渡」和「鰍魚坑莊」，應在現在臺北縣瑞芳
鎮的上天里與鰍魚里附近。如果連橫所說屬實，「鰍魚坑」，就
在「鰍魚坑渡」與「鰍魚坑莊」這一帶的山區丘陵，那麼臺灣生
產茗茶的起源處，應是臺北縣瑞芳鎮。

基於這五項理由，使用本條資料詮釋臺灣茗茶起源時，可得
格外小心。但是，臺灣茗茶起源於嘉慶時期的淡水地區應該毫無疑
義，因為在道光時期，臺灣已有茶葉出口了，可知當時茗茶發展相
當成熟。由於道光時期臺灣茗茶業已鼎盛，淡水街、觀音山等處遍
植茶樹，故臺灣栽培茗茶的起源，不可能晚於嘉慶。

· 手工揀茶（Ukers`《All About Tea》）

第五節　道光茗茶志

　　以撰作時間而言，中文文獻裡提及臺灣北部產茶的史料，最早的是林占梅的茶詩，其次就是《淡水廳志》了。同治十年（1871年）所刊行的清‧陳桂培《淡水廳志》卷四〈賦役志‧茶釐〉：

> 淡北石碇拳山二堡，居民多以植茶爲業。道光年間，各商運茶，往福州售賣。每茶一擔，收入口稅銀二圓，方准投行售賣。

　　這條史料有兩個重點：第一是提及臺灣北部產茶的地區，第二是提及臺灣北部茶的銷售。

　　關於第一點，這裡所提及的僅有石碇、拳山二堡，「拳山」即文山，這都是臺北主要茶區，這種看法可能不夠周延，得和下一條林占梅的史料相互勘定。

　　第二點是道光時期的茶葉出口至福州之問題，這是目前第一條臺灣茶葉出口史料。但清宣宗道光在位共有三十年（1827～1850年），故無法確知何年出口。這也一樣得和下一條史料比勘，才能得到比較清楚的觀念。

‧萎凋攪拌機（Ukers`《All About Tea》）

‧再火室（Ukers`《All About Tea》）

· 茶工場内部（Ukers`《All About Tea》）

· 乾燥機（Ukers`《All About Tea》）

接著出現的重要史料是洋人克雷波斯的史料，在戴衛森（Davidson）的 The Island of Formosa─Past and Present《福爾摩沙島──過去與未來》一書的 The Formosan Tea Industry（〈臺灣茶業〉）一章裡，提及克雷波斯對臺灣茶葉的看法：

> 茶是綠色的，而非黑色的。大量的出口到中國，在那裡被當爲藥用。一般而言，中國人很少喝綠茶。（克雷波斯·第三二七頁。見《亞細亞關係事物回憶錄》，巴黎，1827 年）

本書結集於一八二四年，也就是道光四年，這時離開嘉慶時期才四年，爲道光初年，如果和《淡水廳志》合勘，更可恰當解釋嘉慶、道光時臺灣茶葉輸出福建的情況。

至於茶葉製法，還是綠茶，所以色綠，而非「色黑」的紅茶，和閩粵的飲茶法有異。作者說中國人很少喝綠茶，所指的中國人就是閩粵人。此外，由於茶性寒，所以當地人作藥用，這和水沙連茶相似。至於出口的地點，應指閩南要港，諸如廈門與福州。

· 茶工場外部（Ukers`《All About Tea》）

第六節　咸豐茗茶志

接著值得一提的是林占梅。他不但是臺灣最重要的詩人，也是臺灣最重要的茶人，林占梅的早期作品中，有兩首茶詩敘述當時臺灣北部植茶的狀況：

平隴多栽稻，高原半種茶。溪灣沙岸仄，徑曲竹籬斜。老屋棲深樹，間門掩落花。地幽人境隔，耕讀足生涯。（〈過內湖莊〉）

墟落深藏亂樹遮，懸崖絕壑勢嵯峨。候人童稚蓬門立，款客盤飧野菜賒。牛角觸牆成八字，馬蹄去路辨三叉。儼然身到崇安道，山北山南遍植茶。（〈過南港茶嚴〉）

南港在這時期屬於大加臘堡，南港莊距離位於竹塹的淡水廳署一百三十里左右。內湖屬拳山堡，內湖莊距廳署一百二十八里。中間還有石碇堡，石碇莊距離廳署一百六十三里。由此看來，當時茶山已經連成一片了。至於「平隴多栽稻，高原半種茶。」很清楚的表現出，在當時臺北盆地的農作景觀的開發，已經相當完整：「種地摘山」。

· 著名茶商（Ukers`《All About Tea》）

　　林占梅的這兩首詩作於清咸豐三年，即西元一八五三年，正
補足了咸豐時期的生產茗茶史料。

第七節　同治茗茶

　　同治時期，是臺灣茶業史上最重要的一個時期。主要有三
項：一、「烏龍茶」的出現，二、洋人的開發臺灣茶業，三、清政
府抽茶稅。

壹　「烏龍茶」的出現

　　在咸豐以前，臺灣的茶名不定，大都是以產地而言，例如水

沙連茶，也沒有人特別注意茶的命名，但是到了一八六六年，由於出口的關係，在海關報告中，已使用「烏龍茶」報關。此後十五年間，烏龍茶幾乎是臺灣茗茶的同位語。臺灣烏龍茶的外銷成長迅速。依據林滿紅的統計如下：

> 一八六〇年至一八九五年，茶、糖、樟腦之出口量均接近其產量。其成長率以茶最大。一八六五年以前臺灣雖有少量粗製茶出口，但本島用茶亦有賴進口。一八六六年海關始有全年之茶出口數字。若以一八六五年（疑當爲一八六六年）爲基期，一八七一年烏龍茶出口量爲一八六六年之十倍；一八七五年增爲三十倍；一八七七年增爲五十倍，一八九二年竟達一八六六年之一〇〇倍。其成長率在一八七六年以前，除一八七三年以外，均在三十％至九十五％之間，一八七七年以後稍減，且波動較大，除一八九五年以外，成長率大抵在八％至二十四％之間。（《茶糖樟腦業與晚清臺灣》頁19）

依海關報告的淡水部分看來，一八六六年（同治五年），烏龍茶出口一三五九五七擔，五年後（1871），烏龍茶出口一四八六〇八擔，成長十倍，到了同治最後一年（即同治十三年，1874），烏龍茶出口二四六一〇〇〇擔，成長了二十倍，次年更達三十倍。這種茶業貿易的快速成長，真是令人歎爲觀止。

貳 洋人開發臺灣茗茶

在同治時期，臺灣茗茶發展史上最重要的資料是史溫豪的史料，他是一個英國領事。戴衛森說：

> 羅伯特・史溫豪可稱爲臺灣茶業的發現者。而約翰・

杜德則可稱爲臺灣茶業的促成者。在西元一八六一年（清‧咸豐十一年），在後一個大人物（指杜德）到達的前幾年，史溫豪領事寫了一份報告給英國政府，說明臺灣茗茶已經大量輸出大陸，到了中國茶商的手裡。因此，他寄送了臺灣各種不同茗茶的樣本給一些茶葉檢驗人員。而這些人員完成的報告說：「這種茶嚐起來相當的好，但是也有負面的評價，一般認爲是由於茶葉在預備與包裝的過程中太過草率所致。」他接著說：「種茶的山巒，距離港口並不太遠。對於一個具有蓬勃朝氣而且能掌握商機的投資者而言，他們應該親自前來產地考察產物成長、製造的情況，以便安排相關事宜。」

所謂「離港口並不太遠」應指八里坌的觀音山與現在淡水街的沿岸山丘，茶先由臺灣運至福建，再由福建商人轉手，輸出英國，這種間接貿易的成本，當然比由臺灣直接輸出英國要高得多了，而英國又以茶爲通國之飲，因此難怪史溫豪領事如此戮力從公，以求臺灣茶直銷英國。史溫豪的發現開啓了臺灣茶葉百餘年的外銷商機，而杜德則把這種商機付諸實行。

參、政府抽茶釐

至於那時候，臺灣與省城福建的貿易情況是如何的呢？依據《淡水廳志》的記載：

> 迨同治元年，滬尾開港，通商茶葉，遂無庸運往省城。省中既無入口稅釐銀可抽，臺地亦無落地釐銀可抽。而茶葉出產，遞年愈廣。同治十年。臺道黎兆棠札飭委員候補府胡斌，會同淡水同知，試辦抽釐，每擔酌收釐銀一圓。有奸棍章華封、金茂芳等，聚眾希圖抗抽。適臺道黎

兆棠卸事,酌量減收。臺灣徵收茶釐始此。

這條史料說明了:由於淡水開港通商,茶可直接輸出,不必仰仗福建。這樣一來,臺灣無「落地釐銀」茶稅可抽了,於是九年未納稅收。因此臺道想出一個法子,抽原來的一半,每擔抽一圓,但是由於多年未稅,茶商既得利益,所以抗稅,政府沒法,稅還是照抽,但稅額「酌量減收」,這樣一來,彈性就大了。

肆　杜德的成就

同治時期,臺灣茶葉發展史上最重要的茶人是杜德。也就是連橫所說的「德克」,在連橫的《臺灣通史・農業志》裡,對杜德的描寫是這樣的:

> 迨同治元年,滬尾開港,外商漸至。時英人德克來設德記洋行,販運阿片樟腦,深知茶業有利。四年,乃自安溪配至茶種,勸農分植,而貸其費,收成之時,悉為採買,運售海外。

在戴衛森書上的介紹是:

> 在西元一八六五年以前,約翰杜德已是赫赫有名了。他調察研究淡水的茶農,看看是否有和他們貿易的可能。次年向廈門地區的安溪購買了一些扦插茶苗。並且提供貸款給茶農,以協助他們增加產量。有一個名叫做柯新的人從廈門來臺,他擁有德記洋行的很多股權。他裝運了一些茶回廈門,而杜德則裝了好幾船到澳門,並且賣得很好的價錢。由於前景看好,他開始在艋舺從事茶葉精製。在西元一八六七年以前,未經精製的茶葉用箱子裝著,送到廈門精製。但是一八六八年以後,由於從廈門、福州帶來資

· 杜德與布魯斯（Ukers'《All About Tea》）

深技精的製茶工人，所有出口的茶葉都可直接準備好了，用船裝置運送到外國。福爾摩沙茶現在已經通過美國人的檢驗。一八六九年試著裝載二一三一擔的茶葉，以兩艘汽船，直接運往紐約。值得注意的，這是第一次，直至目前爲止也是最後一次（也就是空前絕後）直接由臺灣運至美國。從一八六七年的二○三○擔，到了一八七○年增加到一○五四○擔。價錢也從平常的十五美圓一擔，增加到三十美圓一擔。這一年，羅勃特·布魯斯來到了淡水，並且建立了德記公司以供福爾摩沙茶出口。廈門、福州的商人，起初並未看好淡水爲競爭對手，但是最後不得不承認臺灣急速增加的貿易。在一八七二年秋天，在福爾摩沙北部，依序設立了寶順洋行、德記洋行、愛爾斯洋行、水陸洋行、以及和記洋行。

綜合連橫及戴衛森的論點，杜德對臺灣茶業的貢獻主要有：

一、移進茶苗：由於杜德有官方及財團支持，辦事容易，因此得以由安溪進口茶苗，試種栽植。臺灣茶樹種類繁多，實始於此時。

二、**提供貸款**：以雄厚財力，支持茶農，安頓生計，使無後顧之憂，生產茗茶。

三、**技術指導**：徵集精技茶師入臺，教導茶農。

四、**收購茗茶**：使茶農生活有保障，不必擔心銷路。

五、**設精製廠**：在艋舺設精製廠，不必再運往廈門，可以獨立在臺運銷。

六、**外銷茗茶**：把茗茶直接銷到歐洲。

杜德的成就可算是空前絕後，他的企業隻手擎天，打下臺灣茶業的一片生機，創造了臺灣茶業一百五十年的基石，實在是實至名歸的「臺灣茶業之父」。至於近人有稱李春生爲「臺灣茶業之父」，或稱吳振鐸爲「臺灣茶葉之父」者，均時空錯亂，欠缺史觀，不錄。

第八節　光緒茗茶志

光緒時期最重要的茶事有四：一是政府推廣種茶；二是包種茶的興起；三是重要華人茶商的出現；四是臺灣茶商團體的形成。第一是政府介入協助茶業發展，第二是當時茶葉滯銷，在窮則變之下，新開發茶葉類型（下節專論）。第三是重要中國茶人的出現，不再讓洋人一味獨沽，展現華人在茶市場的地位提高。第四種是民間茶業團體的凝聚力量，對約束茶商有著相當作用。這種臺灣茶業開發的基本模式，經歷光緒、日治時期、民國時期，一直是臺灣茶業發展的重要模式。

· 台茶廣告（Ukers`《All About Tea》）

壹 政府推行茶政

由於同治時期開港，台茶的外銷成績斐然，政府的決策是在臺灣推廣種茶，光緒四年（1878），曾諭督府，轉飭臺灣府：

> 民間樹藝之事，在五穀之外，惟桑茶實爲自然之利。
> 果能廣爲勸諭，種植得宜，亦足以厚民生，俾資日用。

因此當時臺灣的地方官很努力執行這個政策。推行種茶政策的官吏，早期以夏獻綸、周有基爲代表，後期以劉銘傳、林朝棟等爲代表。

一、夏獻綸（1837~1879）

由於台灣北部之茶日漸興盛，獲利良多，於是由政府出面，輔導全台臺灣倡導種茶，光緒二年（1876）臺灣兵備道夏獻綸，欲以茶爲全臺重要農作物，於是在淡水及福建的崇安福寧等地，購買大批優良茶種子，札飭臺灣府，在其「管」下各地試行種植。他的飭文如下：

· 室內萎凋（Ukers，《All About Tea》）

台南宜于種茶，已將情形稟明撫憲。現擬于淡水購茶子十萬，崇安福寧各購茶子十萬，均交南路試種。所有福寧崇安兩處茶子，應請貴局，轉飭該兩處釐局委員，迅速選購，送由尊處，交輪船寄臺。（光緒二年札）

臺灣府奉札後，在臺灣府城外的永康上中下里，試行種茶，無奈該地風土不宜，結果所生產的茗茶，品質低劣，價格不保，所以中絕。

二、周有基（ca.1875）

光緒元年（1875），周有基任恆春縣令，也從事植茶。《恆春縣志》卷九〈物產·茶之屬〉：

羅佛山茶：距縣城東北三十里，其地崇山峻嶺。知縣周有基購茶苗，教民種植，並建茅屋三四間，以爲憩息之所。今廢。其茶味甚清，色紅。十餘年來，未能推而廣之，每年所產，不過數十斤。

港口茶：距縣東二十里，地臨海。產茶亦不多，色香

·世界最老的茶樹王：在雲南思茅哀牢山，樹高 25.6 公尺，樹齡 2,700，現由李瑞河認養。（蔡榮章提供）

味三者，與羅佛茶相似。

　　周有基在屏東地區推行種茶政策，在職僅有八個月多，後繼縣官未能持續推行，使推行種茶的美事虎頭蛇尾，甚爲可惜。所幸目前恆春還存留著港口茶，以爲歷史的見證。

　　這幾件政府推行的種茶政策，當初都沒有完整規劃，接任官也都沒有繼續經營，以至於後來都是政息茶消，實在令人感慨不已。

三、劉銘傳（1838～1896）

　　清光緒十年（1884），法軍侵臺，清廷命劉銘傳爲督辦臺灣事務大臣，並授福建巡撫。光緒十三年，臺灣建省，劉銘傳爲臺灣巡撫，且兼理學政。他對臺灣開發上的貢獻是繼鄭成功、陳永華之後最重要的人物，連橫在《臺灣通史》的〈劉銘傳〉傳贊云：

　　　臺灣三百年間，吏才不少，而能立長治之策者，厥維兩人，曰陳參軍永華，曰劉巡撫銘傳。是皆有大勳勞於國家者也。永華以王佐之才，當艱

危之局，其行事若諸葛武侯；而銘傳則管商之流亞也，顧
不獲成其志，中道以去，此則臺人之不幸。然溯其功業，
足與臺灣不朽矣。

劉銘傳的開山撫蕃、丈清地冊、興殖產業、修築鐵路等，都和
臺灣的茶業發展息息相關。

(一) 開山撫番：沈葆楨在臺時，曾辦撫蕃開墾。到了劉銘傳
　　　時，擴而大之，設撫墾局：

> 奏簡在籍紳士林維源為總辦，設番學堂，布隘
> 勇制，以勵番政。其不從者，移師討之。

　　　推行番政，就是指「開山撫番」，也就是「撫」
　　　與「墾」並重。先安撫原住民，接著是墾地盡
　　　地利。在原住民山區墾地時，最主要的作物當
　　　然是茶。於是臺灣以淡水河為主的發源山區，
　　　都種植茶葉。

(二) 清丈土地：清丈土地的目的是增加稅賦，以免有田無賦。
　　　劉銘傳以編保甲、清丈、改賦、發給丈單等四
　　　個流程，使臺灣七萬餘甲的田園賦，增至三十
　　　六萬餘甲。

(三) 興殖產業：在茶業裡，興殖產業所指的就是獎勵茶業。大
　　　力整頓茶業產銷系統，力謀改善茶業品質，成
　　　立「茶郊永和興」，以矯正當時茶行流弊，建
　　　立臺茶信譽，開拓外銷市場，從此茶業漸由政
　　　府主導，經營漸入正軌。臺茶的外銷到了光緒
　　　十九年（1893）約千萬斤，居本省出口商品之

第一位。

㈣ 修築鐵路：劉銘傳深知鐵路對於國防、政治、經濟、文化的重大影響，於光緒十三年（1887），奏請興建臺灣鐵路，光緒十九年完成臺北至基隆、臺北至新竹之間的鐵路，帶動了北部交通，促進了地方繁榮。而其南北幹線的構想，到日本人的手中完成。

他善於用人，林維源系出板橋林家，他用以墾撫；林朝棟系出霧峰林家，他用以剿番。以臺灣世家為肱股，決謀深遠，對臺灣茶業有著重大的影響。

· 宋代貢茶圖錄，圖為清代版畫《宣和北苑貢茶錄》影印

四、林朝棟（1851-1904）

林朝棟系出霧峰林家，爲劉銘傳得力武將，《臺灣通史》說：

> 及劉銘傳任巡撫，復力爲獎勵，種（茶）者愈多。時台邑林朝棟，經營墾務，闢田樹木，爲永久計，亦種茶于乾溪萬斗六之山。未及十年，而朝棟解兵去，戎馬倥傯，剪伐殆盡，惜哉。

林朝棟推行的種茶政策，可惜也是政去人息。

貳 臺灣茶商的興起

臺灣的茶商，最早是洋人，其次是華人，接著才是臺灣人。洋人的代表人物是杜德，至於華人的代表人物則是李春生，臺灣人的代表人物應是板橋林家的林維源。

一、李春生（1838～1924）

在《臺灣通史・貨殖列傳》裡，連橫以陳福謙爲糖的代表，以李春生爲茶的代表，以黃南球爲樟腦的代表。可知李春生在臺灣茶業史上的地位了。《臺灣通史・李春生傳》：

> 李春生，福建廈門人。少入鄉塾，家貧不能卒業，改習經紀。年十五，隨父入耶蘇教，信道甚篤，遂學英語，爲英人役。間讀報紙，因得以知外國大勢。同治四年來臺，爲淡水寶順洋行買辦。淡水爲臺北互市之埠，出口之貨，以煤腦米茶爲大宗；而入口則煤油布疋。春生懋遷其間，商務日進。先是英人德克以淡水之地宜茶，勸農栽種，教以焙製之法，以是臺北之茶聞內外。春生寔輔佐之。既而自營其業，販運南洋美國，歲辛數萬擔，獲利多。光緒十三年，臺灣建省，巡撫劉銘傳暫駐臺北，乃於

城外大稻埕，新闢市廛，而規模未備。春生與富紳林維源合築千秋建昌二街，略倣西式，爲民倡。洋商多傚此以居。十六年，設蠶桑局，以維源爲總辦，春生副之。種桑於觀音山麓，未成而銘傳去，其事遂止。十七年，臺北鐵路成，以功授同知，賞戴花翎。春生雖居闤闠，而盱衡時局，每以變法自強之說，寄刊各報，至今猶矍鑠也。

從這條記載裡，可以知道李春生的茶業歷程主要有四：

(一) **協助杜德**：李春生在一八五八年任職廈門怡記洋行（Elless & Co），三十歲起轉任英商寶順洋行總辦，協助店東杜德開發北臺灣的茶葉市場。

(二) **自營茶業**：自製茶葉外銷，並經營煤油，獲得厚利，漸成臺灣第二大商人（第一是板橋林維源）。

(三) **協助劉銘傳**：李春生深諳英語，熟悉洋務，且深獲洋人信賴，因此官府與洋人交涉時，多得其協助。

(四) **與林維源合作**：兩人均爲臺灣重要茶農茶商，合作推行茶業。並合力建築 千秋建昌二街，以供洋商居住辦公。

李春生自幼好學，生活洋化。從杜德之處學得經營茶業之法，既而自行開業，劉銘傳撫臺時，大量啓用企業精英，得以襄佐臺灣事業，並漸與板橋林有政商合作之經驗，於是爭取到臺灣茶葉部分主導權，但是，他們把茶運到廈門時，茶葉還是賣給洋行，無法直接輸出美國，這種情況到日治時代還是如此，直到民國時期才得改善。林春生爲全臺灣第二富豪，僅次林維源，然性慷慨，樂善好施，急公好義，對清日政府都有重大貢獻。

· 宋代貢茶圖錄，圖為清代版畫《宣和北苑貢茶錄》影印

二、林維源（1838～1905）

連橫《臺灣通史·林維源傳》：

　　維源字時甫，納資爲内閣中書。光緒五年，臺北建城，督辦城工。事竣，授四品卿銜。法人之役，兵備道劉璈駐南治軍，而餉絀，議借百萬兩，不許。璈多方勸譬，乃借二十萬，去之廈門。越年和成，巡撫劉銘傳邀其歸，禮之，遂捐五十萬，以爲善後經費。授内閣侍讀，遷太常寺少卿。十二年四月，銘傳奏辦撫墾，以維源爲幫辦。當是時，銘傳方勵行番政，大拓地利，而維源亦墾田愈廣，歲收租穀二十餘萬石。十七年，以清賦功，晉太僕寺正卿。二十一年五月，臺人自立民主國，設議院，舉爲議長，不就，遂居廈門。有五子。次爾嘉，字叔臧，次祖壽，柏壽，松壽。

55

·宋代貢茶圖錄，圖為清代版畫《宣和北苑貢茶錄》影印

　　連橫曰：枋橋林氏，爲臺巨富，而維源又善守之，故能席豐履厚，以至於今。……

　　從上所述，劉銘傳出掌臺灣時，有很多政策都是靠林維源來推行的，不論是墾撫、清丈，多所仰仗。於是劉銘傳的臺灣走向現代化的基本政策，林家躬逢其盛。事事參與，兼政兼商，不僅製造了許多的林家財富，更促進臺灣的經濟繁榮。撫墾局設於大溪，林維源就是總辦，此外，並在臺北沿山的番地，推行種植茶樹。劉銘傳推展高山種茶（和當代海拔一千公尺以上的高山茶區無關），並納徵茶稅，所得足支墾撫所需。

　　林家投資的事業，與茶有關的有二：一是建祥號，二是建昌號。兩者都大發利市，成功經營。

(一) 建祥號：林家率先響應劉銘傳的植茶計劃，從此林家成了
　　　　當時最大的茶商，資本十二萬元，號爲建祥，這
　　　　個商行，到日治時期還是最大的商行。

(二) 建昌號：由於淡水德國領事欲擴張商權，劉銘傳指定臺北
　　　　城外的大稻埕爲商埠，既濱河可居，又可通運。
　　　　於是遊說林維源和李春生合作，林維源成立建昌
　　　　號，與李春生合建建昌千秋二街（即現在的貴德
　　　　街附近），所建洋樓，租給經營茶葉、樟腦等的
　　　　貿易商，促進了商業的繁榮。（說詳《臺灣通
　　　　史・商務志》）

　　林家的茶葉事業，使林家從傳統的農業（大地主）轉向都會的
商業（大財團）；林家的茶所建築，使林家轉向房地產事業，都和
國家命脈息息相關。

參 臺灣茶商團體的興起

　　一八七〇年代後期，福建茶因爲品質日漸低劣，所以臺灣茶在
美國漸受歡迎。以前，精製與包裝都由洋人包辦；此後，華人漸漸
參與精製包裝，但爲博取不當利益，華商殺雞取卵，粗製濫造，混
入劣品。到了一八八〇年以後，更加上了混入大陸茶，引起了外國
商人的反對。劉銘傳爲了防止此類陋習，摧毀臺灣茶業前途，於是
獎勵茶葉輸出，改良相關技術，特命茶商成立「茶郊永和興」。茶
郊就是茶商的組織。茶郊永和興的緣起如下：

　　　竊惟財物之流通，國史編貨殖之傳，有奇禁表，周禮
　　重司市之官。翅茶業係洋商之貿易。宜作規約於永遠，表
　　忠信於外國，圖東瀛之富盛。我淡水茶業日昌，商船必

繁，如綠浮乳甌，爲泰西各國所重。如瓊花凝碗，其名聲馳於印度洋面。今也物產滋豐，財源益開，然人多而善惡不一，物盛弊害漸生。或以僞物冒名而謀其利，或混合粉末以企射利，遂致誤及大局。爰集同業者，共議規約，設禁例，一新舊習，不誚貽周利。冀同心共濟，望杜絕私利之弊。名曰永和，有茶業興隆之佳兆，生前途將有之好機，洋洋日進。大稻埕貿易潮流平分，滬尾船舶集如雲霞。（轉錄自《臺灣茶輸出百年史》）

一八七六年，茶郊永和興成立，改變了臺灣茶業完全由洋人主導的局面，從此臺灣的茶商公會漸漸形成，嗣後日治時期與民國時期，這個團體以不同名稱推行業務，對臺灣茶葉貢獻良多。

·宋代貢茶圖錄，圖為清代版畫《宣和北苑貢茶錄》影印

第九節　包種茶志

烏龍茶是臺灣茶葉的第一品牌，包種茶則為第二品牌，這兩種是臺灣最具特色的茗茶。關於包種茶的起源，眾說紛紜，但是主要的史料來源還是西方與日本。西方以戴衛森的看法為代表，日本則以持地六三郎及井上房邦的看法為代表。到了民國以後，則以林馥泉總其成，但大致不出前人說法。

壹　中國花茶的類型與沿革

在探討包種茶時，應該把包種茶放在中國傳統茗茶發展史上加以探討。由於包種茶是一種花茶，因此探索包種的源流可以上溯至「以花點茶」與「以花薰茶」。「以花點茶」的代表是明代朱權的《茶譜》：

> 點茶：……今人以果品為換茶，莫若梅、桂、茉莉三花最佳。可將蓓蕾數枚投于甌內罨之，少頃，其花自開。甌未至唇，香氣盈鼻矣。

茶中置果，可供咀嚼，茶中點花，可品花香，於是茶香花香，交互輝映，這就是即席的花茶。

「以花薰茶」的方法也見於朱權的《茶譜》：

> 薰香茶法：百花有香者皆可。當花盛開時，以紙糊竹籠兩隔，上層置茶，下層置花，宜密封固。經宿開換舊花。如此數日，其花自有香味可愛。有不用花，用龍腦薰香者亦可。

這是沿著宋元的薰香腦茶而來的，百花皆供所用。

這兩類茶法，在宋元明清時代流行頗廣，例如元代倪瓚、明代

顧元慶的《茶譜》，還教導人們如何做蓮花茶。晚明的花茶發展，可以從張岱的《陶庵夢憶》裡，得到一些瞭解。張岱的「蘭雪茶」，應該就是由以花點茶漸漸發展成以花薰茶的茗茶：

> 日鑄者，越王鑄劍之地也。茶一味稜稜有金石之氣。歐陽永叔曰：「兩浙之茶，日鑄第一。」王龜齡曰：「龍山瑞草，日鑄雪芽。」日鑄名起此。京師茶客，有茶則至，意不在雪芽也。而雪芽利之，一如京茶式，不敢獨異。三娥叔知松蘿焙法，取瑞草試之，香撲列。余曰：「瑞草固佳，漢武帝食露盤無補多欲，日鑄茶藪。牛雖瘠僨於豚上也。」遂募歙人入日鑄，扚法、掐法、挪法、撒法、扇法、炒法、焙法、藏法，一如松蘿。他泉淪之，香氣不出。煮禊泉，投以小罐，則香太濃郁。雜入茉莉，再三較量，用敞口瓷甌淡放之，候其冷，以旋滾湯衝瀉之。色如竹籜方解綠粉初勻；又如山窗初曙，透紙黎光。取清妃白傾向素瓷，真如百莖素蘭同雪濤並瀉也。雪芽得其色矣，未得其氣。余戲呼之「蘭雪」。四五年後蘭雪一闋如市焉。越之好事者。不食松蘿。止食蘭雪。

這是目前與茉莉花茶有關的重要史料。所用的茶是越茶，即浙江茶，所用的製茶法是歙法，即安徽法，所加的花是茉莉花。張岱的茶似乎是即席加花，但是四、五年後，加茉莉的花茶顯然成為一種習尚，已有市場品牌，所以蘭雪茶才能市名大噪。

貳 西方包種茶史料

由中國傳入西方的花茶，在文獻上，至少可以追溯到清乾隆年間。西元一七八五年（清乾隆五十年）刊行的〈羅里阿德〉（Roiliad）一詩，作者羅列了當時所見的中國茗茶：

· 宋代貢茶圖錄，圖為清代版畫《宣和北苑貢茶錄》影印

What tongue can tell the various kinds of tea?
Of blacks and greens, of Hyson and Bohea?
With Singlo, Congou, Pekoe, and Souchong,
Cowslip the fragrant, Gunpowder the strong.

樣的舌頭可以區分各式茶類？
是紅茶、綠茶，抑或熙貢、武夷？
是松蘿、工夫、白毫、抑或小種？
是薰花的包種，還是濃稠的蝦目？

　　由於這上述四條資料的佐證，可以看出：至少在明代初年朱權的作品裡，已經同時出現了兩種花茶，一種是即席的以花點茶，另一種是直接提花薰茶。目前所見的加茉莉花的茶，在明代末年時，張岱已有製作，叫做蘭雪茶，是用松蘿茶的製法來製日鑄茶，再用

・宋代貢茶圖錄，圖為清代版畫《宣和北苑貢茶錄》影印

茉莉花來提香。至於傳至英國的茗茶的情況，從英國茶詩看來，薰花茶至少在清初已銷到英國。也就是花茶在明清時代不光是文人雅士的賞玩，而且已有經濟市場了。

此外，戴衛森對包種茶源流有著重要的記載：

> 有一種正在興起的茶葉，一般通稱爲包種茶，它是一種加花薰製的茶葉。「包種」的直接涵義是各種的袋子，它是用來包裝小量茶葉的紙袋。在臺灣，這個術語就是「加花香的茶」，這種茶是完全依中國人的口味製造出來的。有一個中國商人名叫吳福老，在西元一八八一年，把這種製茶法介紹到臺灣。從此這種茶的需求急速增加。

如果把戴衛森的觀點整理出來，可知：一、包種茶是一種花茶，也就是加了花香的茶；二、包種的「包」字如果當名詞，就是

62

包裝用的紙袋；如果當動詞，就是「包裝」。這種看法和吳振鐸（在武夷山包裝）、阮逸明（在臺灣包裝）的論點類似。但是吳振鐸認爲包種茶源出武夷山，而阮逸明認爲源出臺灣本土，恐以阮逸明之說爲是；三、包種茶是照著中國人的口味而製出來的，並非以外國口味爲製造標準；四、包種茶的製法是由大陸傳來，傳入者爲吳福老。

參 中文包種茶史料

中文的包種茶史料主要見於連橫的《臺灣通史・農業志》，其中提及包種茶：

> 南洋各埠，前消福州之茶，而臺北之包種茶足與匹敵。然非薰以花，其味不濃，於是又勸農人種花。花之芬者爲茉莉、素馨、梔子，每甲收成多至千圓，較之種茶尤有利。故艋舺、八甲、大隆同一帶，多以種花爲業。

〈農業志・茶之屬〉又說：

> 包種茶，葉細味清，出口甚多。烏龍茶，葉大味濃，出口甚多。

這裡所說的包種茶，可以說是花茶的同義語，包種茶葉細，烏龍茶葉大，這和綠茶與半發酵茶採摘的茶菁有關。包種茶味清，烏龍茶味濃，這和綠茶和青茶的做法有關。所以連橫的茶詩有「綠茗味清紅茗穠」之語。紅茗泛指發酵或半發酵茶。

肆 日文包種茶史料

日本有關包種茶的史料比較有代表性的有四，即：

一、持地六三郎所主持的「臨時舊慣調查會」的看法

　　包種茶製造業或包種茶製造法的起源，距今約有百餘年。即嘉慶一年，福建省泉州府安溪縣的王義程氏所開始製造者。於西曆一八七三年，即同治十二年，烏龍茶市場低潮呈大恐慌，茶價一落千丈，外商停止採購，在此困境時期，清商不得已將殘存茶葉船運福州，改造爲包種茶，這個時期即是臺灣包種茶進入製茶之新里程時期。之後，將臺灣粗製包種茶送往對岸加工爲包種茶。其後一八八一年，泉州府同安縣之茶商原隆號之吳福老氏，渡來本島。開始在臺灣製造包種茶，其後，又有英元號、永綿利號、震南號、永福建昌號、綿芳號、茶化號、建泰號等來臺開設茶行，並從事茶葉之製造。其出口次第增加，今爪哇、蘇馬太剌等中國人種居住地方，都有相當輸出。（張明瑯譯）

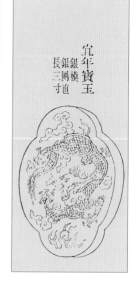

・宋代貢茶圖錄，圖為清代版畫《宣和北苑貢茶錄》影印

這是持地六三郎委員所主持的「臨時臺灣舊慣調查」，於明治三十八年（1905）所刊行的《調查經濟資料報告・茶》裡的敘述，代表了日本早期官方論點。

二、加藤久衛的看法

在日本人保存的史料裡，專家論及包種茶起源者，以加藤久衛的〈台北州之花香作物〉（1924）最爲完整，時代也不算太遲：

> 包種茶者其形狀比烏龍茶粗大而混合花香，使香花之香氣附著茶葉中，其製造之動機乃因烏龍茶銷售困難而所考案之茶葉，而包種茶之製茶紀錄，則距此約百餘年前，即嘉慶一年福建省泉州府安溪縣之王義程氏所開始製造者，於西曆一八七三年即明治六年烏龍茶市場低潮呈大恐慌，茶價一落千丈，外商停止採購，在此困境時期，清商

· 宋代貢茶圖錄，圖為清代版畫《宣和北苑貢茶錄》影印

瑞雲翔龍
銀模
徑二寸五分
銅圈

長壽玉圭
銅模
直長三寸
銀圈

興國巖銙
竹圈
方一寸二分
模

· 宋代貢茶圖錄，圖為清代版畫《宣和北苑貢茶錄》影印

不得已將殘存茶葉船運福州，改造爲包種茶，這個時期即是臺灣包種茶進入製茶之新里程時期。之後，將臺灣粗製包種茶送往對岸加工爲包種茶。至明治十四年（一八八一）年代泉州府同安縣之茶商原隆號之吳福老氏，在清國經營茶業獲利不多，遂渡臺開始製造包種茶，在此時期又有安溪人王安定、張占魁氏亦來臺，二人共同於大稻埕經營建成號，成行五年間未見有太大成就，隨後因銷路擴展，從對岸繼續有英元號、永綿利號、震南號、永福號、建昌號、綿芳號、茶化號、建泰號等來臺開設茶行，並從事茶葉之製造，經過十二三年後，一躍共有十八家茶商，而稱爲包種十八家。接著又有綿祥號者出現，年年增加後迄今大稻埕共有四十九家茶行。

包種茶之輸出地區，茶商列爲重點地區者乃係南洋爪哇，爪哇

臺灣茶藝發展史

銷售之如何，將反應包種茶之消長。每年包種茶之輸出量佔總輸出量之六○％至八○％之多。因此茶商各設分店或營業所直接交易。而近年來暹羅（泰國）之輸出已有長足之增加，沖繩主要以下級包種爲主。（徐英祥譯，《臺灣日據時期茶業文獻譯集》，頁一八二至一八三，臺灣茶業改良場）

這段文字的出處，基本上是「臨時臺灣舊慣調查」所刊行的《調查經濟資料報告·茶》裡的論點。但是加藤討論的比舊慣清楚些，時空也拉長了許多，補足了舊慣包種茶的起源。

三、伊能嘉矩的觀點

他的《臺灣文化志·茶葉之設施》引用的材料來源有：一是連橫的臺灣茶起源說；二是戴衛森有關杜德等的史料；三是《調查經濟資料報告·茶》；四是清·吳子光的《一肚皮集》。時代雖早，但是沒有獨創性與代表性。至於「王安定、張古魁」（加藤作王安定、張占魁）則不知出自何處。

四、井上房邦的觀點

在井上房邦的《臺灣茶樹栽培學》裡，上承《調查經濟資料報告·茶》而不採用加藤的說法，可知此舊慣理論的權威性，已被日本學者廣泛的運用，內容也相當統一，代表了日本學者對於臺灣茶業舊慣調查的信賴。

因爲如此，本島的茶業在僅僅半世紀間有長足的進步，帶來了今日的興盛。雖然盛衰起伏是難免的，但爲了救濟一時不振的行情，於是包種茶製造業因之興起。包種茶製造法爲距今百餘年前，即嘉慶元年，在福建省泉州府安溪縣，一位叫王義程的人想出來的。同治十二年（一八

七三年），基於前年以來茶業不景氣，洋行減購，許多茶葉在大稻埕市場滯銷，市價陷入全面下跌的情形。茶商及茶館將之輸出福州，並於同地再製包種茶。因此，導入包種茶製造法的動機，就是為了救濟茶業的危機。其後一八八一年（明治十四年），泉州府同安縣的源隆號，一位名為吳福老的茶商來到本島，開始了包種茶的製造。接著，吳元號、永慶利號、震南號、永福建昌號、綿芳號、茶化號、建泰隆號等茶商，陸陸續續來到臺灣，從事包種茶的製造。包種茶的產量漸漸增加，在爪哇、蘇門答臘等華僑移居地，有相當可觀的出口量。（張明瑯譯）

　　作者說明這段文字是承舊慣而來的。那當然沒有什麼創見，遠不如加藤的論點。但是作者筆鋒一轉，以其田野調查，勾勒出完整的包種茶發展史：

・宋代貢茶圖錄，圖為清代版畫《宣和北苑貢茶錄》影印

　　西元一八七三年（明治六年），烏龍茶的價格狂跌，幾乎到了沒有出口的地步，當時的救急辦法，是將滯銷的烏龍茶送福州加工，改製成包種茶。明治十四年左右，福建省泉州府同安縣的吳福老來到大稻埕，製造包種茶，漸漸地，從事包種茶製造的人多了起來。根據舊慣調查會的報告記載，當初用以製造包種茶的原料，乃選擇葉粗大的烏龍茶之春茶與秋茶。因應需求地的喜好，粗製包種茶在製造方法上，漸漸有所改進，最後成為優秀的產品。粗製包種茶的出口量，還曾經凌駕於烏龍茶之上。

　　現在，我追憶粗製包種茶製造發達的狀況，並將之記載如下：

　　距今二十餘年前（即大正元年）左右，今日包種茶的著名產地，文山地方，在當時的產量是極少的。春秋兩季多製造烏龍茶，特別以製造包種茶而稍有名氣的，是現在七星郡內湖庄，南港大坑，及文山郡深坑庄，興福字十五分地等。儘管當時深坑庄木柵地方的春茶之烏龍茶，最高約不過四十五圓，十五分地產的卻是五十圓左右。這顯示製造包種比烏龍茶來得有利潤得多。因情勢使然，原本春茶的製造，便急速轉向包種茶的製造。至大正四、五年左右，文山地方的春茶生產期，幾乎都不製作烏龍茶。像現在的文山海山兩郡，及七星郡一部份的包種茶製造盛況，尚未普及一般地區。大正九年，出口美國的烏龍茶急遽減少，即是前年（大正七年）出口了一千二百萬斤左右，但該年未達五百萬斤。呈現相當不景氣的情況。原產地大稻埕的茶，堆積如山。因此，臺灣總督府為了救濟茶農，並為防止該年出口中的茶，混合了發黴了的舊茶，以一百斤

八圓的價格，強制購買。雖然烏龍茶呈現如此的慘澹行情，但是文山地區的包種茶製造場並未受到波及，反而呈現佳境。對茶農而言，他們深深體會到製造包種茶的益處，故傾向製造包種茶。新竹農會委託平鎮茶業試驗支所，在幾年間，每年開兩至三次的包種茶製造講習會。臺北州也在南港大坑延請魏靜時當教師，每年開講習會。更續於數年後，在各地方開講習會。並且總督府補助各州製茶巡迴講習的費用。亦分配巡迴講師。在其指導及努力下，烏龍茶暫時恢復出口量，但是接著幾年，又有出口遞減的傾向。相反的，包種茶的狀況較烏龍茶好，並且出口量有年年增加的趨勢。因此，包種茶的製造逐年旺盛，凌駕烏龍茶之上。

粗製包種茶的製造法，依發酵程度來分，可分為低發酵程度的「南港式」和發酵程度稍多的「文山式」兩種。前者合乎泰國人的口味，後者則較受爪哇人的歡迎。南港製茶法的元祖，據說應是南港大坑的王水錦、魏靜時兩位。王水錦是位盲人，且因早逝的關係，使得魏靜時的名譽最為顯著。最初，這種製造法是極高機密，不願傳之他人。中央研究院平鎮茶業試驗支所，派遣職員研究調查這種製造法，以此為基礎。在臺地茶園完成製造法，因此王魏二人的製茶法已普及一般。

又，臺北州的同伴（按：指林口茶所的同仁）擔任農會的囑託講師。每年召開包種茶講習會。因此，文山地區的包種茶，也受到了南港式製造法的影響。依此情勢，包種茶的出口量年年增加，例如昭和元年達到九百萬斤。但其後因為荷屬東印度群島實施高關稅政策，以及爪哇一地

・宋代貢茶圖錄，圖為清代版畫《宣和北苑貢茶錄》影印

的包種茶產量增加，因此，出口量呈現銳減的狀態，到了昭和九年，出口量竟然低於五百萬斤。（張明瑯譯）

伍 包種茶史略

持地六三郎與井上房邦所見，是目前所知所見比較完整的重要包種茶文獻，如果上接戴衛森、加藤的起源說，那麼最詳細的包種茶史料就出現了。可以完整說明包種茶在臺灣茶葉發展史上的狀況，現條列如下：

一、**包種茶命名由來**：包種茶是一種加花薰製的茶葉。「包種」的直接涵義是各種的紙袋子，它是用來包裝小量茶葉的紙袋。

二、**包種茶的口味**：清代和日治時代，「包種茶」就是指「加

花香的茶」，這種茶是完全依中國人的口味製造出來的。

三、發明者：包種茶是由王義程發明的。

四、時代：在嘉慶元年（1796）。

五、傳入原因：包種茶的出現是為了解決了烏龍茶滯銷的困境，把烏龍茶再製，可成為包種茶，如此一來，解決了同治十二年（1873）的烏龍茶滯銷問題。

六、傳臺者：臺灣的包種茶製造技術是吳福老在西元一八八一年時，把這種製茶法介紹到臺灣的，從此這種茶的需求急速增加。

七、初期包種茶商：吳福老渡臺，後有王安定、張占魁等設建成號，此後又有英元號、永綿利號、震南號、永福號、建昌號、綿芳號、茶化號、建泰號等來臺開設茶行，並從事茶葉之製造，經過十二、三年後，共有十八家茶商，而稱為包種十八家。接著又有綿祥號者出現，年年增加，至一九二四年，大稻埕共有四十九家茶行。

八、包種茶產區：大正元年（1912）時以製造包種茶而稍有名氣的，是七星郡內湖庄、南港大坑、文山郡深坑庄及興福字十五分地等。今日包種茶的著名產地——文山地區，在當時的產量是極少的，春秋兩季多製造烏龍茶。

九、包種茶利潤：儘管當時深坑庄木柵地方的春茶之烏龍茶，最高約不過四十五圓，製造包種茶的十五分地所產的卻是五十圓左右，製造包種茶的利潤比烏龍茶要高得多。

情勢使然，原本春茶的製造，便急速轉向包種茶的製造。於是至大正四、五年左右，文山地方的春茶生產期，幾乎都不製作烏龍茶，而改製包種茶。

十、**烏龍茶之衰，促成包種茶之興**：大正九年（1920），出口美國的烏龍茶急遽減少，由大正七年的一千二百萬斤降至不足五百萬斤。呈現相當不景氣的情況。原產地大稻埕的茶，堆積得如山一般。

十一、**政府的保護政策**：臺灣總督府爲了救濟茶農，並爲防止他年出口中的茶，混合了發黴了的舊茶，以一百斤八圓的價格，強制購買。茶農雖損失慘重，但也不無小補。

十二、**包種茶漸取代烏龍茶**：雖然烏龍茶呈現如此慘澹行情，但是文山地區的包種茶製造場並未受到波及，反而呈現佳境。對茶農而言，他們深深體會到製造包種茶的益處，故傾向製造包種茶。

十三、**地方農會的講習**：新竹農會委託平鎮茶業試驗支所，在幾年間，每年開兩至三次的包種茶製造講習會。臺北州也在南港大坑延請魏靜時當教師，每年開講習會。更續於數年後，在各地方開講習會。

十四、**中央政府的提倡與講習**：總督府補助各州製茶巡迴講習的費用。亦分配巡迴講師。

十五、**烏龍茶與包種茶之消長**：在總督府的指導及努力下，烏龍茶暫時恢復出口量，但是接著幾年，又有出口遞減的傾向。相反的，包種茶的狀況較烏龍茶好，並且出口量

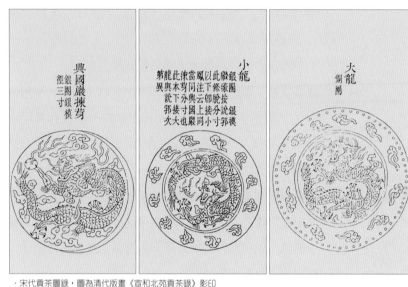

·宋代貢茶圖錄，圖為清代版畫《宣和北苑貢茶錄》影印

有年年增加的趨勢。因此，包種茶的製造逐年旺盛，凌駕烏龍茶之上。

十六、包種茶的兩大類：粗製包種茶的製造法，依發酵程度來分，可分為低發酵程度的「南港式」和發酵程度稍多的「文山式」兩種。前者合乎泰國人的口味。後者則較受爪哇人的歡迎。

十七、南港茶祖：南港製茶法的元祖，據說應是南港大坑的王水錦、魏靜時兩位。王水錦是位盲人，又早逝，使得魏靜時的名聲較為顯著。

十八、包種茶製法的流傳：最初，這種製造法是極高機密，不願傳之他人。中央研究院平鎮茶業試驗支所，並派遣職

員研究調查這種製造法，以此爲基礎，在臺地茶園完成製造法，王、魏兩人的製茶法才普及。

十九、**南港包種對文山包種的影響**：臺北州的傳習所茶技師擔任農會的「囑託講師」（案：即「臨聘老師」）。每年召開包種茶講習會。因此，文山地區的包種茶，也受到了南港式製造法的影響。

二十、**包種茶的外銷**：文山地區，包種茶的出口量年年增加，例如昭和元年（1926），達到九百萬斤。後來因爲荷屬東印度群島實施高關稅政策，以及爪哇一地的包種茶產量增加，因此，出口量呈現銳減的狀態，到了昭和九年（1934），出口量竟然低於五百萬斤。

以上是從清代至日治時代的包種茶簡史。

但是仍有一個問題存疑：烏龍茶如何可以改製包種茶？連橫說：「包種茶，葉細味清，出口甚多。烏龍茶，葉大味濃，出口甚多。」兩者採菁與發酵都不同，如何改製？日本人爲何不必解釋其中製茶技術的困難度，就視爲理所當然。史料顯示，從同治至日治時代的包種茶顯然不是很穩定的一種茶類型，這就像現在所謂的包種茶也和連橫、井上房邦所見的包種茶並不相同。連橫的包種茶細味清，應是傳統的花茶。加藤久衛、田邊貢、井上房邦所見的包種茶較烏龍爲粗。但是兩者最大的差別是指薰花。日人田邊貢的《實驗茶樹栽培及製茶法》（1934），提及包種茶的再製法，分爲素包種與花包種。花包種主要有六個工緒（製作過程）：一、第一乾燥（走水），二、香花（薰花），三、混合法，四、揀花，五、第二乾燥（初焙），六、第三乾燥（覆焙）。也就是說，以日本人的觀

點，如果把烏龍粗茶用包種茶再製法來製造，可就八九不離十了。面對著一大堆的滯銷烏龍茶，這不失爲權宜之計。如此一來，用此解釋包種茶起因，也就算是言之成理了。至於民國以後的看法，沒有新義，不錄。

從上看來，臺灣包種茶原本是一種花茶，它的演進是不斷沿革的。戴衛森和連橫所見，代表清代的包種茶；持地、加藤、井上所見，代表日治時代的包種茶。我們現在所見的鷹爪形包種茶，是民國以後的包種茶。對於包種茶的結論應該如下：

> 包種茶源於薰花綠茶，由於採菁較嫩，所以比半發酵的烏龍茶爲細。這就是連橫所說烏龍茶粗，包種茶細的理由。薰花茶大概在元明已經流行於江南了，倪瓚或朱權或許就是這種茶的發明者。張岱可能是茉莉花茶的創造人。花茶至少在清初即已傳入西方。茶學史上的包種茶的製法起於何時不詳，應該是在清初，持地、加藤、井上認爲是嘉慶元年的王義程。臺灣的包種茶是由大陸傳來的，由於一出現並非外銷的茶箱包裝，而是在臺灣民間使用的包裝是「紙袋」或是用「紙張」包裝，所以叫做「包」，當動詞用，由於包裝的茶種是青心烏龍，也就「種仔茶」（吳振鐸主出於武夷山，阮逸明認爲出於本土）所以叫做包種茶。至於烏龍茶改製成包種茶的說法，可能只是權宜之計，可能形似與神似都做不到。日治時期的包種茶較烏龍茶粗放，所以日本人不認爲烏龍茶改製爲包種茶之說悖理。

此外，吳振鐸在〈臺北縣是臺茶的發祥地〉（《中華民國茶藝協會會刊》）第二十九期，1985年12月20日）主張：「無疑的，臺

北縣的文山茶區，是臺灣茶的發祥地。」恐與本項的第八條與第九條史實不合。

第十節　日治時期茗茶志

日治時代茶業的推行可以分爲：一、綠茶的興起；二、紅茶的興起；三、政府的推廣；四、民間的組織。

壹 紅茶的興起

臺灣紅茶的製造和生產，據井上房邦《臺灣茶樹栽培學》的說法是這樣的：

> 紅茶的詳細起源，是從數十年前洋行下訂單而開始製造的。明治四十三年時，日本臺灣茶株式會社在桃園安平鎮創立以來，產量稍稍增多，年產量多時可達四十萬斤。

· 宋代貢茶圖錄，圖為清代版畫《宣和北苑貢茶錄》影印

其後，在新竹州中壢郡及大溪郡下的主產地，及新竹郡與臺北州淡水郡下，也有若干製茶（工場），每年的產量約不超過十餘萬至二十餘萬斤。昭和元年進駐的「三井合名會社」製茶工場，形成大量生產的情形，使得產量急速增加。在昭和五年達到了八十萬斤，昭和六年的產量則超過百萬斤。西元一九三三年（昭和八年），印度、錫蘭、荷屬東印度群島彼此間實施限制（茶）出口（量）的協定，加以日本貨幣的匯兌便宜，於是從該年秋天起，紅茶的輸出呈現盛況。因此，昭和九年的茶產量激增，突破五百萬斤。因而，紅茶的躍進促進大規模的製茶工場及製茶機械的發展，本島的茶業界也由此進入了新時代、新紀元。（張明瑢譯）

可知紅茶是日本人極力推廣的茶業，日治時代的紅茶，以「日東紅茶」聞名。日東紅茶品質優良，可與印度的 LIPTON（日文爲リプトン）相較，所以取名 LIPPTON（日文爲リプットン）。日東紅茶是日治時代紅茶品牌的代表。

貳　綠茶之興起

臺灣綠茶的製造，依井上房邦《臺灣茶樹栽培學》的說法是這樣的：

> 在明治三十七、八年左右，原本的苗栗廳農會三叉河支會，開始有製造綠茶的講習。現今則以臺北州淡水郡淡水街、新莊郡林口庄、新竹州苗栗郡三叉庄等地爲主要製茶處，供給島內綠茶的需求。（張明瑢譯）

至於綠茶的輸出，始於一九一九年輸出的一萬三千餘公斤，在一九三三年達到二十八萬公斤，其中有十四年輸出量少於一千公

斤，另有三年沒有輸出，就茶業的輸出來看，完全沒有章法，說明日本政府無心推展臺灣綠茶。所以綠茶只能供島內所需，可知當時綠茶並不盛行。

參 日本政府的推廣

日本總督府爲臺灣最高行政單位，下設殖產局負責開發研究臺灣產業。當時日本政府對臺灣的茶葉政策主要有五：一、成立研究單位；二、製訂檢查規則；三、減輕茶稅；四、組織茶業株式會社；五、組織同業工會。

姜道章的〈臺灣茶業簡史〉，在論及日治時期的臺灣茶業時說：

> 日本侵佔臺灣以後，認爲臺茶頗有希望，遂全力扶植保護。在扶植方面是獎勵生產，研究改良茶樹栽培與茶葉製造方法，對茶農供給肥料與茶苗，對製茶者配給機械，並替輸出業者推廣海外市場。一九〇一年在臺北深坑及桃園龜山二地設立茶樹栽培試驗場。一九〇三年在楊梅草湳坡創設模範製茶試驗所，從事研究烏龍茶及紅茶的機械製造，以作茶界機械經營的示範。一九〇四年苗栗廳農會三叉河支會，曾舉辦綠茶製法講習會，爲本省製造綠茶的開始。一九二一年臺灣總督府成立中央研究所，將前湳坡茶樹試驗場隸屬該所，改名平鎮茶葉試驗支所，從事茶樹栽培、育種、製造等各項研究工作。一九二六年又在南投魚池試作印度阿薩姆種栽種，結果成績良好，遂於一九三六年設魚池試驗所，專事阿薩姆種栽種、製造試驗及育種推廣工作，此爲本省栽培製造阿薩姆種開端。

簡單的說，日治時代的茶業發展大致上可分爲：

一、成立研究單位

㈠ 文山茶樹栽培試驗所：在明治三十四年（1901），成立於
　　臺北廳文山堡什五份庄，兩年後廢除。

㈡ 龜山茶樹栽培試驗所：在桃園以及桃園廳桃澗堡龜崙口庄
　　設立茶樹栽培試驗。

㈢ 草湳坡製茶試驗所：明治三十六年（1903）於桃園廳竹北
　　二堡草湳坡庄設置安平鎭製茶試驗所。

㈣ 茶業傳習所：昭和五年（1930），設於臺北縣林口庄，是
　　文山分場的前身。

㈤ 魚池紅茶試驗支所：昭和十年（1935）成立，以紅茶爲
　　主。

二、成立臺灣茶檢查所

　　爲保持臺灣茶的品質及國際聲譽，嚴格管制出口品質於一九二
三年制定〈臺灣重要物產取締法〉，並且設立「臺灣總督府茶檢查
所」。凡是輸出的葉，非經該所嚴格的檢查，若不合格，不許出
口。並且出版《臺灣茶檢查所年報》，於一九二三年創刊，每冊約
五十頁，全爲日文。內容爲臺灣茶葉檢查報告。從此，輸出茶葉之
諸弊害，遂告杜絕。此爲臺灣輸出茶檢驗之始。由是得以保持臺灣
茶在國際市場上恆久之信譽。

三、減輕茶稅

　　日本政府在一八九六年十月二十四日，發佈〈臺灣製茶稅則〉

，公佈製茶稅率、規定茶園稅率、茶業輸出稅、出港稅等幾種稅率。但是到了宣統二年（1910），上述稅率全部廢止。

四、成立株式會社

日本政府扶植國內企業，介入臺灣茶業。最有代表性的是三井物產。光緒二十九年（1903）三井介入糖事業，三十三年介入茶事業。三井及野澤自設茶園生產。自行加工製茶、辦理出口，使得洋商毫無用武之地，無法在臺繼續貿易。日商於是壯大，三井會社茶園一萬七千甲，臺灣拓殖會社茶園一千甲。

肆 民間的組織

一、組織臺灣茶共同販賣所

依據《臺灣茶輸出百年史》的說法：

爾來茶葉之運銷，均經操縱於茶販之手，故茶葉價格，不時發生不自然騰貴之怨嫌，或有不顧臺灣茶之於國際信譽，只圖自己眼前之小利之茶葉貿易業者，層出不窮，而影響臺灣茶之前途。

為防止如斯弊害攘生之計，乃於民國十二年，由當時之臺灣總督府殖產局，特命鈴木恆藏，糾合各地之茶業公司及茶生產組合（合作社），聯合組織「臺灣茶共同販賣所」。（該販賣所亦可謂茶葉市場）

茲錄其組織綱要及內容以明其目的之所在：

臺灣茶為臺灣產業之大宗，而輸出金額，每年達一千萬圓之夥，故恆居海外輸出品之首位。斯業之消長，繫懸臺灣經濟界之興衰，誠非淺少。然觀其產業之組織，交易

之方法，尚屬幼稚。與後繼之印度、錫蘭、爪哇等比較，
尤見遜色。由是臺灣茶馳騁海外，每落人後，甚失聲價。
盡此以往，必爲勁敵之印度、錫蘭、爪哇等，所爲蹂躪，
不能再起而無疑，洵不堪坐視也。其中如交易之弊害，尤
稱其甚。蓋生產者，再製茶者，輸出業者之間，有介在許
多仲間商人，壟斷利權，使原價倍騰，更弄其奸策，毀傷
品質，致臺灣茶於無立錐之處，阻礙斯業，何堪設想矣。
雖茶業者，全般受其崇害，就中生產者最被茶害也。由
是，當局有鑑於此，曩日樹立茶業獎勵方針，對生產方
面，先施其經綸，漸及交易，如計劃當業者之接近，驅逐
生產者再製業者輸出業者所介在之仲買商人，除其荊棘。
以懇切之善導，啓蒙生產業者，一意增進其福利，故提倡
改從來之組織，廢其仲買商人，另別立一有益單純之販賣
機關，即共同販賣所是也。夫共同販賣所，以督府茶業獎
勵之趣旨，所創立之各處茶業公司及組合，互相糾合而組
成之任意組合也。其場所，設在大稻埕，凡組合員生產之
茶，悉運交該所，爲其代售，略其複雜仲介之類，更省幾
許之冗費，非獨山間之生產者，享其無限利益，而再製業
者及輸出業者，亦均潤其利，是乃自明之理也。

可見「臺灣茶共同販賣所」設立於茶商雲集的大稻埕，在日本
政府的輔導下，監督茶商，要求自律，協助運銷，其成立宗旨，仍
延續清代的「茶郊永和興」。

二、組織同業工會

明治三十一年（1898）六月一日，創立「臺北茶商公會」。這
個公會名稱前後經

過若干變更，對臺灣的茶文化發展有重大的貢獻。除了開辦銷售業務，還提供相關資訊。例如：出版《臺灣茶業月報》及《臺灣之茶業》兩種日治時代最重要有關茶的雜誌。

第十一節　民國茗茶志

一九四五年，臺灣光復，當年茶業出口量只有二萬八千多公斤，在百年裡，只比一八六七的一萬二千多公斤為多。光復之後，政權轉移，百廢待舉，於是首先改組日本茶葉會社，接著是組織輔導茶農與茶商。然後是依著日本茶傳統，以草湳坡為重心，主持臺灣茶政，因此臺灣茶業發展和茶改場，息息相關。

壹　組織日本茶業公司

三井農林株式會社、三井物產株式會社、臺北茶葉精製所、三庄製茶株式會社、持木興業株式會社、中野商店、野澤組臺北出張所、東橫產業株式會社、臺灣農事株式會社、中野商店等九個單位，於民國三十六年一月，合組成立臺灣省茶業公司，同年五月省府改組，更名為：臺灣農林股份有限公司茶業分公司，囊括所有國營茶葉單位。

貳　振興綠茶

在日治時期，苗栗農會三叉河支會曾發展綠茶講習。在淡水郡淡水街、新莊郡林口庄、新竹州苗栗郡三叉庄都有小規模的生產，主要是供島內需要。光復後經過四年之間，臺灣綠茶尚無輸出。臺

·阮逸明《台灣茶葉簡介》

灣綠茶的發展，依據《臺灣茶業百年輸出史》的記載是這樣的：

民國三十七年英商協和洋行，來臺設立分行，該行為
世界聞名之茶葉貿易商，發見臺灣若照大陸製造綠茶方法
製造綠茶，必有莫大成就，乃由上海派綠茶專家來臺試製
綠茶而告成功，遂於新埔、竹東、關西、楊梅、湖口等
地，覓定十二製茶廠，授其大陸綠茶製造方法，並貸以資
金，開始製造綠茶，果獲順利大量生產，翌年，遂有一、
一九六、七〇九公斤輸出北非洲之可觀，從此臺灣綠茶與
北非洲結合良緣而蓬勃，繼而上海華茶公司唐季珊亦來臺
經營茶之貿易，渠在上海亦綠茶貿易聞人之一、與協和洋
行同力倡導臺灣綠茶，自是綠茶迅速振興。

· 一九八〇年代茗茶

參　茶葉改良場的成就

　　依據阮逸明的《臺灣省茶業改良場場志》第一篇·第三章〈臺灣光復後歷年茶試驗研究與示範推廣成果〉，共列舉了十三節來說明。其中消費者較關心的是：茶樹種原搜集與利用、茶樹品種改良、茶葉製造、茶多元化產品、茶區推廣等項目。

　　一、茶樹種原：一九八〇年代，由吳振鐸、史櫸、何信鳳與王兩全等發表野生茶的調察報告，主要論文研究方向有：何信鳳與王兩全〈臺灣野生茶樹之搜集〉、史櫸等〈臺灣南投野生茶樹調察報告〉、吳振鐸等〈臺灣原眉山野生茶形態之觀察〉，以及王兩全等〈臺灣野生茶種原保存及利用〉等。

　　二、茶樹品種改良：至一九八三年止，從日治時期遺留的育種

· 當代袋茶

材料，以及光復後人工雜交的個體中，分五批申請臺灣
省政府審查命令，選育臺茶一至十七號。該等育成新品
種，各具特性，分別適於製造紅茶、綠茶、包種茶、烏
龍茶等。其中以俗名金萱的臺茶十二號，俗名翠玉的臺
茶十三號最出名。

三、茶葉製造：早期的茶葉傳習所即在民國四十餘年出版林馥
泉的《烏龍茶包種茶製造學》、李傳興的《綠茶製造學》
、彭退齡的《紅茶製造學》，推廣各類製茶法，到了近
二十年，研究範圍更廣，不發酵的如綠茶、煎茶、龍
井、眉茶，部分發酵的如包種茶、白毫烏龍茶、鐵觀
音、全發酵的如紅茶、普洱茶等都在研究範圍。

· 當代鋁箔包茶 　　　　　　· 當代袋茶

四、茶多元化：從民國七十年起，在農委會等產官學界的協助
　　配合下，開發多元化產品，發展茶多重功能，提昇副茶
　　的使用價值。先後開發了：（一）休閒食品：茶糖、茶
　　果凍、茶水羊羹、茶口香糖；（二）茶菜：成套茶餐；
　　（三）加工食品：茶麵條、茶餅乾、茶麵包、茶蛋糕；
　　（四）加工飲料：飲料茶、袋茶、速溶茶、果茶、添加
　　茶、果草茶；（五）飲品：茶酒、茶雞尾酒、茶冰品
　　等，成效斐然。

五、茶區推廣：日治時代，臺灣茶區主要在苗栗以北，光復後
　　推展的範圍更達南投以及花蓮、臺東。

綜上所述，臺灣茶業改良場，對臺灣茗茶的推展，貢獻良多。

肆 發展臺灣特色茶

臺灣茶的轉變是在民國六十三年，那時全世界的能源危機，使得外銷茶受到嚴重的打擊，而臺灣特色的包種茶輸出地東南亞，又因戰亂等因素，購買力大減，全省茶園漸漸荒廢。

於是政府力圖以政策挽茶葉之將衰，張瑞成〈臺灣茶葉產銷的回顧與展望〉云：

> 農林廳極力改變本省的茶葉產銷結構，促銷內銷茶，打開茶葉出路，維護茶農收益。但國人普遍不喝茶的情況，要改變談何容易。唯自民國六十四年起，針對消費者擴大宣傳，由於輿論與電視的支持，農林廳並首次辦理全省優良茶比賽展售會。用競標方式出售，特等茶每臺斤高達四千二百元，帶動了整個茶價。是年高級茶平均單價較往年提高一二倍，此後每年舉辦此項比賽活動，茶價也跟著大幅提高，茶價好反而刺激消費者的興趣，就像一陣風，家家戶戶喝茶，茶農收益逐漸上升，短短的五六年，鹿谷茶區由原來的茅草屋一躍變成鋼筋水泥建築的別墅樓房，大批年輕人回鄉參加生產行列，出入有車代步，繁榮的景像，確實令人羨慕。《中華茶藝協會會刊》第十七期，一九八四年九月）

這段文字，簡潔有力地說明臺灣茶業轉變的主因：

一、**政策正確**：外銷市場的萎縮，在臺灣茶葉發展史屢見不鮮，但是每次主政者都以改良品質方式補救，向來沒有想到從內在變革，從制度上改變，因此決策單位的對臺灣茶葉的發展居功厥偉。

二、**推行成功**：與媒體配合，「炒作」茶價，帶動生產利潤，並鼓勵消費者飲茶，使飲茶文化普及民間。臺灣茶葉的發展，到此已是萬事俱備了，只差「茶藝」的配合，自然水到渠成了。

三、**內銷茶的形成**：臺灣茗茶發展至此，本土茶葉特色才正式形成，不再是以外銷爲主，而改爲內銷。事後經由吳振鐸與阮逸明的倡導，形成臺灣茶輕發酵的風格。

· 採茶入貢，是清代珍貴的採貢茶圖像（《點石齋畫報》影印）

第十二節　小結

　　一八六五年以前，臺灣的消費茗茶主要是仰仗大陸進口，就算當時已有部分地區有野生茶，但並沒有多少市場價值，和臺灣的飲茶人口與飲茶習俗比較起來，也不成比率，此外，所強調的是它的藥性，所以野生茶放在生產茗茶裡來討論。嘉慶道光以後，臺灣人漸漸有人從大陸進口茶苗、茶籽，種植於北部、中部，甚或南部，但大致上沒有多少經濟價值，臺灣生產茗茶的躍進國際市場，得等到英商杜德。

　　一八六五年台灣開港，招來洋商從事茶葉生產貿易，開發了臺灣茶葉世界市場的經濟。茗茶漸由洋人主導，以外銷為主。一八九五年以後，臺灣茗茶由日本人主導，還是以外銷為主。光復初年，臺灣茗茶沿日之舊，直到一九七三年，外銷停滯，才改為以內銷為主。這一政策的確立，奠定了臺灣茶葉的堅固基石，短短的三十年間，臺灣茶打出了國際性的品牌，成就了耀眼的光芒，歸究原因，臺灣茶業在官方、茶農、茶客的良性互動，是臺灣茗茶蓬勃發展最重要的原因。

第三章 臺灣茶泉發展史

第三章　臺灣茶泉發展史

第一節　緒論

明代的許次紓的《茶疏》說：「精茗蘊香，藉水而發。」好茶一定得要有好的茶泉來彰顯，否則名茶失色，風味全無。所以明代張源的《茶錄》在〈品泉〉裡說：「茶者水之神，水者茶之體，非真水莫顯其神，非真茶曷窺其體。」由此可見佳茗佳泉是互為映襯，而且相輔相成。中國的茶泉研究，基礎奠定得相當早，理論早在三代以後，就逐漸形成。對於飲用泉水的鑑賞理論，有所謂「易牙能辨淄澠」的說法。至於品茶用的茶泉研究和理論，在唐朝就已經相當完整了。

中國茶泉的鑑賞，主要的理論有三：一是以水源定優劣；二是以茶泉輕重定良窳；三是以茶泉甘冽定水平，透過感官去品鑑茶泉的優劣。這三種品泉法雖然都形成於唐代，但是唐以後歷代在理論上續有沿革修訂。

壹　茶泉水源論

論水源的代表者是唐代的陸羽。陸羽在《茶經》裡，提出煮茶的泉水理論：

> 其水，用山水上。江水中，井水下。其山水揀乳泉石
> 池慢流者上；其瀑湧湍漱，勿食之。久食，令人有頸疾。
> 又多別流於山谷者，澄浸不洩。自火天至霜郊以前，或潛

龍蓄毒於其間，飲者可決之以流其惡，使新泉涓涓然，酌之；其江水，取去人遠者；井，取汲多者。

　　這是中國最早也是最重要的茶泉鑑賞經典，探討了幾個重要的源泉文化美學論點：一是茶泉的等第，二是泉水的速度問題，三是淳水的處理問題。

一、茶泉等第

　　陸羽認為，茶泉主要有三種，最好的是山水，也就是山中的泉水，山中的泉水天然生成，較沒有環境污染，所以最好；有的山泉雖然自然環境不佳，但只要改變部分條件，是可以人力克服補救的；其次是江水，江水的理論同於山水，也重活水，但是江水是人們日用的源泉，每日接觸，人為污染非常嚴重，因此要「取去人遠者」；至於井水，它是地泉，是淺層地下水，水質容易受污染，所以地位於江水之下。

· 劍池龍躍·虎丘名泉（《點石齋畫報》影印）

二、泉水流速

乳泉指流過鐘乳石的泉水，石池則是從石質池裡冒出來的泉水，這兩種泉水的流速都較緩慢，水性較爲穩定，沒有強大的沖刷力，所以雜質較少，比較不會影響茶湯的品質。

三、淳水問題

水的淳滯，會影響水的鮮活性，也會聚集污染物質，因此自古以來即貴活水，如果茶泉淳滯壅塞，往往還是可以補救的，只要加以適當的疏導，則水性也可以回復鮮活。這個理論在後代得到共鳴，尤其對明代的品泉家。

陸羽《茶經》的茶泉理論沒有列入天泉，也就是雨水和雪水。但是題名爲陸羽撰的《水品》一書，則把雪水列爲天下二十品的第二十品，並且評論道：「用雪。不可，太冷」。顯然作者對雪水烹茶，並沒有很高的評價，因爲它太寒，會傷脾。然而在唐代，文人們往往認爲以雪烹茶是一種雅趣，所以形成了雪水煮茶的雅尙，例如白居易的〈晚起〉：「融雪煎香茗」、〈吟元郎中白須詩兼飲雪水茶因題壁上〉：「吟詠霜毛句，問嘗雪水茶。城中展眉處，只是有元家。」。

天泉在鑑賞史上，可分爲四種類型，即：敲冰煮茗、掃雪烹茶、雨水潑茶、梅雪煎茶。

敲冰煮茗：在唐朝的烹茶雅尙已有敲冰煮茗之事。《開元天寶遺事》：「逸士王休，居太白山下，日與僧道異人往還。每至冬時，取溪冰，敲其精瑩者，煮建茗。其賓客飲之。」通透精瑩的冰，可能雜質較少，或沒有雜質，品質較好的緣故。

·掃雪烹茶，(《金瓶梅·吳月娘掃雪烹茶》)

掃雪烹茶：依據宋·陶穀《清異錄》的記載，大學士陶穀最得意的風雅藝術就是在嚴寒的冬天，掃雪烹茶。陶穀認為掃雪烹茶是種雅尚，比起飲酒來，高雅得多了。

雨水瀹茶：宋·蘇軾〈論雨井水〉：「時雨降，多置器廣庭中，所得甘滑不可名，以瀹茶煮藥，皆美而有益。正爾食之不啜，可以長生。」雨水古稱天泉，只要花點心思，人人易得，所以自古即很流行。這種理論在明清人的茶法裡得到熱烈的共鳴。

梅雪煎茶：《紅樓夢》提及妙玉，用元墓梅花上的雪水來烹茶。這種泉法強調的是以梅花提香，增加茗茶的香氣。

從這四種天泉來看，天泉的雅尚代代有之，而且被視為高雅的文化活動，是最有人文氣息的茶泉。

· 名泉忽湧（《點石齋畫報》影印）

貳　茶泉輕重論

　　以茶泉的輕重，來評品茶泉的好壞的茶泉鑑賞方法，始於唐代張又新的《煎茶水記》。根據該書的記載，唐代王室李季卿，為湖州刺史時，在維揚碰到了陸羽，李季卿久仰陸羽的大名，兩人傾蓋而飲，相處甚歡，因此李季卿就邀陸羽同赴郡邑，當一行人泊於揚子驛時，正當食時，李季卿說：「陸君善於煮茶，蓋名聞天下。何況揚子江水又殊絕，現在二妙千載一遇，怎可虛曠？」於是命令可靠謹慎的軍士，拿著水瓶，操著船隻，深詣揚子江心，取南零水。陸羽則準備好茶器，以便大顯身手。不久水運到了，陸羽用水杓揚水，說道：「水是揚子江水沒錯，但並不是南零水，好像岸邊水。」使者辯說：「我操舟深入江心，見證者數以百計，豈敢有虛妄作

96

·仇英·松谿論畫圖（部份）臨河汲泉烹茶

假。」陸羽並不搭腔。然後把水從瓶中傾倒於盆裡，倒到一半時，陸羽立刻停下，又用水杓揚水，說道：「從此以下是南零水了。」使者蘧然大駭，伏罪說道：「我從南零取水至岸時，船身震盪得太利害了，水止剩下一半，害怕無法驗收，就取岸邊水補足。先生的鑑賞能力有如神鑑，實在不敢再隱瞞了。」李季卿和賓眾數十人都為之駭愕。這個故事告訴我們唐代的茶泉以重為貴，好水沈甕底。

同樣類型的故事還出現在〈蒲元傳〉裡，只是煮茶改為煉刀，水則是蜀水雜涪水。蒲元鑑法更神，連杓揚水都不必，只消持刀劃水：

元性多奇思，於斜谷為諸葛亮鑄刀三千口，刀成，以漢水鈍弱，不任淬，乃洱水蜀江。水至，元曰：「水雜涪

水，不中用。」取水者悍言不雜。元以刀劃水，言雜水八
升。取水者叩頭云：「於涪津覆水，以涪水八升益之。」
（宋・高似孫《緯略》）

陸羽試泉的理論，宗旨是在說明唐代的優良茶泉，比重最重。
這種說法，在宋明時期得到共鳴，徐獻忠說：「水以乳液爲上，乳
液必甘，稱之，獨重他泉。」

到了明代張源的理論，提出泉水輕重的解釋。張源的《茶錄》
認爲：「山頂泉清而輕，山下泉清而重。」就眾所知，這是說明了
同一山中，山上水礦物質含量較少，所以較輕，山下水礦物質含量
較多，所以較重。

中國茶泉輕重的理論完成於乾隆。高宗《御製詩文集》裡，有
多篇論茶泉的大作。最有代表性的就是〈玉泉山天下第一泉記〉：

水之德在養人，其味貴甘，其質貴輕。然三者正相
資，質輕則味必甘，飲之而蠲痾益壽。故辨水者，恆於其
質之輕重，分泉之高下焉。

嘗製銀斗較之，京師玉泉之水，斗重一兩；塞上伊遜
之水，亦斗重一兩；濟南珍珠泉，斗重一兩二厘；揚子金
山泉，斗重一兩三厘，則較玉泉重二厘或三厘矣。至惠山
虎跑，則各重玉泉四厘；平山重六厘；清涼山、白沙、虎
邱、及西山之碧雲寺，各重玉泉一分。是皆巡蹕所至，命
內侍精量而得者。

然則無更輕於玉泉之水乎？曰：有。爲何泉？曰：非
泉，乃雪水也。常收積素而烹之，較玉泉斗輕三厘。雪水
不可恆得，則凡出山下而有列者，誠無過京師之玉泉。

到了清末民初，這個理論得到最大的發揮。徐珂的《清稗類鈔》飲食部〈以水洗水〉：

> 世以鎮江城西北石山簿東之中冷泉，爲通國第一；然高宗嘗製一銀斗，以品通國之水，則以質之輕重，分水之上下。乃遂定京師淀海鎮西之玉泉，爲第一，而中冷次之；無錫之惠泉、杭州之虎跑又次之。此外惟雪水最輕，可與玉泉並。然自空下，非地出，故不入品。鸞輅時巡，每載玉泉以供御，然或經時稍久，舟車顛簸，色味或不免有變，可以他處泉水洗之，一洗則色如故焉。其法以大器儲水，刻分寸，入他水攪之。攪定，則污濁皆沈澱於下，而上面之水清澈矣。蓋他水質重則下沈，玉泉體輕故上浮。挹而盛之，不差錙銖。古人淄澠之辨，良有以也。

·江中汲泉（《警世通言‧王安石三難蘇學士》）

· 文徵明 · 惠山茶會圖（部份），是歷史上最著名的茶泉圖

　　這個記載，補足了張源的說法。完成了唐宋茶泉重、明末清代茶泉輕的不同理論。但是中國品泉如何由「好水沈甕底」轉變為「精英浮缸面」呢？

　　這種轉變，是飲茶法的演進所產生的。唐宋的製茶法，或搗或壓，或焙或烤、或研或烤，茗茶裡可溶物多所損失，飲用時或多調味提香，因此用礦物質含量較多的水，來助茶味。明清茗茶，只用殺青、揉捻、烘焙、發酵等等製茶法引發茶性，茶中可溶性保存甚多，不適合以水質重的水來影響茶味，所以水以輕取勝。因此中國茶人對於茶泉輕重的評價，隨著飲茶法而有了改變。

參　感官品泉論

直接以感官品泉始於易牙。據說山東省的淄澠二水，如果分開拿淄水或澠水給人品試，也還有人可以分辨，但是如果把淄水和澠水合起來，就只有易牙才分得出來。《列子·說符》中：

> 白公問曰：「若以水投水何如？」孔子曰：「淄澠之合，易牙嘗而知之。」

這是最早辨水的故事。要在混和水之中分辨水質，確實不易做到，後代的要求顯然沒有如此的強人所難。

唐代以官能辨泉法，始於李德裕的故事。李德裕是唐代的雅士，位極人臣，而好茶、好泉、好石、好園林，一生風雅事跡流傳甚多。根據《玉泉子》：

> 李德裕在中書，嘗飲惠山泉。自毘陵至京，置遞鋪。有僧人謁德裕，德裕好奇。凡有遊其門者，雖布素，皆接引。僧白德裕曰：「相公在中書，昆蟲遂性，萬彙得所。水遞一事，亦日月之薄蝕，微僧竊有惑也，敢以上謁，欲沮此可乎？」德裕領之曰：「大凡為人，未有無嗜者。至於燒汞，亦是所短。況三惑博塞弋奕之事，弟子悉無所染。而和尚不許弟子飲水，無乃虐乎？為上人停之，即三惑馳騁，怠慢必生焉。」僧道：「所謂相公者，為足下通常州水脈。京都一眼井，與惠山泉脈相通。」德裕大笑曰：「真荒唐也。」曰：「相公但取此泉脈。」德裕曰：「井在何坊曲。」曰：「昊天觀常住庫後是也。」因以惠山一甖、昊天一甖，雜以八甖，一類十甖，暗記出處，遣僧辨析，僧因啜嘗。取惠山昊天，餘八瓶同味。德裕大加奇歎，當時停水遞，人不告勞，浮議乃弭。

這個故事，提出了一個重要的泉水理論：「泉眼相通」。認為天下名泉在地脈裡是相通的。在地底通江通海，會隨著潮漲潮退，所以叫做「海眼」。杜甫〈太平寺泉眼〉：「石間見海眼，天畔縈水府。」在李德裕的故事中，對水的品鑑力應是超凡。姑不論李德裕是否上當，這個和尚的辨水能力應是神鑑。元·尹廷高〈惠山泉〉：

> 石亂香甘凝不流，何人品第到茶甌。可能一勺長安
> 水，瞞得文饒老舌頭。

唐代的李德裕故事，盛行不輟，到了明代出現王安石辨水。這是結合了幾則李德裕和陸羽的故事改編而成的。明·馮夢龍《警世通言·王安石三難蘇學士》裡記載，王安石有痰火之疾，太醫院診得，必用陽羨茶，以烹瞿塘中峽水。於是在蘇軾貶赴黃州為團練時，王安石要求他回朝時帶回瞿塘水，蘇軾領命。等到蘇軾回朝時，旅途太過疲倦，不覺睡著，行途經過中峽，卻誤了取水，到了下峽，才驚然察覺難以覆命，於是請來土著，問道：「那瞿塘三峽，那一峽的水好。」百姓回答：「三峽相遇，並無阻隔。上峽流於中峽，中峽流於下峽，晝夜不斷，一般樣水，難分好歹。」於是東坡暗想：「荊公膠柱鼓瑟，三峽相連，一般樣水，何必定要中峽。」於是叫手下，依照官價，買了一個乾淨的磁甕，自己站在船頭監督，看著水手，把下峽的水，汲滿了一甕。然後用柔皮紙封固，親手簽押。回到京師，命手下抬了這罈蜀水，自己騎著馬去見相國。王安石慎重的要部下把水抬到書房，他非常重視這罈水，親自以衣袖拂拭，把紙封打開來，然後命童兒茶灶中煨火，用銀銚汲水烹之。先取白定碗一隻，投陽羨茶一撮於內，候湯如蟹眼，急取

起傾入。其茶色半晌方見。荊公問道：「此水何處取來？」東坡回話：「巫峽。」荊公說：「又來欺老夫了，此乃下峽之水，如何假名中峽？」他解釋道：「這瞿塘水性，出於水經補註。上峽水性太急，下峽太緩，唯中峽緩急相半。太醫院官乃明醫，知老夫乃中脘變症，故用中峽水引經。此水烹陽羨茶，上峽味濃，下峽味淡，中峽濃淡之間。今見茶色，半晌方見，故知是下峽。」

這個故事裡，說明水性急，茶性早發，水性緩，茶性慢發。這是官能品泉的第二種品鑒方式，比起前述的論水脈，更進一步，這個理論後來在日本煎茶道名家小川可進手上，得到充份的發揮：

氣節交替時，水勢會動，因此茶味也會動。

歷代辨水的標準，主要有兩點要注意的：一是生飲泉水，二是煮飲茶湯。

生飲泉水，特重甘香清寒，品泉的理論，以明田藝蘅的《煮泉小品》為代表。如果補上徐獻忠的《水品》，大概已掌握住中國品泉要旨。後代的說法，大至相去不遠。《煮泉小品》提出「清、寒、甘、香」為感官品泉的基本理論：

清寒：朗也，靜也，澄水之貌。寒，冽也，凍也，覆冰之貌。泉不難于清，而難于寒。其瀨峻流駛而清，岩奧陰積而寒者，亦非佳品。

甘香：甘，美也。香，芳也。《尚書》：「稼穡作甘黍，甘為香。」黍為甘香，故能養人。泉惟甘香，故亦能養人。然甘易而香難，未有香而不甘者也。

味美者曰甘泉，氣芳者曰香泉，所在間有之。泉水上有惡水，

則葉滋根潤，皆能損其甘香。甚者能釀毒液，尤宜去之。

「清」是清朗、潔淨、澄澈。「寒」是冷冽、冰凍。「甘」是味美，「香」是氣芳。這四種是從茶泉的色香味來品鑒。「清」以視覺為主，「寒」以觸覺為主，「香」以嗅覺為主，「甘」以味覺為主。如果加上聽泉濤，那就是品泉的五境之美了。換句話說，茶泉的鑒賞不單是口感，還得仰仗所有的感官整合。

田藝蘅的好友徐獻忠，也有類似的說法。在《水品》裡，他一樣強調「清、寒、甘、香」：

甘：水泉初發處甚澹。發于山之外麓者，以漸而甘。流至海，則自甘而作鹹矣。

水以乳液為上，乳液必甘。稱之，獨重于他水。凡稱之厚重者，必乳泉也。

清：泉有滯流積垢，或霧翳雲翁，有不見底者，大惡。若泠谷澄華，性氣清潤，必涵內光、澄物影。斯上品爾。

甘：泉品以甘為上。幽谷紺寒清越者，類出甘泉，又必山林深厚盛麗。外流雖近，而內流遠者。泉甘者，稱之必重厚，其所由來者遠大使然也。江中南零水，自岷江發，流數千里，始澄于兩石間，其性亦厚重，故甘也。

寒：泉水不紺寒，俱下品。《易》謂：「井列寒泉食。」可見井泉以寒為上。

泉水甘寒者多香，其氣類相從爾。凡草木敗泉味者，不可以求其香也。

這些說法可以說完全契合田藝蘅的理論。

「清」「寒」「甘」「香」是中國品泉四大標準。此外，還有三個輔助條件：「重」、「滑」、「活」。「重」是一個茶泉的標的，已如前述。這裡專論「滑」與「活」。

「滑」字是指「入口滑潤」。宋・蔡襄〈即惠山煮泉〉：「鮮香箸下雲，甘滑杯中物。」宋代趙佶提出茶湯：

> 夫茶以味爲上，甘香重滑，爲味之全。

滑是「鎖澀」的相對語。所以宋人論煮泉，多主甘滑，如蘇軾要求煮泉貴滑。

至於「活」，宋代唐庚的《鬥茶說》說：「水不問江井，要之貴活。」意思是說，水不論是江中所出或井中所出，一定要求鮮活。

肆　移泉論

如果在泉源品泉，自然沒有鮮活與否的問題，但是移泉之後，就會發生水性鮮活與否的問題。歷代在處理這個問題時，有幾種方法：一、以砂洗泉；二、以水洗泉；三、以石洗泉；四、以石養泉；五、以石煮泉等。

一、以砂洗泉：所謂以砂洗泉，典出惠泉，就是當惠泉水經過長途運送以後，水性不鮮活，這時只消以砂子濾過，自然水性甘活如故。宋・周輝《清波雜志・拆洗惠泉》：「輝家惠山，泉石皆爲几案物。親舊東來，數聞松竹平安信。且時致陸子泉茗碗，殊不寞落。然頃歲亦可致於汴

都，但未免瓶盎氣。用細砂淋過，則如新汲時，號拆洗惠山泉。」

二、以水洗泉：這是另一種處理移水以後的惠泉法，如果拿兩個甕子的水混在一起，經過攪拌，停滯以後，上半桶的水是惠泉，下半桶的水是其他處水。（參見《清稗類鈔》）

三、以石洗泉：在移水以後，以石子洗泉，可以去其搖蕩之濁滓。（參見田藝蘅《水品·緒談》的理論）

四、以石養泉：在搬動泉水的時侯，由於舟車勞頓，泉水會動盪，溫度提高，產生腥氣，這時取石藉於罐甕底部，可以減少震盪，同時石能祛除水中生腥。所以張岱的《陶庵夢憶·閔老子茶》說：「山石磊磊藉甕底，舟非風則勿行，故水不生磊。」如此才可以「水勞而圭角不動」，把移水對於茶泉的傷害減到最低。其次，移水之後：「移取水置瓶底，使得移水取石子置瓶中。雖養其味，亦可澄水，令之不淆。」黃魯直〈惠山泉〉：「錫谷寒泉橢石具」是也。《煮泉小品》說：

> 移泉水遠去，信宿之后，便非佳液。法取泉中子石養之，味可無變。移泉須用常汲舊器，無火氣變味者，更須有容量，外氣不干。

五、以石煮泉：最後一種方法是：「擇水中潔淨白石，帶泉煮之，尤妙，尤妙。」（《煮泉小品》）

這五種處理搬運泉水的方法，所使用的材料都是和

泉水有關的自然礦物，或用水，或用砂，或用石，目的都在去除水中雜質，回復茶泉鮮活本性，和近代的飲水處理，有著或通或同的文化理念。

臺灣茶泉文化，就是以中國茶泉理論為基礎的，本文以古典文獻為依據和範圍，依臺灣發展的區域，先論金門茶泉、澎湖茶泉，再論南臺灣茶泉、中臺灣茶泉、桃竹苗茶泉、北臺灣茶泉、東臺灣茶泉。至於現代的田野調查部分，則仰仗有識之士的研究調查。

第二節 金門茶泉志

金門的茶泉研究，始於盧若騰。明末的盧若騰，世居金門，他的〈浯州四泉記〉，詳細的品評了金門的茶泉：

浯之為洲，大海環之。地本斥鹵，泉鮮清甘，茗飲者病焉。蓋茗之香味，不得佳泉不發；而島上之泉，非出自石中者不佳。予不能酒，而有茗癖，終日與泉作緣。曩緣舊聞，第知有蟹眼、將軍二泉耳。蟹眼出太武山巔，泉竅噓吸，象蟹眼之轉動；將軍出兜鍪山麓石壁間，故以為號。予家東北。望太武二十里而遙，蠟屐酌泉，未數數然；西南距鍪山四里而近，奚童汲運不甚艱，遂得時時屬饜。去秋偶過華巖菴，試其天井中石泉，而善之曰：「蟹眼、將軍而外，此其鼎之一足乎」？題壁紀事，有「未經嘗七碗，幾失第三泉」之句。巳而族人告予曰：「村北數百武，有龍泉焉。宋時龍起其地，泉湧石罅，迄今大旱不涸；吾里名龍湖，先永豐令公別號龍泉者以此。靈跡所

存，必有異味，盍試之」？汲以瀹茗，果大佳。嘆詫曰：
「忽近而謀遠，得毋為龍神所笑」。因並致四泉而詳較之。
蟹眼醇釀冽潔，赴喉之後，舌吻間尚有餘甘。龍井醇冽，
不減蟹眼；所微遜者，蟹眼出於危石，旋湧旋瀉，汲者必
以葉成之入器，其鮮活之性毫無所損，而龍井有窟瀨水，
水稍停宿，故入口始覺遲鈍。若決新淵而挹新液，二泉難
為伯仲矣。將軍居州之尾，氣力發洩已盡，冽而不醇。華
嚴分太武之支，醇精未散，但庵堂既高於井，而庵外稼地
復高於堂，人跡所狎，不無飛塵所犯。遇久雨，則客水注
入，色同行潦矣。移其宇，濬其溝，使出泉之石挺然而
露，即不敢望蟹眼，何不可軼將軍而上之也哉。蓋泉之所
處，亦有幸有不幸也。據現在而品之，蟹眼第一，龍井第
二，將軍第三，華嚴第四。己亥伏日，島上泉客識。
（清・林焜熿《金門志》卷二）

在這篇文章中，盧若騰討論了幾個重要的茶泉觀念：

一、泉以「醇釀冽潔」為佳。「冽」就是傳統的「寒」，「潔」
就是傳統的「清」。「醇」相對於「淡」。用「醇釀」
來形容泉水相當有創意，因為醇和甘是一體兩面。盧若
騰也提及「赴喉之後，舌吻間尚有餘甘」，可見金門泉
水的「甘」較不足；但他沒有提及「香」。香在傳統茶
泉裡先要「清」「寒」「甘」三者俱備才可能產生。

二、旋汲旋瀉：以葉盛之入器，其鮮活之性毫無所損。

三、渟水問題：龍井有窟瀨水，所以入口稍覺遲鈍。對於渟宿
水的處理方法還是傳統的「決積淵而挹新泉」來改善。

四、將軍泉居山脈之尾，泉力已盡，所以雖冽而不醇，水性稍淡。

五、華嚴泉人為污染太厲害，可「移其宇。濬其溝」而改善。

盧若騰這篇文章作於萬曆己亥（1698），所依據的理論完全是明代文人品泉的標準。最難得的是，他不空談理論，不僅注意實際，他更注意改良方法。

中國茶藝史上，自從唐・陸羽《水品》，開啓了茶人訪泉雅事以來，唐・張又新的《煎茶水記》、明・田藝衡的《煮泉小品》、明・徐獻忠的《水品全秩》、明・潘之恆的《太湖泉志》等都是品泉專書。但是一千多年的泉論，以盧若騰的這篇文章最精湛，最深入，最有功力，也最符合科學理論。它是中國訪泉史裡的鉅著，自古至今，沒有一篇泉史比它透徹。雖然只是縣級區域性訪泉，只是地方茶泉的精品精訪，但立論深刻獨到，並且提出改善意見，見解精湛無比，真是擲地有聲的佳構。他豈止是「島上泉客」，簡直是「千年一泉客」。

盧若騰的〈浯州四泉記〉對金門訪泉史有重大影響，後來金門論泉，就依他的看法。其中以清・林焜熿《金門志・泉志》較有代表性。〈泉志〉一共收錄了九處茶泉，其中四處重出於盧若騰：

一、蟹眼泉：在太武山上，以形似名。

二、將軍泉：在金龜尾，源出石罅，上鐫「將軍泉」三字，旁鐫「汴泉」兩小字。

三、龍井泉：別名「聖泉」，在聚賢鄉，近下市村。

四、華嚴泉：在城南門外。

五、馬玉泉：在金龜尾，上鐫「玉泉」二字，味殊淡冽。

六、蟹泉：在古坑湖邊，水自石出，旁有巨人跡，相傳仙人濯
足於此，石刻絕句四首，剝落不全。

七、耍涂泉：在陳坑山足，地中濆出，流長味甘，村人誤以此
爲蟹眼泉。

八、桑海井：俗呼「井仔」，在後埔船仔頭海岸中，潮來漲
滿，汐仍清淡，里人石砌之。

九、仙人井：在小嶝嶼，三石如品字，泉湧其中，又名「品
泉」，潮來則沒，退仍清甘。

以上所記，可供當代金門茶泉志的田野調查參考，必有助於當
代金門名泉研究。

受到地理環境影響，金門的茶泉品質似乎不夠特出。值得注意
的是：從桑海井與仙人井的敘述裡，我們可以看到從唐李德裕演變
下來的「海眼相通」的茶泉理論，這類「潮來則沒。退仍清甘」的
泉水，在福建沿海也屢見不鮮。

第三節　澎湖茶泉志

由於行政區域劃分的問題，在早期臺灣府志、臺灣縣志裡，多
多少少會有澎湖茶泉史料，尤其是「施井」，但若要建立傳統的澎
湖茶泉志，還是以林豪《澎湖廳志稿》（約撰於同光之間，爲《澎
湖廳志》的底本）、林豪《澎湖廳志》（光緒十九年刊，1893）、

胡建偉《澎湖紀略》（乾隆三十六年，1771），以及蔣鏞《澎湖續編》（道光十二年，1832）等書較爲完備。

澎湖地處海中，甘泉得之不易，雖然澎湖十三澳，每澳都有井，但是大多帶有鹵氣，而以下列數井爲清冽。

一、**東衛社村前井**：水最爲清冽，而且泉流甚旺，大旱不涸，距澎湖廳署僅有三里，官署煎茶，必取此水，是澎湖第一泉。（《澎湖紀略》）

二、**文澳社書院內井**：此井係乾隆三十二年所鑿，水亦清潔，形家云：「此處地脈最正」，故井水亦清。（《澎湖紀略》）

三、**媽宮社大井**：康熙二十三年，靖海侯施琅，攻克澎湖，駐兵萬人於媽宮，由於水泉很少，不足以供眾師之用。施琅禱於天后，甘泉立湧，汲之不竭，俗名「萬軍井」（《澎湖紀略》），俗呼「施井」（《澎湖續編》）。

四、**協鎮署內井**：水最清冽，然在署內，一般平民不得汲取。（《澎湖紀略》）

五、**嘉蔭亭井**：俗名「五里亭」，泉流極旺，亦無鹹鹵之味，凡往來商船戰艦，多赴此井取水，井身甚淺，舉手可汲。實山凹流泉，故旱亦不涸。（《澎湖紀略》）

六、**觀音廟前井**：井在媽宮澳之西。逼近海邊，而泉流清澈。味甚甘美與東衛井社村前井相仿。亦井中佳泉，但是此井旱久略鹹，而東社井旱久越甘。此井久雨味更美，東衛井雨多略帶土氣。二井於晴雨，亦各有不同，然均非

· 馬公萬軍井（古貌）　　　　　　　　　　· 馬公萬軍井（今貌）

他井所能及。（《澎湖紀略》）

七、鎮海澳西寮井：水亦清甘，味甘甜，無鹹鹵味。當地人認
　　為可與東衛井相比。（《澎湖紀略》）

八、西嶼外塹井：在半山腰，味亦清甜，沒有鹹氣，也是佳
　　井。（《澎湖紀略》）

九、南寮趙家井：趙騰兄弟就近鄉宅鑿井，竭數歲之力，卒得
　　甘泉，旺甚。（《澎湖廳志稿》）

十、瑞應井與溥惠井：在媽宮澳舊協署邊，光緒三年提督銜管
　　帶輪船吳世忠新鑿，泉旺而冽。（《澎湖廳志稿》）

十一、果葉社大井：在關聖廟旁大路邊，井底有兩竇，甚深，
　　莫測所止，井深三仞，水不及五尺，味頗甘，旱不稍
　　減，雨不加多。嚴冬他井皆涸，鄉人共汲此井以炊，
　　挹注不竭。（《澎湖廳志稿》）

· 馬公萬軍井碑文

十二、相公井：在隘門社頂寮大路墘，相公小廟旁，相傳神明
所擇，水深尋餘，雖旱不涸。水味頗冽，常有白砂自
石隙中湧出。（《澎湖廳志稿》）

十三、西溪井：西溪社有二口井。一在溪邊，最著名，泉味甚
清，大旱不涸，村人所共汲。一在社北近山下，較之
溪邊井者，味尤清甘，他井罕及也。（《澎湖廳志稿》）

十四、西勢井：在吉貝嶼，味極甘冽。（《澎湖廳志稿》）

十五、師泉井：在八罩虎井嶼。

十六、內塹山泉：在西嶼澳，山多巨石磊砢，土黃色，山坡上
有二小泉，相對隔尺許，去平地六七尺，取以煎茶，
泉味頗甘。

十七、蟹眼泉：山半有泉從石隙出，旁皆細草，中有小穴如蟹
眼，亦謂之「蟹眼泉」。

在澎湖的茶泉，以「施井」最爲著名，有〈施將軍井歌〉傳世：「井渫不食我心惻，署東有井光黝黑。但足兵纍不及民，無乃虛此甘泉力。我聞當時施將軍，駐師告天天如聞。六月炎熇若赫烈，井泉迸出如流雲。搜尋遺址媽宮左，井寬丈許石闌妥。可以供汲萬人炊，但見井花開朵朵。……」

由上所述可以知道，澎湖泉志的基本理論還是「清」、「冽」以及「甘」，仍然沒有香。這種情況和金門是相同的。此外，有一個新的標準出現了。這個標準在明代的茶泉理論裡極少提及，那就是「大旱不涸」。對江南而言，這是茶泉必要條件，對四海環繞的臺灣而言，這是一個引人寶愛的珍貴條件。此外，受地形影響，澎湖茶泉，幾乎以井爲主，沒有傳統的山泉，當然也不會有江水，這也是和中原相當不同的地方。由於品茶幾乎是通國之習，井泉的大量出現，也表示澎湖人的品泉條件並不太理想。不過比起其他地方，澎湖品茶風尚稍殺，惟禮俗日用仍多用茶（例如婚禮茶儀），所以《澎湖紀略‧風俗志》裡說：「澎亦不產茶，採買亦貴，澎人飲茶者絕少，惟飲水一瓢，以解煩渴而已，澎之人，蓋亦苦矣哉。」

第四節　南臺灣茶泉志

　　所謂南臺灣，包括了雲林、嘉義、臺南、高雄、屏東等地。依據的史料主要有清・周鍾瑄《諸羅縣志》、清・倪贊元《雲林采訪冊》、《嘉義管內採訪冊》、清・陳文達《臺灣縣志》、清・王瑛曾《重修鳳山縣志》、清・盧德嘉《鳳山縣采訪志》、清・屠寄善《恆春縣志》等。

壹　臺南茶泉

　　臺南地區是明鄭最早開發的地區，臺南地區的茶泉，依據陳文達的《臺灣縣志》（康熙五十九）、清・王必《重修臺灣縣志》（乾隆十七年）、謝金鑾《續修臺灣縣志》（嘉慶十二年），以及連橫的《雅堂文集》的記載，主要飲用水源有下列數種：

一、**荷蘭井**：在鎮北坊赤嵌樓東北隅，距樓約二十餘丈，紅毛人所鑿，磚砌精緻。到了乾隆十四年，知縣魯鼎梅移建縣署，遂在縣署之內。

・嘉義紅毛井

· 台南烏鬼井

二、**大井**：在西定坊，舊依海岸，海鹹井淡。舟人在此登岸，
　　名「大頭井」。嘉慶以來，民居日稠，填海成陸，市宅
　　錯紛，已距海半里許了。傳說三保太監抵臺時，曾汲用
　　此井。此井泉甘而大，足以供萬人汲用。

三、**烏鬼井**：在鎮北坊的烏鬼渡，水源極盛，雖旱不涸。因為
　　烏鬼（黑奴）所築，所以叫做烏鬼井，本來是林投井，
　　後來改為毿磚甃造。舟人需水，咸取之。

四、**馬兵營井**：在寧南坊，泉淡而甘，甲於諸井。紅毛時鑿以
　　灌園，明鄭駐馬兵於此，所以叫做「馬兵營」。嘉慶以
　　後，舊井已窒，在旁另鑿一井，相去只數步。此處是茶
　　人連橫故居，連家七世居此，連氏認為井乃鄭氏所鑿，
　　此處泉甘而冽。

五、**天池井**：在鎮北坊，因為地勢極漥，所以叫做「天池」，
　　泉尚清。旁有古榕樹十數株，蔭大數畝。

· 台南大天后宮龍目井

· 台南大天后宮龍目井（古貌）

六、林投井：在鎮北坊，爲荷蘭人所鑿，砌以林投，所以叫做「林投井」。

這些幾乎都是傳統古井，臺南地區的井泉有幾點值得注意的：一、文化古井：有荷蘭井，甚至黑奴井、明鄭井，幾乎六個井都是名勝古蹟。其中最值得注意的是馬兵營井，那是臺灣大儒連雅堂的故居。二、連雅堂在《臺南古跡志》裡，收錄了數口古井，說明這些古在民初仍然保存著，除了〈馬兵營〉井外，還收錄了〈大井〉、〈天池井〉、〈荷蘭井〉、〈林投井〉等諸條。三、比澎湖更甚，臺南只有井泉，沒有山泉。四、但是臺南是臺灣飲茶文化的發源地，就算有了名茶，沒有佳泉陪襯，也算美中不足。

貳 高雄茶泉

高雄地區的佳泉，主要依據陳文達《鳳山縣志》（康熙五十九年）及王瑛曾《重修鳳山縣志》（乾隆二十九年）、盧德嘉《鳳山采訪冊》）（光緒二十年）的記載：

一、**小竹里龍目井**：在小竹里，脈由南勢坑山出，高半里許，長二里許，下有兩井相連。

二、**竹仔寮龍目井**：在阿猴林內竹仔寮，為小竹橋、觀音山二莊交界，兩井相連，狀如龍目。故名。相傳沉疴者，飲其水，即癒，其泉清冽。

三、**打鼓山龍目井**：又名「龍巖泉」，在打鼓山山麓，有一巖，有泉出石罅，夏秋雨潤，泉湧如噴雪花，潺湲遠聞，多春稍細。土人云此泉甚奇，雨則吞入，旱則吐出。下注汙池。灌田數十甲，汲以煮茗，清甘異常，極旱不竭，居民名為「龍巖泉」，亦名「龍眼井泉」。

· 高雄龍目井

■ 龍巖泉

　　龍巖泉就是龍目井。凡有亢旱，官民禱雨於此，是南臺灣最有名的
名泉，從清初就已馳名。本地文人卓夢采有〈龍目井泉詩〉、其子卓肇
昌有〈龍目井泉詩〉與〈龍目井泉賦〉。臺灣人多有泉詩，少有泉賦，
這是臺灣唯一的泉賦。

　　卓夢采的茶泉詩，所依據的理論還是傳統觀念，茶泉有清澄（清）
、沁冰（寒）甘（石乳）的特色，一樣沒有提到香。〈龍目井泉詩〉：

　　　　山下流泉冷沁冰，潄荒開甃湧清澄。穴通海眼魚龍沸，波
　　溢四膏雨霧蒸。茶鼎夜寒分石乳，藥鑷春煖洗雲層。空潭老叟
　　知誰氏，疑有安禪說偈僧。

　　卓肇昌的兩首茶詩，所強調的還是「甘」的茶泉標準。〈龍井甘
泉詩〉：

　　　　龍目井在鼓山山麓，天然石井。石竅甘泉長流，大旱不
　　涸，禱雨極靈。

　　　　冰井甘於醴，涓涓萬斛泉。玉磯噴雪碎，石乳撒花濺。蟹
　　眼千尋湶，龍湫百丈淵。茶璫烹活火，藥鼎沸松煙。金鯉沂流
　　躍，蒼虯抱月眠。噓雲微有象，灑潤遍桑田。

〈鼓山賦〉：

　　　　龍泉漸噴，雪浪三翻。（山麓有龍目井，泉從石眼流出，
　　噴珠激浪，極甘美，大旱不涸。）……

　　至於他的〈龍井泉賦〉，和盧若騰的〈浯州四泉記〉都是臺灣茶泉
文化的經典之作。〈龍目井泉賦〉：

　　觀鍾毓之靈秀，悟山澤之氣通；木上水則爲井，山出泉則象蒙。遵海而南，鼓峰屹峙；傍山之麓，龍井淙瀜。萬斛傾瀡，疑瀉驪珠領下；千層乍湧，如遊花樹叢中。維聖明之御宇，斯醴泉之應祥。夾礀鳴湲，一泓澄徹；碧灣旋繞，曲渚聞香。等會稽之半月，同鳥鼠之玉漿。坐石揮絃，恍惚舒姑之湧；臨淵濯足，依稀玉女之旁。細雨浪翻，緣蘋影躍；微風波皺，幽壑鱗翔。皓月潭空，流藻微白；晴霞游漾，噴沫輕黃。宛繢玉於綺欄，若鳴璫於銀床。若夫冰井半天，靈泉當滿；瑞霧朝飛，嚴飀曉散。湍動而鱗甲鏗，磯擊而鼛鼓斷。珠傾水晶之盤，波搖菱花之面；激碎玉而縈橋，撒落璣而橫練。飛泉破壁，尺木全無；聽說蜂臺，空潭如見，至如商羊起舞，神龍怒鳴，唾涎滴溜，咽石琤鏗。噓氣成雲，懸崖紛其鏗鏈；潛淵吐霧，泂圻增其蜀砰。巫峽嵐冥，迷離霿霖；匡盧瀑布，滌蕩奔崩。潤灑芳郊，白石溪橋喜雨；膏流彼岸，鳥犍村落呼耕（是泉滋田萬頃，龍目井祈雨甚靈）。奚須龍媒之畫，不持鷺羽之旌。乃知山靈則水秀，積厚者流長；悟化機之不息，知井養於無疆。鑄象鏤形，識化工繙結之異；源頭活水，實國家不涸之倉。爲汲爲幕，欣王明於井渫；斯清斯濁；聆聖訓於滄浪。

四、大岡山龍目泉：在大岡山，山腰有超峰寺，祀觀音佛。寺前活泉兩股，大旱不涸。俗名龍目泉。

五、清水巖泉：鳳山清水巖在山麓，有泉從石罅出，注爲汙池，大旱不涸，灌百餘畝。

　　這五個名泉，最重要的是鼓山龍目泉，在臺灣茶泉文化中，史料最多，記載最翔實。算是臺灣茶泉史上最重要的茶泉。其次，臺灣先民喜歡用「龍目井」或「龍目泉」做爲茶泉之名，從南到北，不在少數，此處甚至鬧雙胞，所以提到龍目井時，得加上地理名詞，才不易混淆。此外，一再出現的「大旱不涸」，也表現出先民：先求生存，再徵風俗文化，最後追求茶藝的基本觀念。所以泉水不是街市大井，就是山中的灌溉水源。在這類泉源的開發中，先民先求溫飽，然後飲茶習俗得以順利展開，到了最後，風雅之士才有品泉賞泉之風。

參　屏東茶泉

　　討論屏東茶泉，主要是以清光緒二十年屠寄善的《恆春縣志》爲基礎。

一、雞籠山泉：旁有泉，穴出，清冽不竭，土名「出水仔」。

二、龜山井泉：龜山上有井泉，甘而冽，樵夫牧童於無意中得飲此泉，若刻意求之，則反迷井之所在，鄉人以其能變動，名曰「八卦井」。

三、龍泉水：亦名「靈山水」。會天旱，各處溪潭皆竭。一日見犬一夥從林坰出，身首皆濡，眾異之，遂尋蹤砍樹通道，得一泉窟。溫漾愛人，味清冽，由是咸爭汲之。利

用厚生，於今爲烈。

四、仙人井：在恆春縣南二十五里大石山下，其泉仰出，其味甚甘。龜仔角番取飲於此，且可癒疾，並刀火傷者，洗之即癒。井上石紋如靴、如履、如赤足者不一。相傳謂仙人之足跡，故名。

五、毛蟹井：在龜仔角社。井口有石如蟹，有毛有螯，從嘴出泉，清冽異常。瘡毒、刀火等患，一洗即癒。

六、忠義井：在大樹房莊，井永不竭，冬春更湧，歲或旱，附近鄉人皆取給焉。並以歷年應候而來，無或延期，故以忠義名之。

屏東茶泉和其他地區最大不同之處有三：一是茶泉神話或故事特別多，例如茶泉可以變動，已擬人化或神格化了；二是反映原住民生活的清苦和戰鬥性，生活不安定，工作危險，所以井水療傷的記載較多；三是泛靈的觀念，井水有靈，故能「忠義」。

第五節　中臺灣茶泉志

在討論中臺灣茶泉時，主要的依據是清道光年間周璽《彰化縣志》。

一、古月井：古月井在東門城外八卦山麓，離城約里許，居民李氏園中，忽湧甘泉，人爭汲焉，李氏不堪其擾，塞去泉眼，引起公憤，縣官胡應魁親自騎馬探勘，認爲這口

井是上蒼賜給彰化居民的厚禮，於是出資捐俸，購得此泉，以供萬民汲用。命名爲「古月井」，「古月」即「胡」字也。並撰有碑記及詩，刻於城隍廟壁。這是個地方官勤政愛民的茶泉故事。

二、**番仔井**：在東門外里許，泉清而甘，以在番仔井山下故名。或曰：山因井而得名，非井以山名也。

三、**紅毛井**：在東門外半里許。泉有數穴，味亦清甘，但吝於出。汲者每環井以俟其出，故老相傳，以爲紅夷故井也。

四、**龍目井**：在邑治北十七里。其泉湧起數尺，如噴玉花，山下田數百畝，皆資此泉灌溉，色清味甘，里人多汲焉，旁有兩石，狀若龍目，故名。

· 八卦山紅毛井（古貌）　　· 八卦山紅毛井（今貌）

■ 愛心井——古月井

胡應魁〈古月井碑記〉：

　　神名城隍，何取乎？易曰：「城復于隍」。隍，池也，又壍也。神蓋司一邑之水土者也。彰化之水，因瀕海而味鹹。城以外有甘泉二：曰番仔，曰紅毛。近於李氏園中新得一泉，趨汲者紛若鳧。李惡其擾也，塞之，眾閧爭而訟。予策馬詣勘，井之隸番社者，去城稍遠，往返約二里許，行汲者苦之；紅毛井在八卦山下，視番仔井較近，惜脈細而吝於出，承以瓢，逾刻纔滿，肩桶者每環而俟。循山麓而南馳，至李氏園，眾手去其塞，汩汩清泉，隨指噴溢，距城僅百步。詢之故老，僉云舊有此泉，色濁而味劣，年來忽變甘冽。予聞之而有感矣。

　　夫彰城中待水以生者萬室，涓涓二井，何以給之？斯蓋明神降鑒，慮斯民之乏飲，而憫其重勞，陰釀此泉，成萬斛之甘醴，滿注大衢尊中，藉以息百夫之疲骨，潤億人之渴吻耳。今或塞之，神乃恫矣。井渫不食，為我心惻，誰官此土，忍坐視而不為之所也？因捐廉置之，圓鑿而甃以石，竹外一泓，清光朗映，名曰「古月井」。井養不窮，並受其福利。民用昭神貺也。爰詳述端末，勒石於城隍廟，而綴以詩曰：我馬經行處，披沙得石泉。清光誰與匹，萬古月輪圓。

■ 名勝井──龍目井

如果古月井是愛心井，那麼龍目井就是名勝井。它是彰化八景之一。歷代在此吟詠的茶人，爲數甚多，例如：林占梅的岳父黃驤雲的〈龍井觀泉〉：

> 龍吸三江併五湖，化爲泉水似眞珠。霖施六合閒仍臥，亦養千家潤不枯。洗我兩眶詩眼淨，沁人全付熱腸無。分他一勺龍應許，龍目雙睛定識吾。

又如陳書的〈龍井觀泉〉：

> 彰邑泉流紀弗勝，井名龍目至今稱。烹茶品較紅毛美，淬劍觀逾古月澄。漫擬蚪潛越奶釣，須知鯉化禹門登。有靈不在深如許，玩賞那禁逸興乘。

又如曾作霖的〈龍井觀泉〉：

> 龍目井泉淺又清，井邊雙石肖龍睛。醒人醉夢堪千古，沁我詩脾在一泓。饒有餘波供挹注，儘無纖滓翳晶瑩。看他湧出泉花噴，似把眞珠十斛傾。

又如陳玉衡的〈龍井觀泉〉：

> 南來問渡過鼇頭，又見香泉龍目流。鑿井或從歸籍後，分甘可自作霖不？清能贈我醫凡骨，冷不因人放白眸。也識點睛飛去好，爲施膏澤暫勾留。

在臺灣品泉史上，高雄龍目井、彰化龍井、新竹靈泉，是臺灣文人品茶賞泉留下最多史跡的茶泉。

·馬興陳宅古井（古貌）　　　　　　　　·益源大厝古井

五、國姓井：在邑治東北六七里。柴坑仔莊後，其水清澄，視之深僅尺許，白沙明淨，里人以繩縛石墜之，則深靡所底，繩盡，少頃，石自湧出，以足探之，沒脛，則似有從中挽下者。故老相傳，昔有兩牛相觸，一牛誤陷井中。俄頃沈沒，終無浮出。

六、柴頭井：在縣治南二十四里。泉清而潔，可造紅麴，近莊麴窰十餘，皆資此泉製造，枋橋頭街天后宮內，有碑紀其事。

七、半壁泉：在內木柵莊畔。峭壁削立幾十丈，其泉從壁飛下，恍如瀑布一樣，泉清味甘，里人多汲焉，餘泉灌田數千畝。

八、寓鰲頭泉：在寓鰲頭山下。泉從石隙流出，清甘絕倫，里人多汲焉。山下數千畝，皆藉

九、出水莊泉：在大武郡堡。出水莊後，坑內流出，清潔可

愛，里人多汲焉。泉灌溉數千畝，每泉大湧，則時事有
變，泉若驟枯，則穀價高昂，歷驗不爽。

十、鐵砧山泉：在大甲土城東南，其源出自山畔，溉田亦多。
（《淡水廳志》）

十一、國姓井：在大甲堡鐵砧山巔，相傳鄭成功屯兵大甲，以
　　　　水多瘴毒，於是拔劍斫地，得泉味清冽，旁有小碣，
　　　　上鐫「國姓井」三字。

在這十一個茶泉裡，最重要的是古月泉與龍目泉。前者代表大
眾所需的平民茶泉，後者則是文人登臨品泉的佳處。至於出水莊
泉，還是中國傳統的天人合一的觀念：祥瑞與災異會映現在自然界
中。

· 鐵砧山劍井

第六節　桃竹苗茶泉志

　　桃竹苗是指現在的桃園、新竹、苗栗三區。這三個區自清朝以來一直是臺灣重要的茶區。

壹　苗栗茶泉

　　苗栗的茶泉，主要的依據是清光緒十九年左右沈茂蔭的《苗栗縣志》；至於屬於苗栗的苑裡，也有光緒二十三年蔡振豐的《苑裡志》，一併收錄。先論《苗栗縣志》：

一、泉水洞：在通霄堡南勢湖界內。其泉從峭壁懸流，或自地湧出合流，灌溉田園，計三十餘甲，俗呼爲「泉水窩」。

二、山頂泉：在苑里東南五里。有高尖山矗起三十餘丈，極際有泉，四時不涸。

三、石井：在縣城內城隍廟右畔。

四、下溝井：在貓裡街和善寺前。

五、水井：在銅鑼灣雙峰山下。

六、蟹目井：在樟樹林莊內。兩井相對，約百餘步。

七、甘泉井：有二，一在縣治南七里，大平頂山腳。一在吞霄堡北勢莊，俱甘美，夏冷。

八、響泉：在貓裡溪頭山尖，有石微凹，盛水時作椎鑿聲。（《淡水廳志》）

九、石磴瀉泉：在苗栗照西牌山（一名四牙石），有泉自石中。中祀古佛，造化天然。（《新竹縣志初稿》）

《苑裡志》收錄了如下數泉：

十、福德井：在苑里街後，上有一小墩，有小石龕，祀福德
神，故名爲福德井，雖小而泉清甘，久旱不涸。

十一、湧天泉：在芎蕉坑莊船底湖，山上湧泉一窟，久旱之
時，四處無水，眾人取汲不竭。

十二、甘露水：在六尺埔觀音亭後，山邊湧一泉穴，極甘洌，
往來者多掬飲焉。

十三、滴水流甘：苑里八景之一。滴水一名「猴撒尿」，在火
焰山出西一里大坑口，其高亞於火焰，於懸崖削壁間
突出一股甘泉，時如瀑布，甘洌且清，極旱不竭，可
灌漑數百畝田，甚肥沃，山下之草，清蒼倍於他處，
斯亦山川秀麗之氣所磅礴而然歟。

■ 滴水流甘

苑里八景之一的「滴水流甘」，想必品質甚佳，因爲「清」、
「寒」、「甘」三美及「大旱不涸」，是臺灣茶泉中的佳泉，有詩爲
證：

蔡振豐〈滴泉流甘〉：

> 在山不濁出山清，突有甘泉半壁生。珠噴千回如瀑布，簾
> 懸一幅似磨晶。何人畫譜溪頭寫，費我茶經雨後評。記得居家
> 方夜靜，嘈嘈時送枕邊聲。

蔡相的八景詩〈滴泉流甘〉：

> 滴水原因景以名，甘泉充下十分清。垂巖每作飄風絮，噴
> 石翻疑落雨聲。白玉壺中冰倒瀉，黃金盆上露斜傾。此間遮麼
> 有廉洞，天賜獮猴酒自生。

· 潛園古井

貳 新竹茶泉

有關新竹茶泉志，本文以《淡水廳志》、《新竹採訪志》、《新竹縣志初稿》三書所收錄者為主。

一、巡司埔井：在南門外，竹蓮寺邊。《淡水廳志》：

在縣南城外竹蓮寺邊，開闢之初即有此井。泉清而甘，試以秤較量，常重他井之水。故品茶者，以為新竹通縣，井水第一。雖遠在數里外，不憚往汲焉。

唐宋茶泉貴重，明清以來，茶泉貴「輕」。本處茶泉貴「重」，不知其本。

二、井井泉井：在廳治北門外，在鄭用錫別業，味甘冽。（《淡水廳志》）

三、荳菜井：在廳志北門外崙仔莊，水清可溉荳菜，故名。（《淡水廳志》）

四、靈泉：在廳治東門外，金山面冷水坑東南田畔，距離城八里，有泉迴繞冷水坑，清可沁脾。在光緒二十年范克承修的新竹縣八景中，「靈泉」列為第七景，名為「靈泉試茗」，這是臺灣第一個以「試茗」為名的茶泉，自道光以來，新竹茶客多有歌詠。

■ 靈泉歌詠

靈泉寺,舊名香蓮寺,在金山面冷水坑,距縣南八里,郭家充獻地基。咸豐三年,編茅爲廟宇。同治年間,紳民改建。有泉,清冷沁人心脾。騷客到此品茶,謂之靈泉試茗。 光緒十五年,職員林汝梅捐款。重新改建。廟宇百坪,地基百五十坪。(清·陳朝龍等《新竹縣志初稿》)

根據《新竹縣採訪志》的記載,靈泉寺出產名泉及香茶:

光緒二十一年六月,淪於兵燹。又,寺前僧人種茶供佛,頗稱美產。有古榕一株,可百年物,樹下錯列巨石數十,以供遊人憩足,寺右爲鄭氏冷泉別業,臨水結構,茅屋數椽,不甚裝飾,而曲徑短牆,環植花卉,一種天然幽雅之趣,足以遊目騁懷。

所以新竹的文人多有歌詠靈泉之作,例如陳朝龍〈靈泉試茗〉:

在山泉比出山清,冷水阮頭水一泓。領略此中好風味,新茶活火入詩評。

鄭如蘭〈過靈泉寺有感〉:

當年色相現曇花,此日淒涼感靡涯。聽罷山僧説興廢,斜陽一抹亂棲鴉。

鄭幼佩〈過靈泉寺有感〉:

可憐一炬咸陽火,餘燼還教到佛家。唯有寺前泉水在,聲聲鳴咽伴啼鴉。

鄭鵬雲〈過靈泉寺有感〉:

靈泉勝地冷繁華,劫火曾經遊興賒。聊把新詩題古佛,山門落日聽啼鴉。

郭鏡澄〈題金山面靈泉〉:

共到金山禮佛來,香蓮寺插曉雲開。人間勢利炎如火,願乞靈泉水一杯。

五、泮池：在縣城內文廟，鑿池爲半月形，周一十丈，深一丈餘，池底湧泉，雖隆冬之候，極旱之時，泉出不竭。

六、文昌池：在縣城內文昌宮照牆邊，周廣三十丈，深六七尺，有泉。

七、龍王池：在縣城南門內，龍王廟口，周廣三十八丈，深七八尺，有泉。

八、聖廟井：在縣鎮城內舊學署邊。泉清而甘，不亞於巡司埔井，唯地稍僻，故汲取者少。

九、南門井：在縣城南門內。井泉最盛，稍亞於巡埔司井，而源源不竭，每日。自寅初至亥末，汲取者絡繹不絕，闔城居人賴之。

十、福寧井：在縣城內營署左福寧標營房口，泉水清甘，不亞於南門井。

十一、建寧井：在縣城內營署右建寧標營房後，泉水甘清，頗著名。

十二、丁東泉：俗呼「動滴水」，在縣東二十五里石壁潭山上。石罅出泉，涓涓微注，滴下深谷，丁東作響，如聞梵磬之聲，晝夜不絕。

十三、福泉：在古奇峰之山麓有兩坑，坑水涓涓，自石間出，甘而且冽，有石上鐫「福泉」鄭用錫、鄭用鑑、黃驤雲等，曾於此試泉。清末日治初王石鵬列爲古奇峰八景之首。

新竹的茶泉最有代表性的是靈泉，它也是臺灣最出名的傳統茶泉之一。

參　桃園茶泉

有關桃園的茶泉史料甚少，目前僅見《新竹縣志初稿》收錄觀音鄉的甘泉寺史料一條：

> 在石觀音街，距縣志北五十五里。同治元年，相傳甘泉中得一神像，酷肖觀音，土人立一小寺。後累次改建。光緒二十年，曾阿房等重新改造。廟宇九十四坪零八勺，地基三百八十坪零四勺。

・桃園甘泉古井

第七節 北臺灣茶泉志

壹　臺北茶泉

臺北茶泉志，以《淡水廳志》所收錄爲主。

一、**三孔泉**：在大屯山畔，分三道湧出。附近梯田多資灌溉。

二、**石壁泉**：在包裡山畔，灌溉梯田亦多。

三、**番井沸泉**：在芝蘭堡，其源出自三角埔山，一線如溝，深尺許，多沙，流泉沸騰，冬煖夏涼。

四、**西雲巖泉**：在觀音山畔，獅頭巖寺後。石壁點滴如簷溜。另有一泉分溉各田。

五、**石閣泉**：在芝蘭堡，由石壁流注塘中，四周疊石。種芋味佳。

六、**半山泉**：在芝蘭堡雙溪內，由石隙湧流，繞灌田園數十甲。

七、**對頂泉**：在雞籠山南，從峭壁懸流如瀑布。

八、**龍目井**：在大雞籠山麓社寮，下臨大海，四周斥鹵。泉湧如珠噴起，獨甘。相傳荷蘭所鑿。

九、**乳井**：在劍潭山也佳莊，山也佳即山仔腳。四周巨石，有泉竅。鑿之，深僅數尺。水色如乳，甘可瀹茗。

連橫曾有詩文，認爲淡水的水源泉是世界第三泉，《雅堂文集‧茗談》：

　　煮茗之水，山泉最佳，臺灣到處俱有。聞淡水之泉，

世界第三，一在德國，一在瑞典，而一在此。余曾與林薇閣、洪逸雅品茗其地。泉出石中，毫無微垢，寒暑均度，裨益養生，較之中泠江水，尤勝之也。

《劍花室詩集·茶》：

初秋曾到淡江邊。萬綠叢中喋一蟬。邀得詩人洪逸雅。旗槍相對試山泉。（淡水水道發源之地，距市數里，樹木蒼茂，水由石罅而出，為世界第三名泉，以其水質極佳也，□□初秋，曾與洪逸雅煮茶於此。）

貳 宜蘭茶泉

宜蘭茶泉志主要依據清道光年間柯培元《噶瑪蘭志略》及清咸豐二年陳淑均《噶瑪蘭廳志》所收錄：

一、梅州泉：在四圍之梅州圍，廳治西北四里。

二、東螺社泉：在羅東西北北武莊，去廳治二十里。

三、阿里史社泉：在羅東西北鹿埔阿里史社頭，去廳治二十里。

四、四圍泉：在廳治北七里，從大埤口平壤湧出，合奇武蘭港。

五、三圍山泉：在廳治北七里。

六、奇武蘭泉：在廳治北十里，四圍山腳，平地湧出，入烏石港。

七、公埔泉：在廳治北十六里，平地湧出，紛若星列，達三十九結，入烏石港。

‧吳沙大厝古井（古貌）　　　　　　　　　‧吳沙大厝古井（今貌）

八、龍目井：在鹿埔，沸泉四散，匯流成溝。

九、文昌宮前井：水泉獨甘冽。在仰山書院前。土人以爲文
　　泉。

十、米倉口井。

十一、鎮西街井：土人以爲通海，潮汐應之。

十二、土地公後井。

十三、廳前井。

十四、聖王后井。

十五、五坎井。

十六、八角井：在六坎。以上記載過於簡略，無從探究。然
　　　第九條有甘冽，第十一條有「海眼」說。可見標準同
　　　於一般。此外有蘇澳冷泉及武荖林泉等。

十七、蘇澳冷泉：陳金波有《觀風閣吟草‧冷泉試浴》詠蘇
　　　澳冷泉：涓涓寒漱玉，澡沐驗同朋。花噴三冬雪，苔

凝六月冰。窺魚池照鷺，洗缽水搖僧。一脈人探後，
聲名十倍增。

十八、武荖林泉：

武荖坑在新城車站北，林木茂盛，清流激湍，怪石嶙
峋，曲徑蜿蜒，泉水甚甘。所產名茶，味頗醇厚。
（《宜蘭文獻‧勝蹟特輯》1959）

第八節 東臺灣茶泉志

東臺灣的古典茶泉史料蒐錄不易，今臺東、花蓮各錄一條，其
餘容後補充。

壹 花蓮茶泉

砂婆礑：花市水源，分于溪谷而漉砂池，導以鐵管而給用戶。
市民數萬，供其飲滌裕如也。溪出群峰之中，旁多美蔭，雖盛暑泉
冷如冰。為保衛生，禁遊人出入，境內繞以籬，而加警衛焉。為花
蓮八景之一。（《花蓮文獻》）

貳 臺東茶泉

靈巖湧泉：在臺東長濱鄉，洞口枕山面海，陡崖危壁，聳峙天
成。洞中設觀音佛座，有齋僧駐錫其間。巖中有湧泉，清冽可飲。
其餘七排列左右山腰，具有錫名，合為「靈巖八洞」，為臺東十景
之一。（《臺東縣志》第六篇名勝古蹟〈靈巖八洞〉）

第九節　小結

中國自古在處理泉水就有一套完整的理論，這些理論顯然並非玩新出奇，逞一時之言，而是代代相傳，世有變革的實驗結果。中國的茶泉鑑賞並非只靠口舌，分辨淄澠，而是感官的美學匯通。從眼睛看著清澄泉色，手上捧著冷冽泉水，鼻中聞著撲鼻泉香、耳中聽著鳴泉雅音，口中嚐著甘潤茶泉，那眞是人生至樂之境，如果加上臨水濯足，松風滿懷，那種鮮活茶泉、鮮活花鳥、鮮活自然，眞是鮮活人生的至樂之境。

中國地廣物阜，泉水所在多有，如何評斷一個泉水的好壞呢？自古以來的標準即是「清、寒、甘、香、重（輕）、滑、活」。好的泉水一定要清潔、一定要寒冽、一定要甘醇、一定要芳香、一定要鮮活。茶湯入口以後一要滑潤，嘉靖以前，茶泉一定要重，萬曆以後，茶泉特別重輕。輕重的原因來自茶法的差異。煮茶法和點茶法可以要求水質較重，泡茶法則相反。

由於茗茶賴水而發，天下宜茶佳泉難求，人們自古即有運泉，有時一運就是數千里，水性勞頓，於是又發明了使泉水回復鮮活本性的方法。例如以砂洗泉、以水洗泉、以石洗泉、以石養泉、以石煮泉，從此，中國文人又多了一種雅尚，在茶文化領域裡玩得不亦樂乎。

這些方法，有的在近代還似曾相識；這些方法，不知是否有科學根據，箇中的奧秘，則有賴科學家來揭示了。

臺灣茶泉文化，是以中國茶泉理論為基礎的。在撰寫臺灣茶泉志時，有數種限制：一、受限於史料、時間與篇幅，使得本文沒法

得到更進一層的探索，深以爲憾；二、沒有做田野調查，使本文的實際功能減弱；三、沒有科學背景，在詮釋茶泉時，往往有所欠缺。本文只是臺灣茶泉的研究開端，希望日後有志之士，加以匯通，以求古學今用。

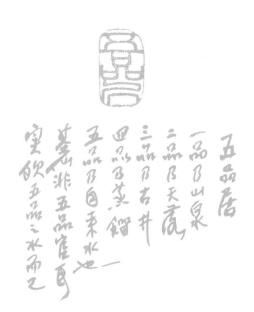

第四章　臺灣茶器發展史

第四章　臺灣茶器發展史

第一節　緒論

　　在討論臺灣茶器發展以前，如果對中國傳統飲茶法的發展，有一個完整的概念，較能深入瞭解臺灣茶藝流變。傳統瀹茶法，依發展史出現的次序是「芼茶法」、「痷茶法」、「煮茶法」、「點茶法」、「煎茶法」、「泡茶法」、「調茶法」等七種。每種瀹茶的方法不同，使用的茶器自然各有差異。

　　「芼茶法」與「痷茶法」自古流行，在漢魏六朝已具雛型，嗣後歷代始終不衰。「煮茶法」流行於唐朝，是六朝飲茶文化的改良。「點茶法」流行於唐末以及宋代，傳入日本變成茶道。「煎茶法」流行於明代嘉靖以前。「泡茶法」流行於明嘉靖以後，直到今天，始終居茶文化的龍頭，傳入日本成為煎茶道。「調茶法」是臺灣當代的產物，對傳統飲茶文化起了重大的革命。飲茶法的改變，最易由茶器得知。飲茶法變了，茶器自然也跟著改變。

　　至於茶器，依功能可分為：煮水器、瀹茶器、飲茶器、潔茶器、陳列器、收藏器等六種。煮水器是指以爐子為中心的周邊設備；瀹茶器是指以注子、茶碗、茶壺等製作茶湯為中心的器具；飲茶器是指以碗杯為中心的飲茶器皿；潔茶器是指茶藝的清潔器具——例如渣斗與茶巾；陳列器是指以整組茶器為擺設展示的架子，例如具列、茶桌、茶車等；藏茶器是指茶器的收藏器具，例如都籃等。

·漢代青瓷茶托

　　本章採用「瀹茶」一辭，這是一般人較少採用的名辭。最主要原因是歷代茶湯製作的方法千變萬化，不論是淹茶、煮茶、煎茶、點茶、烹茶、芼茶、泡茶、沖茶……等等名詞，都不可能有效的涵蓋所有的茶法。至於「瀹」有「浸漬」、「烹煮」等等涵義，兼容並蓄了末茶與葉茶的茶法，涵蓋的範圍遠較其他字彙完整，所以本文採用這個名詞。

　　由於唐、宋、明三代，對傳統茶文化影響最大，明代以後的茶器，是在唐宋的基礎下開發完成的，所以從唐代煮茶茶器和宋代點茶茶器談起。

第二節　唐代茶器志

　　唐代瀹茶的方法是煮茶法，在史料中以陸羽的《茶經·三之器》記載最為完全。如果以此為基礎，再補充相關史料，則唐代茶器大概可以窺得全豹。以煮茶功能而論，唐代茶器大致可分為六大類，至少有三十餘種：

壹　**煮水器**：包括風爐、灰承、筥、炭檛、火筴、鍑、交床等七項。

貳　**瀹茶器**：包括夾、紙囊、碾、拂末、羅合、則、水方、漉水囊、瓢、竹筴、鹺簋、揭、熟盂、茶臼。

參　**飲茶器**：是茶碗、畚、紙帊、茶托等四項。

肆　**潔茶器**：至少包括了渣方、札、滌方、巾等四項。

伍　**陳列器**：具列。

陸　**收藏器**：畚（收藏茶碗）、都籃（收藏全部茶器）。

　　上述茶器中，有些功能相同，例如茶碾與茶臼，唐人用了茶臼就不會用茶碾。有些茶器是可有可無的，例如茶托。但是工欲善其事，必先利其器，要煮好茶湯，往往得使用二十來種的茶器。

■ 唐代的茶器

一、風爐：是煮熱水用的，功用等於後代的茶爐。這種茶器後來
　　在中國很少使用，倒是日本的風爐源出於此。

二、灰承：是風爐的配件，在風爐內部，是放置灰燼用的。

三、筥：是裝置燃料木炭的茶器。

四、炭檛：是用來打碎木炭，以供煮水的茶器。

五、火筴：是用來夾炭入爐的茶器。

六、鍑：是燒茶湯的容器，等於後代的鍋子，或是日本茶道的茶
　　釜。

七、交床：是把燒好的茶湯，端下來放置的臺子，用意在於避以
　　免茶湯在鍑中繼續加溫，使茶湯太老。

八、夾：是用來夾茶餅烤茶的茶器。

九、紙囊：是用來放置烤熱、烤熟的餅茶的紙袋，以免香氣散
　　失。

十、碾：是用來把餅茶碾成粉末用的，唐代以木製，宋代以金、
　　以石製。

十一、墮：茶碾內部配件，用以碾茶。

十二、茶臼：用來磨茶的工具。包括臼和杵兩部份，功能同於茶
　　碾。用碾較正式，用臼較簡便。

十三、拂末：茶末以拂末收集及清潔，陸羽用的餅茶可能不太
　　大，可以直接於臼、碾中研製，所以並沒收錄擊碎餅茶的茶
　　器。

十四、羅合：「羅」是用來篩濾茶末的，以免茶末顆粒太粗。
　　「合」是用來盛茶末的，兩者可合而為一器，上羅下合，所
　　以稱為「羅合」。

十五、則：是用來量茶末煮茶的茶器。

十六、水方：是用來裝生水的茶器。

十七、漉水囊：是用來濾去水中雜物的茶器。

十八、綠油囊：是用來取水的茶器。

十九、瓢：是用來盛水入鍑用的茶器。

二十、竹夾：用來環擊茶湯用的茶器。

二一、鹺簋：是用來裝鹽的茶器。

二二、揭：鹺簋裡面的一件小配件，用來盛鹽入鍑的茶器。

二三、熟盂：是用來裝熱水用的茶器。

二四、碗：是用來喝茶的茶器。

二五、碗托：是用來固定茶碗的茶器。

二六、畚：是用來收藏茶碗的茶器，一個畚可以容納十個茶碗。

二七、紙帊：用以保護茶碗，以免堆疊受損的紙帊。

二八、札：是用來清除雜物污物的茶器。

二七、滌方：是用來洗滌的茶器。

二八、滓方：是用來盛裝滓渣的茶器。

二九、巾：是用來清潔的茶器。

三十、具列：是用來擺開陳設諸般器物的茶器。

三一、都籃：是用來收藏所有器物的茶器。

【唐代茶器】（日本，春田永年，《茶經卷中圖解》影印）

爐內半面之圖

爐銘　爐足銘

風爐

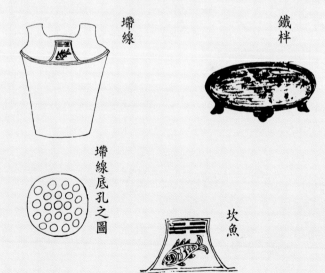

墆㙩

墆㙩底孔之圖

鐵柈

坎魚

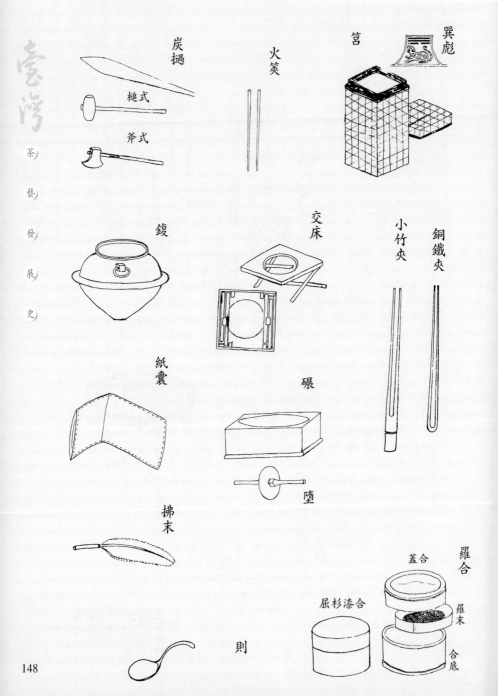

炭撾

槌式

斧式

火筴

筥

巽彪

鍑

交床

小竹夾

銅鐵夾

紙囊

碾

墮

拂末

則

蓋合

屈杉漆合

羅合

羅末

合底

水方

漉水囊

綠油囊

瓢

梨木杓

竹夾

醆籃

合式

曇式

籠式

揭

熟盂

碗

巾

具列

架式

床式

都籃

第三節　宋代茶器志

　　宋代茶法是點茶法，瀹茶方法和唐代的煮茶法有相當的差異，所以使用的茶器和唐代略有不同。宋代的茶器，以功能而論，大致可分為六大項，至少有二十餘種：

壹　**煮水器**：唐代包括風爐、灰承、筥、炭檛、火筴、鍑、交床等七項。宋代因為是在碗裡點茶，不是用鍑煮茶，所以不必移鍑置交床之上，一般可能沒有使用交床。此外，為了方便提瓶點茶，往往不用鍑燒水，而改用水瓶、水銚燒水。

貳　**瀹茶器**：唐代包括夾、紙囊、碾、墮、拂末、茶臼、羅合、則、水方、漉水囊、綠瓢、竹筴、碗、畚、等。宋代飲茶不可加鹽，所以主要省了鹺簋、揭等兩種。而且宋代的茶碗可兼點茶器與飲茶器。但是大型茶湯會則使用大茶碗與分茶碗。大茶碗是點茶器，分茶碗是飲茶器。此外，由於宋代的茶湯要求較高，於是又開發了茶磨、茶焙、茶籠、砧椎、茶鈐、茶筅、茶注、茶勺等數種。

參　**飲茶器**：主要是茶碗，但是較少用畚、紙帕等，正常使用茶托。如果用茶碗打茶，則點茶器兼飲茶器，如果用大茶碗打茶，則用分茶碗飲茶。

肆　**潔茶器**：主要有茶巾、渣斗、札、滌器等四種，同於唐代。

伍　**陳列器**：主要是茶桌。

陸　**收藏器**：主要仍是都籃。

在此以後，明代的江南茶、清代閩粵的工夫茶和清代江北的蓋碗茶，三者鼎足而立，是中國傳統最重要的茶法。由於臺灣從明鄭至清代光緒二十年以前，飲茶方法完全是踵武中國，使用的茶器也全都是由大陸輸入，所以只要瞭解中國茶器，就可以完全掌握日治時代以前臺灣茶器的發展。

·宋代白磁茶器

·宋代青磁茶器

■ 宋代的茶器

一、**茶爐**：功用同於唐代風爐，《茶具圖贊》稱之爲「韋鴻爐」。

二、**灰承**：唐代著錄，宋代未見著錄，按理有之。

三、**筥**：唐代著錄，宋代未見著錄，按理有之。

四、**炭檛**：唐代著錄，宋代未見著錄，按理有之。

五、**茶瓶**：用以燒沸開水的瓶子，功能類似唐代茶鍑，但有提把，可以省略水杓。

六、**茶焙**：用以養茶，使茶保持常溫的茶器。

七、**茶籠**：用以盛藏茶的茶器。

八、**砧椎**：用以碎茶的茶器，《茶具圖贊》稱爲「木待制」。

九、**茶磨**：用以將茶磨成茶末的工具，《茶具圖贊》稱爲「石轉運」。

十、**茶鈐**：用以炙茶的茶器，陸羽稱爲「夾」。

十一、**茶碾**：用以碾茶的茶器，《茶具圖贊》稱爲「金法曹」。

十二、**茶羅**：用以羅茶盛茶的茶器。《茶具圖贊》稱爲「羅樞密」。

十三、**茶盞**：用以盛茶湯的茶器。《茶具圖贊》稱爲「陶寶文」。

十四、**湯瓶**：用以盛熟湯點茶的茶器。《茶具圖贊》稱爲「湯提點」。

十五、**茶筅**：用以打茶的茶器，又稱「茶匙」。由於底部分開如鬚，所以也稱爲「分鬚茶匙」，《茶具圖贊》稱爲「竺副師」。

十六、勺：即茶杓，用以取生水煮沸，《茶具圖贊》稱爲「胡員外」。

十七、茶碗：普通都兼打茶與飲茶之用。

十八、打茶碗：專用於打茶，不用於飲茶。

十九、分茶碗：專用於飲茶，不用於打茶。

二十、茶帚：用以清除渣滓，《茶具圖贊》稱爲「宗從事」。

二一、茶托：用以安置茶碗，《茶具圖贊》稱爲「漆雕秘閣」。

二二、茶巾：用以清潔茶器，《茶具圖贊》稱爲「司職方」。

二三、茶桌：典籍未見著錄，但繪畫中往往得見，例如趙佶的〈文會圖〉。

二四、茶盤：用以陳列茶器或收藏茶器，見《文房圖贊》裡的「玉川先生」。

二五、具列：用以陳列茶器。

二六、都籃：用以收藏茶器。

二七、簡易茶器：宋代有所謂「玉川先生」，一套包括茶注、茶碗、茶筅、茶末罐、茶勺、茶盤等六種茶器。

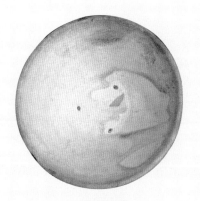

·宋代定窯茶器

臺灣

茶

藝

發

展

史

漆雕秘閣
茶托，用以固定安置茶碗。

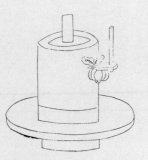

石轉運
即茶磨，用以磨茶。

陶寶文
茶碗，用以點茶。

木待制
即茶槌，用以碎茶。

韋鴻臚
即茶焙籠，用以烘茶。

胡員外
即茶瓢，用以取水。

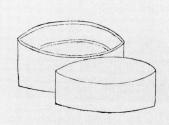

羅樞密
即茶羅合,用以篩茶貯茶。

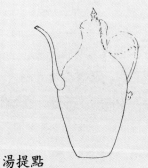

湯提點
茶注子,用以貯熟水。

金法曹
即茶碾,用以碾茶。

宗從事
茶箒,用以潔器。

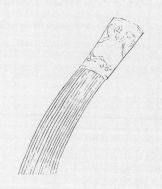

竺副師
茶筅,用以攪茶摔茶,使之水乳交融。

司職方
茶巾,用以拭器。

155

第四節　明代江南茶器志

　　明代的茶器代表是江南茶器。在嘉靖以前，行點茶法，所以茶器和宋代並沒有太大的差異，最具代表性的是明初朱權使用的茶器。朱權的《茶譜》，大概完成於宣德正統年間，在這部茶書裡，朱權收錄了茶爐、茶灶、茶磨、茶碾、茶羅、茶架、茶匙、茶筅、茶甌、茶瓶等。其中茶爐與茶灶的功能相似，茶匙與茶筅的功能雷同。

　　到了明嘉靖年間，顧元慶的《茶譜》，收錄了盛顒《茶具分封六事》裡的茶器，一共有二十三種：

　　　　苦節君、建城、雲屯、烏府、水曹、器局、商象、歸潔、分盈、遞火、降紅、執權、團風、漉塵、靜沸、注春、運鋒、甘鈍、啜香、撩雲、納敬、受污、品司。

　　明代泡茶法的茶器大致完備。

　　由於不再碾茶、羅茶，在這套茶器裡，傳統的茶碾、茶磨、羅合等等都已經不見了，卻出現了注春、啜香等茶器。可知中國泡茶器，至少在嘉靖初年即已完成。此外，把茶食列入基本配備也是前代所無的。到了萬曆年間的屠隆的《茶箋》又提出了湘筥焙、鳴泉、沈垢、合香、易持等五項，在《遊具箋》，屠隆提出了提爐，於是明代的茶器大致共有二十九種。

　　明代的茶器，大致可分為六大項，約二、三十種：

壹　煮水器：商象（石鼎）、遞火、降紅、團風、漉塵、靜沸、竹爐（苦節君）、茶灶、泉缶、烏府、鳴泉、竹架。

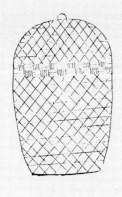

建城

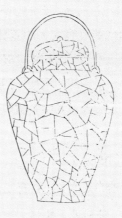

雲屯

器局

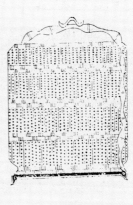

品司

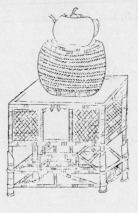

苦節君（竹茶爐）

水曹

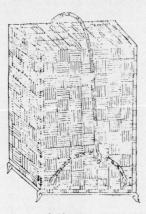

苦節君行省

烏府

貳 泡茶器：建城、湘筠焙、分盈、執權、注春、甘鈍、撩雲、沈垢、合香。

參 飲茶器：運鋒、啜香、納敬、易持（茶托）。

肆 潔茶器：水曹、歸潔、受污（拭抹布）。

伍 陳列器：茶桌等。

陸 收藏器：器局、品司、苦節君行省、提爐、都籃。

　　這些茶器裡，有些可能重複或類似，例如茶洗或洗茶籃等；有些用途可能不明，例如茶架、茶匙等。但是大致上被江南茶人傳承至清代，而且被日本人引入煎茶道。

■ 明代使用的茶器

一、竹爐：湘竹風爐，用以煮茶，又稱「苦節君」。

二、藏茶箬籠：又稱「建城」，用以使茶保持常溫。

三、焙茶箱：用以養茶色香味，又稱「湘筠焙」。

四、泉缶：用以盛清泉，又稱「雲屯」。

五、盛炭籃：用以盛炭，又稱「烏府」。

六、滌器桶：功用同於渣方，又稱「水曹」。

七、煮茶罐：即煮水罐子，又稱「鳴泉」。

八、茶籠：竹編茶籠，用以收藏各式名茶，又稱「品司」。

九、茶洗：洗茶用，又稱「沈垢」。是明代以後才有的茶器。

十、水杓：盛水入瓶，又稱「分盈」。每兩升水，一兩茶。

十一、茶枰：稱茶量用，准茶枰。每茶一兩，用水二升。又稱「執
權」。

十二、日支茶瓶：依每日使用量裝。又稱「合香」。又稱「分茶罐」。

十三、竹筅帚：用以滌壺，又稱「歸潔」。

十四、洗茶籃：用以洗茶，又稱「漉塵」。功同於茶洗。

十五、石鼎：用以煮水，又稱「商象」。

十六、銅火斗：用以盛炭，又稱「遞火」。

十七、銅火箸：用以夾炭，又稱「降紅」，不用索連。

十八、茶扇：用以搧爐火，多爲湘竹扇，又稱「團風」。

十九、茶壺：用以泡茶。又稱「注春」，早期錫壺，後來瓷壺，接著特
重宜興砂壺。

二十、竹架：即茶經支腹。又稱「靜沸」。

二一、劗果刀：用以取食茶果。又稱「運鋒」。

二二、茶甌：用以盛湯品茶。又稱「啜香」。

二三、茶匙：竹茶匙。又稱「撩雲」。

二四、木碪墩：用以碎茶，又稱「甘鈍」。

二五、茶囊：用以盛茶甌待客。多爲湘竹茶盤，又稱「納敬」。

二六、茶托：用以置茶甌茶杯，即漆雕祕閣。又稱「易持」。

二七、拭抹布：用以擦拭。又稱「受污」。

二八、都籃：收納十六件茶器，又稱「器局」。

二九、提爐：旅行茶器盒。

第五節　清代江北茶器志

清代江北茶器，以泡茶器而言，有「茗壺」和「蓋碗」的不同。以茗壺泡茶爲通國之飲，不必特舉，本章以蓋碗茶法作爲代表。

蓋碗茶法很可能源自清宮，並透過宮庭推行，所以流行很廣，遍於全國，不論階級，不論地域。（說詳拙著〈中國蓋碗發展史〉，見《論茶》）一般而言，蓋碗茶的基本配置法主要有三種：

一、是以茶壺配蓋碗，茶壺是泡茶器，蓋碗是飲茶器。

二、是以大蓋碗配小蓋碗，大蓋碗是泡茶器，小蓋碗是飲茶器。

三、是把茶泡在蓋碗裡，蓋碗是泡茶器，也是飲茶器。

由於清代以後的茶器記載，大致上是沿續前朝，目前史料並不完整。僅清・震鈞《天咫偶談》、徐珂的《清稗類鈔》等，記載了數條北方人的茶器文獻。

一、茶銚：「銚以薄爲貴，所以速其沸也。今人用銅銚，腥澀難耐。蓋銚以潔爲主，所以全其味也，銅銚必不能潔，瓷銚又不禁火。今粵東白泥銚，小口瓷腹，極佳。蓋口不宜寬，恐泄茶味。北方砂銚，病正坐此，故以白泥銚爲茶之上佐。凡用新銚，以飯汁煮一二次，以去土氣，愈久愈佳。」

二、茶爐：「不灰木小爐，三角如畫上者佳，然不可過鉅。以燒炭足供一銚之用者爲宜。」

三、**茗盞**：「以質厚爲良，厚則難冷。江西有仿郎窯及青田窯者爲佳。」

四、**茶匙**：「用以量水。瓷者不經久，以椰瓢爲佳，竹與銅皆不宜。」

五、**水甌**：「約受水二三升者，貯水置爐旁備取，宜有蓋。」

六、**風扇**：「以蒲葵爲佳，或羽扇，取其多風。」

七、**茶罎**：「收茶必須極密之器，錫爲上，焊口宜嚴，瓶口封以紙，盛以木篋，置之高處。」用以藏茶，十斤一瓶。

（以上見清・震鈞《天咫偶談》）

中國蓋碗主要有三種：

一、**天蓋地型**：蓋子比碗口大，這種蓋碗往往用於飲食。

二、**天地和型**：碗蓋下部的內緣削去一層，而碗身上部的外緣削去一層，如此一來，兩者扣和，密不通氣，謂「子母扣」。這種

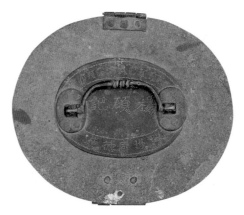

・清代銅茶巢，一般爲竹藤器，銅器少見。

·清代青花茶壺，青花色澤淡雅，宜於文人茶。

·清代五彩壺，民間常見茶器。

·清代五彩銚壺，較為罕見。

·清代五彩銚壺，正面圖

·清代石灣綠釉壺，民俗茶器。

·清代銅茶桶，造型古雅。

·清代茶洗。洗是明清以後才有的茶器，十分罕見。

·茶洗，反面。

器皿中國民間用來盛裝果子，藥房用來裝置藥材。

三、地蓋天型：碗蓋較碗口小，茶碗蓋可以扣合於碗內，這種蓋碗中國人用於飲茶。

但是這類茶器的域外流傳情形和中國有所不同。在日本，基本上蓋碗多是「天蓋地型」，這是從宋代的蓋碗流傳過去的。現存豐臣秀吉的黃金茶器中，就有一件黃金蓋碗，那是金托、金碗和金蓋三件一組。至於外銷西洋茶器，成套茶器中，蓋碗是用來當做盛裝糖的糖罐。

第六節　閩粵工夫茶器志

閩粵的工夫茶器，主要是隨著閩粵的飲茶風尚而改變的。第一個時期是武夷山的僧道茶器，第二個時期是富商茶器，第三個時期是茶人茶器。至於這種飲茶法，到了臺灣又發展出三種工夫茶器：臺灣傳統工夫茶器、平民工夫茶（即老人茶器）、當代茶藝茶器。

壹　僧道茶器

指武夷茶山寺廟中用以招待來賓的茶器。西元一七八六年，袁枚曾到武夷山，當他到了幔亭峰的天游寺時，僧道獻茶的茶器是：

> 杯小如胡桃，壺小如香櫞。

他沒有提及質材，有可能壺、杯都是德化瓷，也有可能壺、杯都是景德瓷，更有可能是宜興壺配德化杯，或是宜興瓷配景德杯。前兩種的可能性較少，因為中國茶器史上，除了宮庭茶器，壺與杯

很少是一窯所出。至於第三種和第四種的可能性就大，。也符合中國的飲茶傳統。問題還不止如此，中國茶杯是從中國茶碗演進來的，但在此之前始終不見如此之小杯，這種小杯叫做盨。《說文解字》：「盨。小梧也。」這種茶器，口徑大概只有一寸左右，在武夷山流傳了多久，沒有人知道，但至少乾隆十一年（1746）以前就有這種小型飲茶器。

貳 富商茶器

指流行於富商和風月之間的茶器，是第二個時期的工夫茶器。記載於清嘉慶六年俞蛟的《潮嘉風月記》，是目前最完整的富商工夫茶記錄。

一、茶爐：形如截筒。高約一尺二三寸。以細白泥爲之。

二、茶壺：宜興壺最佳。圓體扁腹。努嘴曲柄。大者可受水半升。

三、茶杯：花瓷居多。內外寫（按：「寫」指「畫」）山水人物。極工致。類非近代物。杯數視客而定。

四、茶盤：花瓷居多。內外寫山水人物。極工致。類非近代物。圓盤。

五、壺盤：用以裝茶杯。

七、瓦鐺：側柄，即砂銚。

八、棕墊：用以墊壺盤。

九、紙扇：用以搧火。

十、竹夾：用以夾炭。

參　茶人茶器

茶人茶器是指流行於文人雅士之間的茶器。是第三期的工夫茶器，最早的史料見於道光十二年（1832）周凱的《廈門志》：

> 俗好啜茶。器具精小。壺必曰孟公壺。杯必曰若深杯。

所提及的「孟公壺」和「若深杯」，開啓了近代所謂的「工夫茶四寶」：潮汕烘爐、玉書㼡、若深杯、孟臣壺。

一、潮汕風爐：早期形若截筒，大概有一尺多高。後來所製較爲矮小肥胖。大概有八九寸高。在爐上可以看到生產者刻印的堂號。

二、玉書㼡：朱赭色的薄砂銚。裡面可盛水四兩。玉書是人名，疑指潘玉書，爲清末民初人。

三、若深杯：若深相傳是僧人，生平事蹟待考。善製茶杯。杯底有「若深珍藏」四字。以楷書款爲主，後來成爲敞口小杯的代稱，定窯和景德鎮均有製造。現在市上藏家所見的若深杯，均爲青花。

四、孟臣壺：宜興惠孟臣所製的砂壺。惠孟臣生平無可考，最早見乾隆末年吳騫的《陽羨名陶錄》，生平待考。孟臣壺爲閩粵重器，得者珍若拱璧。

· 近代錫製茶盤，工夫茶器，平時可收藏，泡茶時可貯茶滓水。

第七節　臺灣傳統工夫茶器志

　　由於地緣關係，臺灣傳統工夫茶法源自廈門。在臺灣茶人裡，記載工夫茶器最完整的學者是連橫，酷好工夫茶的代表人，也是連橫。連橫的茶學論著，主要有《臺灣通史・農業志・茶》、《劍花室外集・茶詩》、《雅堂文集・茗談》，而工夫茶文獻，大多保存在〈茶詩〉與〈茗談〉裡。

　　連橫作品中，先後提到的工夫茶器主要有五種，這當然不夠說明完整的工夫茶，卻說明了這些茶器在連橫心中的地位，所論以壺、杯爲主，和周凱之說正合。

一、若深小盞：「若深，清初人，居江西某寺，善製瓷器。其色白而潔，質輕而堅，持之不熱，香留甌底，是其所長。然景德鎮白瓷，亦可適用。」〈茗談〉

二、孟臣壺：「孟臣姓惠氏，江蘇宜興人。陽羨名陶錄雖載其名，而在作者三十人之外。然臺尚孟臣，至今一具，尚值二三十金。」〈茗談〉

三、哥窯盤：出〈茶詩〉：「若深小盞孟臣壺，更有哥盤仔細鋪。」指宋代哥窯開片盤子，或仿宋盤。

四、泥爐：出〈茶詩〉：「泥爐竹扇寓雙清」。

五、竹扇：出〈茶詩〉。

　　除孟臣壺以外，他還從《陽羨名陶錄》裡抄錄了一份宜興陶人名單，包括：供春、董翰、趙良、袁錫、時鵬、時大彬、李仲芳、徐友泉、歐正春、邵文金、蔣時英、陳用卿、陳信卿、閔魯生、陳

·清代工夫茶組，茶杯茶盤，描金，精工，茶杯較大。

光甫。他的結論是：「然今日臺灣，欲求孟臣之製，已不易得，何誇大彬。」當時宜興傳統的歷史名壺在臺灣幾乎絕無僅有。

在臺灣的宜興茶壺，連橫知見的有：

一、秋圃：出〈茗談〉。制作亦雅，有識無銘。

二、萼圃：同上。

三、潘壺：出〈茶詩〉及〈茗談〉。色赭而潤，係合鐵沙為之。質堅耐熱，其價不遜孟臣。

四、髮僧壺：出〈茶詩〉。

五、君德壺：出〈茶詩〉。

六、逸公壺：出〈茶詩〉。

此外，連橫《劍花室外集》的茶詩：

> 四家名器世同珍，別有奇壺署髮僧。君德逸公何足
> 數，古香古色獨飛騰。

「四家名器」曾引起了近代臺灣茶界的探討。

首先確定什麼是「名器」。名器可指「名」與「器」，所以《左傳》說：「唯名與器」，也可指「寶器」，所以《國語》說「鑄名器」。連橫所說的應是後者，所指大概是茶壺名器。除了閩粵工夫茶裡最有名、最珍貴而被尊爲「孟公」的孟臣壺以外，他又提出了君德、逸公二家。如此一來就有三家名器了，然而所缺的一家又是誰呢？一說是「無名」，但是茶界從未見署「無名」款之茶壺，因此無名可能是指無落款之壺。此外，連橫特別注重「潘壺」，因此連橫所謂的四大名壺可能是孟公壺、潘壺、君德、逸公等四大家。

除了宜興砂器以外，閩粵地區也大量仿製宜興茶壺，這在金武祥的文章裡可以得知。這些茶壺，由廈門等地大量輸入臺灣。最有名的是汕頭壺，由於土質、胎骨、做工、造型等都和宜興紫砂有相當的差異，兩者極易區別。

■ 孟公壺、潘壺、君德、逸公

孟臣壺的史料最早見於清乾隆年間吳騫的《陽羨名陶錄》：

> 海寧安國寺，每歲六月廿九日，香市最盛，俗稱齊豐宿山，于時百貨駢集。余得一壺，底有唐詩「雲入西津一片明」句，旁署孟臣製，十字，皆行書，制渾樸。而筆法絕類褚河南，知孟臣亦大彬後一名手也。

次見於清末李放《中國藝術家徵略‧陽羨陶人》：

> 張燕昌曰：「余少年得一壺，底有真書「文杏館孟臣製」六字，筆法亦不俗。而製作遠不逮大彬，等之自檜以下可也。」

又見清末金武祥《海珠邊瑣》：

> 潮州人茗飲，喜小壺。故粵中偽造孟臣逸公小壺，觸目皆是。孟臣以竹刀劃款，蓋內有永林篆書小印者為最精。

逸公壺：史料見金武祥《海珠邊瑣》：

> 逸公乾隆時人，故吳兔床陶錄不載。逸公之坭色最奇，小壺亦有佳者，莫若手造大壺之古樸可愛也。

君德：史料見於民初李景康、張虹《陽羨砂壺考》：

> 嘗見藏器，僅鎸楷書君德二字，造工極精。碧壺山館藏朱坭小壺一柄，雙釉皮。底鎸雍正年製四字，板金下刻「君德」兩字，悉楷書。

潘壺：史料見《陽羨砂壺考》：

> 潘仕成，字德畬，番禺人，先世以鹽賈起家。道光癸巳年，京畿荒旱，德畬以副貢捐輸，賞給舉人，官歷至兩廣鹽運使。粵人官粵，誠破格也。在廣州建別業，名海山仙館，即今荔枝灣。臺榭亭院，蒔木栽花，極人工之勝。四方聞人，蒞廣州者，多集其間。德畬喜收藏，法書名畫，蒐羅極富，刻有海山仙館藏真帖。先世本閩籍，閩人多嗜茶，至德畬好尚不改，特製茗壺。以壺蓋唇外，陰文篆書潘字印為識。至今流傳，粵人名之曰潘壺。

第八節　臺灣傳統民俗茶器志

臺灣傳統的茶文化裡，最有民俗味道的茶器就是龍罐、茶碗、茶灶、茶巢等四種。

壹　龍罐

龍罐是一種褐釉陶製的茶壺，有一個圓形的大腹，在壺腹兩邊各以貼花的技巧，貼上一條龍，所以叫做龍罐。龍罐的壺把都是硬提梁，而且只是一個小把，它的流、嘴都很小，有時在嘴處有龍裝飾，後來也有無裝飾者，但也還稱之爲龍罐。至於壺蓋，蓋面下凹，質材大多與壺相同，但爲了防止蓋子滑落，有時蓋子不上釉。龍罐大小不一，大的一尺以上，小的不到十公分，足以適應各種場合之需。這種茶罐是日治時期，甚至光復初期，民間流行最廣的茶器，工作處，田埂間，往往可以見之。

貳　茶碗

茶碗是一只普通的碗，一般平民往往不太考究，喝茶、吃飯，甚或飲酒，所使用的碗都沒差別。早先的茶碗仰仗大陸進口，日治時期，台灣漸有窯場製作，也有從日本輸入，來源漸廣，因此，臺灣各類型的茶碗特色明顯。有時茶碗可以兼泡茶器，這是中國最正統的撮泡法，多見於茶山的茶農試茶。

· 早期龍罐，平素無文。

參 茶灶

民間還流行一種素燒的茶灶，是由明代提爐演進的，兼有都籃、風爐等功能，更用於貯存茶器與製作茶湯。

肆 茶巢

又稱「茶壽」，是一種保溫茶器，通常內貯一個大茶壺與幾個小茶杯。質材多樣，金屬、藺草、藤草、稻草等都有。上面有蓋，扣好了還可加鎖，保溫期間可以達到四、五個小時。

第九節　日治時期茶器志

所謂土瓶飲茶法，是日本的一種茶器，屬於一種提梁壺，早先有硬提梁，後來大都是軟提梁。原先可能是土器，後來改爲瓷器，在臺灣傳統茶文化裡，大多用於家庭待客、新娘茶禮等，主要配備有：

一、**風爐**：燒水器，就是唐代陸羽的風爐，較流行的有道安風爐和鬼面風爐。

二、**茶釜**：燒水器，就是唐代陸羽的茶鍑。

三、**水杓**：盛水器，就是唐代陸羽的水杓。

四、**水壺**：燒水器，功能同於茶釜。中國水壺和日本水壺（或茶釜）最大的不同是中國在壺蓋上有氣孔，日本沒有。這可能和中日泡茶、點茶溫度有關。中國各式茗茶，種類繁

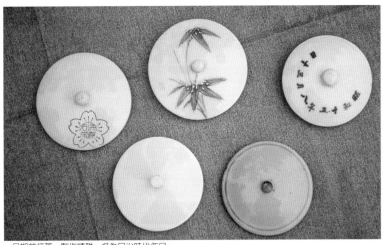

· 早期茶杯蓋，製作精雅，多為日治時代作品。

· 民國工夫茶組，龍泉盤、日本杯，鶯歌壺。

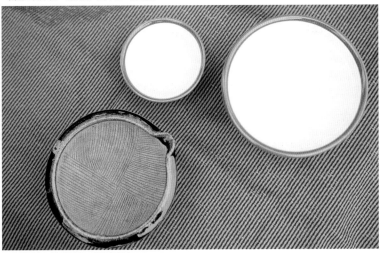

· 各式擂缽，日式無流，黃堡窯有流。

·富士山茶碗、茶杯、茶盤,製作精雅。

多,有的要求溫度較高,所以必要有氣孔,否則水燒不開;日本泡綠茶、點末茶,要求溫度不可能超過會掀起壺蓋的攝氏九十度,所以不需要氣孔。

五、土瓶:中國茶壺有四種,一是把壺,也就是壺嘴、壺口、壺把都在一條線上,傳統的檢視標準,最重要就看這三線是否合一,又叫做「水平壺」;二是軟提樑壺,壺把在壺身之上,但是質材不同於茶壺,往往是以金屬為提樑;第三是硬提樑壺,壺把固定在提樑之上,而且質材同於壺身;第四是銚壺,原來用於燒水或煎藥,但後來也有用於瀹茶。日本的茶瓶有兩種,一是茶銚型的側柄壺,壺嘴與壺把呈垂直九十度,主要用於煎茶道,是由中國的茶銚演變而成的;二是軟提樑,以竹藤之屬為提樑,一般稱為「土瓶」。

六、蓋碗:說詳第五節〈清代江北茶器志〉。

七、茶托:中國茶器裡,可以有托,也可以無托,並沒有嚴格的規定。托可以和茶碗相同質材,也可以不同質材;可以

· 慶同窯青龍茶器，約為一九七五年產品。

同時製造，也可以另外製造。日本茶托則另外製造，質材以漆、金屬為多。

八、**茶盤**：中國茶盤種類繁多，有竹、木、漆、陶、瓷、金、銀、錫等。質材可能與茶碗茶杯相同，也有可能是另外製造。日本的茶盤均為另外製造，而以漆器最有代表性。

九、**層盒**：中國茶食器共有四種：茶食盤、攢盒、攢盤、層盒等。茶食盤，用盤子盛裝茶食，可能是一個盤子裡有一種茶食，而由多個茶食盤組合為一套茶食器；也有可能是一個盤子裡盛裝多種茶食。攢盒，是一個器皿裡分格裝置茶食，少則八格十格，多則一二十格，也有蓋和底都是攢盒，一攤開可放數十種茶食。攢盤，主要有圓形與方形，那是多個器皿組合成。質材相同的組成一套茶食器。擺在中間的，往往造型特殊，其他的則圍成一圈，也有大小相等，可以排列成方形的。層盒，由多個大小相等的茶食器堆疊而成，如果加上提把還可以手提。日本的茶食器以茶食盤和層盒為主。

· 近代日本銀壺與當代臺灣銀壺，風格迥異

第十節　光復以後清飲茶器志

　　所謂「清飲」，就是只飲清茶，不配茶食。臺灣光復以後，多元族群來自四面八方，各種飲茶文化匯集於此。有的飲清茶，只要一只茶杯，用撮泡法，就足以品茗，如果加上一碟瓜子，那就是格外享受了；也可以是保溫茶，用個茶巢泡好了，提供長時間飲用；也可以用個蓋碗，還是撮泡法，享受江北文化口味；更可以用把大茶壺，壺上加只飯碗，提到田間去當工作茶。這些飲用法的煮水器大致相同，可能是茶灶，也可能是炭爐、煤團爐子，後來又出現了瓦斯爐、電爐，甚或在茶壺下加個燒水器，就變成了電水壺，燒出來的水可以直接沖泡，也可以放入熱水瓶裡，以供一日之用。總之，光復後的茶器隨著科學的進步，真是多采多姿。

　　清飲茶器主要是用在辦公室或開會時，是最簡單的茶器。光復以前以日本茶杯為主，後來有臺製茶杯，如北投、南投、苗栗等

· 日本近代茶入三枚與仕覆。

窯。到了日治時代後期，漸改爲玻璃茶杯，民國六十年以後，又改爲瓷杯。

　　光復以後的茶器，大致上可分爲十餘種：

　　一、**茶灶**：或烘爐，後來有酒精燈、電茶壺等。

　　二、**水壺**：可以是日本生鐵壺、鋁壺、不鏽鋼。

　　三、**熱水瓶**：先是馬口鐵，接著是塑膠瓶，不鏽鋼。

　　四、**茶杯**：在茶杯上的沿革，主要有日本瓷杯、玻璃杯、瓷杯、保溫杯、陶杯、金屬杯、石杯等。

· 早期鐵路茶杯。

五、杯托：大概是到了嚴家淦任總統以後（1975），才漸形成加玻璃杯加托的清飲茶法。到了陸羽茶藝中心的陸壺三世（1982），才出現小茶杯加托的當代泡茶法。

六、茶葉罐：是指貯藏茶葉的大茶罐。大多是馬口鐵，後來才有白鐵、陶瓷等其他質材。

七、分茶罐：專供日常飲用的小茶罐。早先大多是馬口鐵，後來質材甚多，諸如金屬、陶瓷、木漆、玉石等。

八、茶桶：清末民初，出現的茶桶有的成套，有的則否。成套茶桶上面是茶桶，底下是茶爐。茶桶的上面有一個開關把子，可以取水。也有茶爐與茶桶分離的。這種茶桶到現在還在使用。

九、茶巢：也有人稱為「茶壽」，因為「巢」與「壽」的臺語同音，有的是金屬器，有的是藤器。說詳本章第八節。

十、臺灣老人茶器：臺灣老人茶器是從工夫茶演化而來的。早期為六件一組。一個茶壺，一個茶海，以及四個茶杯。最早製造這種茶器的是林葆家，他在國五十五年左右，發展出一種開片茶器，開始在鶯歌量產。後來，由開片磁壺，轉為紅陶壺，接著是公道杯的介入。早期的公道杯和整組茶器是分開來的，例如慶同的青花龍杯，與青花茶（酒）器。接著市場上出現了大量的單品陶瓷公道杯。最後公道杯被同化了，和茶壺、茶杯、茶海同一質材。最後由於本省人忌「四」，茶碗增至六個。一九八一年，陸羽茶藝中心的陸壺二世，以

· 清代工夫茶錫茶罐，緊密封實，宜於貯茶。

無柄壺為公道杯，稱之為「茶盅」，提高保溫防塵等效果，是公道杯史上的創舉。徐文琴、周義雄的《鶯歌陶瓷史》說：

鶯歌早期只生產較粗糙供農人飲用的大型茶壺，民國五十五年陶藝家林葆家到鶯歌工作，才開發生產小型的茶具組，對當地陶人有莫大的啟發作用。其時他用自己配的土加氧化鐵，用灌漿法製作，成品為類似哥窯的開片瓷器。當時與他有來往的窯業人士都受到他的影響，後來當茶藝盛行時，他們就投入製造茶具行列。「明義窯業」工廠的老板劉信義是其中一人。他曾跟林葆家學習製壺技術。約民國六十年，他開始用注漿法生產整套「老人茶具」組（包括一個茶壺，四至六隻茶杯），算是鶯歌地區最早生產「老人茶具」的人士之一。老人茶壺的容量有一、二、四至六杯大的，超過六杯即被稱為「大隻」。杯子的大小隨著茶壺的大小而定。開始時他一個月做六七百套，生意最好時達到幾萬套。

這種茶器主導了六〇年代的飲茶文化，並漸有變革，直到八〇年代以後，才漸形成當代茶藝的茶器風貌。

·早期老人茶壺，仿哥窯，開片，量產。

·早期鶯歌茶碗，多功能，可當飯碗、茶碗、酒碗等。

· 近代工夫茶器，最典型的老人茶器。

第十一節　當代茶器志

　　當代茶器在傳統功夫茶與老人茶的基礎下，吸收了江南文人茶、科學茶等特質，發展得相當完整，使用起來相當順手。

　　以煮茶功能而言，當代茶器可分爲六大項：

壹　煮水器：酒精爐、電茶壺、電磁爐等數種。

貳　泡茶器：茶壺、茶墊、茶帕、蓋置、茶杓、茶荷、茶則、分茶罐等。

參　飲茶器：茶杯、茶碗、蓋碗、聞香杯、公道杯、奉茶盤、果盒、果盤等。

肆　潔茶器：茶渣匙、茶筴、茶巾、渣斗等。

伍　陳列器：茶桌、茶車等。

陸　收藏器：都籃、大茶罐。

　　這些茶器和明清傳統茶器大致相同，不過，當代茶器製作家，應用科學理論，開發各種不同茶器，比起傳統茶器其科學性要強得多。

■ 當代茶器種類繁多，功能甚強，大致可分為如下數十種：

一、茶爐：有酒精爐、電茶壺、瓦斯爐、電磁爐等數種。由於能源的改變，古代的煮水器裡的大部分被揚棄了。一九八○年代的忠友茗壺酒精燈，一九八○年陸羽茶藝的陸電一世，結合茶爐與水壺，都開風氣之先。

二、水壺：以質材論，有金屬、陶瓷、玻璃等。以壺柄造型而論，有把壺、提梁壺、銚壺等。

三、茶壺：泡茶器，唯無柄壺用為公道杯。以質材論，金銀玉石木陶瓷等相當完全。以造型論，有把壺、銚壺、軟提梁、硬提梁、飛天、無柄等六大類型。飛天為首見於曾逢景設計的陸壺三世，無柄壺首見於曾逢景設計的陸壺二世。在各式茶壺裡，以宜興砂壺最為普遍。

四、茶海：老人茶置壺其中，加湯加水，當代茶藝用以承壺。

五、茶墊：固定茶壺於茶海中，古代傳統未見。

六、蓋置：放置掀起的壺蓋等，古代傳統未見，疑出日本茶道。

· 陸壺一世（1980）：陸壺一世至五世的主要設計者都是曾逢景，五件都依老人茶理念為基礎來設計，但是都有新變化、新風格，從陸一至陸五，短短三年，臺灣茶器由傳統老人茶器，脫胎換骨而成當代茶器，蔡榮章與曾逢景合作的功力足以斷金，令人歎為觀止。（蔡榮章提供）

· 陸壺二世（1981夏）：依老人茶理念設計，但加上了公道杯（茶盅）。（蔡榮章提供）

·陸壺三世（1982秋）：依老人理念設計，再加上了茶荷，於是近代茶器主體形成。（蔡榮章提供）

·陸壺五世（1983夏）：表面一切仍舊，但是壺把有了重大的變化，於是茶壺靈動飛揚起來。這是近代最有名的飛天壺。（蔡榮章提供）

七、茶杯：飲茶器，一九八〇年代開始，一般六個一組。工夫茶或早期老人茶都四只杯，日本煎茶道用五只杯。

八、茶托：承杯，自古有之，如果小杯，理應不用托。近代小杯托，始於陸壺三世。

九、公道杯：分茶器，有「有蓋」與「無蓋」，「有柄」與「無柄」等區別。陸羽茶藝的無柄壺稱爲「茶盅」，始於一九八一年，一般的無蓋杯稱爲「茶海」。

十、奉茶盤：即傳統茶橐，有金屬製、漆製、竹製等，其中竹製最雅，始於奇古堂研發，質精式雅，最爲有名。

十一、茶巾：潔器之用，早期多爲粗毛巾，近年則有自製精品。

十二、茶巾盤：放茶巾用，及相關品茶小配件，一九八三年由陸羽茶藝中心創製，傳統無此。

十三、茶則：量茶器，後有用「茶荷」者，兼具置茶與賞茶的效果，一九八二年由陸羽茶藝中心開發。

十四、茶匙：撥茶入壺用。

十五、渣匙：去壺渣用，有與茶匙合而一者。

· 當代成套德化茶器，六杯一盤一壺。此種茶器流行於臺灣、東南亞、港澳。

· 當代金門成套茶器，風格全同於臺灣。

十六、**渣斗**：放置污水，有稱「水盂」者。

十七、**熱水瓶**：置熟湯器，用以泡茶。

十八、**電茶壺**：煮水器，也有玻璃器酒精燈等。

十九、**茶葉罐**：小的為分茶罐，或稱「日支罐」或貯茶罐。大的為茶葉罐。

二十、**計時器**：量時間用，陸羽發展。

廿一、**溫度計**：量茶湯溫度用，疑出鑑定茶器。

廿二、**茶枰**：量茶用，疑出鑑定茶器。

廿三、**茶桌**：陳列諸器之用，陸羽茶車發明於一九八〇年，兼有具列、

·明末清初蓋碗，雅竹韶秀。　　　　　　　·當代鶯歌蓋碗與茶碗，溫潤而有民俗雅味。

都籃的功能。

廿四、蓋碗：蓋碗有大有小，大者可當飲茶器和泡茶器，小者供品茶器。大蓋碗的開發以大同瓷器為最早，約在一九七五年左右；小蓋碗始於一九八四年，陸羽茶藝的奉杯。

廿五、長筒杯：可供辦公室飲茶，光復後早先是玻璃杯，後來漸有瓷杯，一九八五年，陸羽發展加內膽的長筒茶杯，稱之為「同心杯」。

廿六、調茶器：原為調酒器，現用以調茶，為調茶法專用茶器。

廿七、聞香杯：用以聞茶香，有廣口與直筒兩式。著錄始見於劉漢介《中華茶藝》的安溪泡茶法。以高杯聞香，廣口杯品茗。陸羽茶藝中心於一九八五年開發的聞香杯，則為廣口杯。

廿八、茶紙：用以潔器或拭嘴，類似日本傳統「懷紙」。傳統未見。

廿九、茶溜：泡茶時，用以焙少量茶葉。

當代茶器的特色主要爲：

一、新開發的茶器多：比較特殊的
是計時器、溫度計、茶荷、茶
車、茶巾盤等，均爲前所未見。
計時器與溫度計的目的在掌握準確
的時溫，以供泡出更好的茶湯。茶
荷是爲了賞茶，聞香杯是爲了多一層
享受，茶車兼有都籃與具列的功能，
調茶器則專供泡沫紅茶之屬應用。

·近代工夫茶器，軟
梁銅壺與泥爐。

二、茶器質材多元化：當代茶器的特色並
非只是新茶器的開發，最重要的是質
材的多元化，石器、玻璃器、木器、
竹器、金器、銀器、不鏽鋼器、漆
器、玉器等等，足證茶器的蓬勃。

·茶藝之家（1987夏）：使用內膽設計，高雅大方的青瓷，取名更是不俗，是當代茶器精品，主要設計
者是林正芳。（蔡榮章提供）

· 日本軟提樑青花茶器組：俗稱土瓶，很有書卷氣。

· 日本梅竹硬提樑骨瓷茶器組：以梅竹為圖案，設計

· 日本壽桃把壺茶組：以壽桃為圖案，宜於祝壽之用。

· K金銚壺骨瓷茶器組：氣度大方，花卉精雅。

· 當代鶯歌大茶碗，口徑約二十公分。

· 當代鶯歌大茶碗，口徑約二十五公分。

· 當代日本K金骨瓷蓋碗，製作精雅，富貴氣象。

· 當代鶯歌茶碗：以宋為師，色澤豐潤。

· 茶花蓋碗組：以蓋碗當泡茶器的設計，頗有古意，結合了古典與現代。（蔡榮章提供）

三、茶器功能特強：從持執至倒茶湯，乾淨俐落，絕不拖泥帶
水。有時還有變色、玄機等噱頭。

四、發明飛天壺：傳統茶壺的柄，有提樑、銚壺，把壺三種，
提樑壺的壺把在壺口之上，分為軟提樑與硬提樑。軟提樑
壺的壺身提樑質材不同，可以活動，硬提的質材同於壺
身，是固定的。把壺的柄和壺身平行，以壺口來分，流在
口前，柄在口後。銚壺的壺把和流成九十度。把壺的壺柄
原則上是兩頭都結合在壺身上，如果一端沒接合在壺身
上，就發展成飛天之類的茶壺。

五、調茶器的出現：用調酒器來調茶，於是臺灣開發出一片飲
茶文化的新天空，使臺灣茶不再拘於傳統，輕敏活潑，現
代感十足。

六、引用無柄壺：有壺沒有柄，當作茶公道杯來使用，有的稱
為「茶盅」。

當代茶器的繁榮多姿，是古今中外罕見其匹的。

第十二節　小結

　　自古以來，茶器始終是茶文化發展的重心。在唐代的煮茶法裡，茶碗是重心，由於北方白雪皚皚，所以北人尚白，邢窯爲北方珍器；而南方青山綠水，所以南人尚青，以越窯爲宗。到了宋代，茗茶貴白，於是黑釉的建盞（日人稱爲天目）正可反襯茶湯之美。在唐代和宋代以前，飲茶用的茶碗都是茶藝的重心。但是到了明代泡茶法大行以後，茶器的重心慢慢的轉向茶壺，而非飲茶用的茶杯。這種轉變可能是因爲茶杯太小，變化不大，稍嫌輕浮，不宜把玩，也沒有像茶壺一樣的厚重敦實。於是近四百多年以來，茶器的重心始終集中在茶壺身上。

　　在視覺上，赭紅的茶器剛好符合了東方文化的美學標準：沈穩的色澤要求、厚重的質感要求。例如：傢俱裡的「紫檀」、名硯裡的「紫端」、茶壺裡的「紫砂」，這是讓近代文人目眩神馳的「三紫」，是文人三寶，也是明清以來新的美學要求。結合了傢俱、文具與茶器，表現出最佳的品茗空間，宜興紫砂始終高踞茶器殿堂的原因，或許在此。

　　此外，由於調茶法（泡沫紅茶）的出現，使茶文化已經不再是老祖宗的禁臠珍寶，而是新時代的寵兒嬌女，看看那些上了年紀的茶師們，「無動不舞」的搖著調茶器，彷彿什麼代溝都沒有了。

· 當代日本風爐、水壺，宜於煎茶道或土瓶茶術。

第五章 臺灣茶術發展史

第五章　臺灣茶術發展史

第一節　緒論

所謂「茶術」，是指「瀹茶技術」，典出唐代，例如唐・李肇《國史補》稱陸羽：「羽有文學，多意思，恥一物不盡其妙，茶術尤著。」所指的就是陸羽的煮茶技術。

茶術可以分爲三個層次來說：一是茗茶、茶器、茶泉的選取，以求瀹出最好喝的茶湯。二是茶量、茶溫、器溫、水溫、時間的掌控。三是使用瀹茶的方法。

壹　歷代瀹茶法

隨著時代的不同，傳統的瀹茶方法主要有芼茶法、痷茶法、煮茶法、點茶法、煎茶法、泡茶法、調茶法等七種。

一、**芼茶法**：就是把茶和其他東西一起煮，這是最早的飲茶法。

二、**痷茶法**：其實就是「淹茶法」，把茶單獨和其他食物磨成茶末，然後加以熱水沖飲。

三、**煮茶法**：把茶放在鍑裡煮沸，盛出飲用，流行於唐代，可以陸羽《茶經》中使用的方法爲代表。

四、**點茶法**：把茶放在茶碗裡擊打，流行於宋代，可以趙佶爲代表。

·茶壺、把杯，茶杯等結合的泡茶法。同一孟浪（《點石齋畫報》影印）

·結合茶壺與蓋碗茶杯等的隨性泡茶法。掌珠頓失（《點石齋畫報》影印）

·桌上茶爐、茶壺、茶杯組合的泡茶法，捆仙索（《點石齋畫報》影印）

五、**煎茶法**：把茶加入茶瓶裡，直接就火煎茶。這是蘇吳地區
　　的飲茶法。明代陳師的《茶考》說道：「烹茶之法，惟蘇
　　吳得之。以佳茗入磁瓶火煎，酌量火候，以數沸、蟹眼爲
　　節。如淡金黃色，香味清馥。過此而色赤不佳矣。」

六、**泡茶法**：廣義的泡茶法可分爲撮泡法和泡茶法兩種。

　　㈠ 撮泡法：源出杭俗，陳師的《茶考》說：「杭俗烹
　　　　茶，用細茗烹茶甌，以沸湯點之，名爲撮泡。北客
　　　　多哂之，予亦不滿。一則味不盡出，一則泡一次，
　　　　而不用，亦費而可惜。殊失古人蟹眼鷓鴣斑之意，
　　　　況雜以他果，亦有不相入者。」

　　㈡ 泡茶法：明張源的《茶錄》說：「探湯純熟，便取

·茶壺、蓋碗、茶杯等結合的泡茶法。技試蕭郎
（《點石齋畫報》影印）

·典型清代官吏飲茶法，褒鄧英姿（《點石齋畫
報》影印）

·典型清代官吏飲茶法，合肥傅相（《點石齋畫報》
影印）

·典型清代官吏飲茶，使用天地合型蓋碗，麟
閣英姿（《點石齋畫報》影印）

193

·典型的茶爐，置於地上煮水，佳人正在煮水，故名「人茗雙佳」(《點石齋畫報》影印)

起。先注少許壺中，祛蕩冷氣。傾出，然後投茶。」
又說：「投茶有序，毋失其宜。先茶後湯，曰下
投。湯半下，復以湯滿，曰中投。先湯後茶，曰上
投，春秋中投，夏上投，冬下投。」

七、調茶法：調茶法即將茶湯泡好，加入冰塊、果汁、蜂蜜之
類，以調酒器搖甩，然後倒出茶湯，是當代臺灣興起的飲
茶法。

貳 **茶術要素**

　　茶術是透過個人的經驗和技巧，把茗茶、茶器、茶泉等，發揮
到最大功能、製出最好的茶湯。這是茶術的第一層意思，目的是呈
現出茶湯之美。第二層意思是瀹茶時候的動作是否合宜、是否衛
生、是否優美。

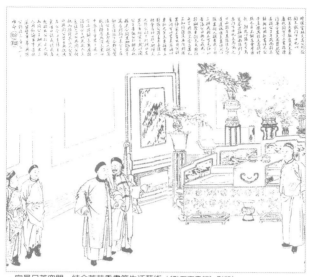

·官員品茶空間，結合茶花香畫等生活藝術（《點石齋畫報》影印）

　　所謂茶術，主要的就是湯候。湯候是瀹茶的關鍵，沒有純熟高雅的瀹茶技巧，再好的茶葉、茶器、泉水也是枉然。湯候包括茶量的控制，茶葉、茶器、煮水器溫度的控制，以及瀹茶時間的控制。也就是整個茶湯製作過程中茶量、時間和溫度的控制。主要可分為茶量、茶溫、水溫、器溫、時間等五個項目。

一、茶量控制：古代以茶則量茶，所以茶量控制較易。近人有以事先秤好的茶量，包起密封，等到要泡時才取用。法雖簡便，但頗失茶藝「即席藝術」之旨。

二、茶葉溫度：古代以投茶法、溫潤泡來控制葉溫。古人在泡茶時以投茶法調節茗茶溫度，有上中下投。近人往往用小壺，無「上」、「中」投法。許次紓還以握茶在手來增溫，近代以衛生緣故漸漸揚棄。在泡茶過程，古人以溫潤

泡來控制溫度，溫潤泡的茶湯均不飲用；近人往往認爲可惜，而不採溫潤泡。

三、茶器溫度：古人以熁盞來增加器溫、以浴壺來減低器溫、工夫茶以淋壺來增加器溫。近人除工夫茶外，甚少調節器溫。

四、茶泉溫度：古以三沸法來調節湯溫，初沸如魚目蟹眼，二沸如湧泉連珠，三沸如騰波鼓浪。唐代要求「育華止沸」，宋代要求「背二涉三」，明代要求同於宋代，工夫茶要求茶湯純熟。近代同於明清。

五、沖泡時間：古人有以數鼻息來調節溫度。近有以計時器來控制時間，但若能精確掌握時間，亦可不泥於此法。

在古典茶學文獻裡，討論茶術最好的經典是唐代蘇廙的《十六湯品》。他說：

湯者，茶之司命。若名茶而濫湯，則與凡末同調矣。煎以老嫩而言凡三品，注以緩急而言者，凡三品。以器類標示者，共五品。以薪火論者共五品。

所以他的理論如下：

湯以老嫩而言有：得一湯（合宜）、嬰湯（過嫩）、百壽湯（過老）。注以強弱而言有：中湯（合宜）、斷脈湯（力弱）、大壯湯（力強）。器以良窳而言有：富貴湯（金銀佳器）、秀碧湯（石佳器）、壓一湯（瓷佳器）、纏口湯（銅鐵鉛錫器）、減價湯（瓦器）。炭以優劣而言

有：法律湯（佳炭）、一面湯（麩火）、宵人湯（糞火）、賊湯（竹筱樹梢）、大魔湯（濃煙柴枝）。

這個理論架構形成了後代的茶術文化。

茶術可分為三層：一是初階茶術，以茶術基本常識為主，內容包括：茗茶的選取、茶泉的選取、茶器的選取、炭火的選取，這是茶術入門常識。在這四點之中，《十六湯品》討論了茶器、茶炭等兩種。二是進階茶術，以瀹茶技巧為主，重點特別放在茶量、茶溫、器溫、水溫、時間等五項的控制。以求瀹出最佳茶湯。這就是一般所說的烹茶技巧，是茶術的重心。《十六湯品》論及水溫及時間。三是高階茶術，注重烹茶時的美感經驗和美學訓練，也就是茶術流儀，要求動作純熟、儀態優美，這點歷代討論得不多。《十六湯品》的「注以緩急」似乎處理了這個問題。斷脈湯和大壯湯一方面影響了茶湯的一貫性和完整性，但由於持執茶器時力道不足而發抖，或力道太壯而霸氣，也都會影響茶術的風格。

因此，蘇廙的茶術架構業已初步形成。後代的學者們，在蘇廙的基礎下，漸漸發展出完整的茶術文化。

第二節　江南茶術志

第一層的茶術往往分論於茗茶、茶器、茶泉等篇章，第三層的茶術形成緩慢不清，所以本書以第二層茶術爲重點。主要討論的範圍有茶量、茶溫、器溫、水溫、時間等。

壹　茶量

茶量的控制較爲容易，唐代陸羽早已發明了「茶則」，一升水用一方寸茶末，想喝濃些，則增加茶量，反之，則減少茶量。後代相沿採用，到了明代更發明了「執權」，也就是茶秤。二斤水一兩茶，和現代的鑑定杯茶量相似。

貳　茶溫

對於茶葉溫度的控制，唐代用「炙茶法」，宋代沿之，明代改泡葉茶，用洗茶、溫潤泡、投茶法等三種來控製茶溫。

- **一、洗茶法**：洗茶法主要目的是袪除冷氣。屠隆說：「凡烹茶，先以熱湯洗，去塵垢冷氣，烹之則美。」這和茶器的燴盞有異曲同工之妙。

- **二、溫潤泡**：許次紓說：「先握茶手中，俟湯既入壺，隨手投茶湯，以蓋覆定。三呼吸時，次滿傾盂內，重投壺內。用以動蕩香韻，兼色不沈滯，更三呼吸頃，以定其浮薄，然後瀉以供客。」這就是溫潤泡最早的記載。

- **三、投茶法**：用來控制湯候，例如張源多天用下投（先茶後湯），夏天用上投（先湯後茶），春秋中投（湯半，下茶，復以湯滿）。

參 器溫

主要是「熁器」、「浴壺」和「淋壺」。

一、熁器：以湯熱器，謂之「熁器」。泡茶以前爲了提高器皿的溫度，引發茶性，故宋明以來，常用熁器。「熁」即「溫」。熁器始於宋代，點茶必須先熁盞使熱，若盞冷，則茶不浮。明代以熁盞增加茶器溫度，以便泡茶。

二、浴壺：以冷水澆壺，謂之「浴壺」，是爲了降低溫度，免得茶湯燒壞。明代除了熁盞之外，張源還用「浴壺」在湯滾熱純熟後，注少許於茶壺中，袪蕩冷氣，然後投茶，以免茶壺溫度太高，燒壞茶葉。這種方法到了工夫茶被廣泛採用。

三、淋壺：到了工夫茶以後，又多了淋壺一項。以熱水澆壺，謂之「淋壺」，則是泡茶過程提高茶壺溫度，在茶壺的外表淋熱水，以增加茶壺的溫度，引發茶性，作用和浴壺正好相反。

肆 水溫

對水溫的要求，唐代以「三沸水」爲主，宋代要求「背二涉三」，明代以後則有「背二涉三」與「熟湯」兩種說法。

一、唐代的三沸水：唐陸羽提出三沸之法：初沸如魚目微有聲（又叫蝦目蟹眼）；二沸緣邊如湧泉連珠；三沸如騰波鼓浪；三沸以上，水老不可飲用。唐李約補充「緩火炙、活火煎」的說法，意思是說炙茶要用緩火，煮水要用火焰旺盛的炭火，水一開就馬上取用。這是因爲唐代採煮茶法，

茶末的顆粒比較大，所以湯必須燒開茶才能熟。

二、宋代的背二涉三：宋代的茶末很細，在二沸剛過便應止沸瀹茶。這就是所謂「背二涉三」。

三、明代的背二涉三：明代一般仍然強調「沸速則鮮嫩風逸，沸遲則老熟昏鈍。兼有陽氣。」也就是背二涉三。

四、明代的熟湯：也有人認為熟湯最宜茶（如張源）。煮水到「氣直沖貫，方是純熟。」這是由於明茶不假羅碾，所以「全具元體」。因此湯須純熟，「元神始發」。這可能是因茶品有異，而使火候要求不同，例如綠茶以「背二涉三」為宜，半發酵茶以「探湯純熟」為宜。

伍 時間

當茶量、茶溫、器溫、水溫固定以後，決定茶湯優劣的就是時間。屠隆說：「或以話阻事廢，始取用之，湯已失性，謂之老。」張源也說：「釃不宜早，飲不宜遲。早則茶神未發，遲則妙馥先消。」

除上述五點以外，燃料方面也是茶的要點。最好是用硬度較高，較耐燃燒的木炭，否則生煙薰眼，反不為美。所以屠隆說：「湯最惡煙，非炭不可。苦暴炭膏薪，濃煙蔽室，實為茶魔。」

從茗茶、茶器、泉水、湯候四項來看，中國傳統茶術代有變革，師古而不役於古，在前賢已有的精雅基礎下，創造出合乎時代的茶藝本體，不但具有卓越的瀹茶技巧，同時也具有更高超的品茶能力。

第三節　工夫茶術志

在茶術方面，工夫茶頗有特色，而且最具民俗色彩。

一、火候方面：江南茶大致遵循著唐代陸羽的要求──緊炭、三沸法，工夫茶也大致如此，但是更常採用的是宋代「背二涉三」的理論。

二、沖泡的技巧：與江南茶有較大的差異。江南茶使用的茶壺比較大，所沖泡的是綠茶類，容量大約從一升到半升不等，更大的還有二升以上，綠茶用量自然較少，而且因應季節還可以有冬天的下投法，春秋的中投法，以及夏天的上投法。但是工夫茶壺比較小，通常多在一百五十至兩百毫升左右或以下，一次茶量就佔茶壺的三分之一，甚至於到半壺，所以只有下投法，絕無上投或中投法。

三、淋壺：工夫茶以熱水從壺頂灌壺周身的淋壺，是江南茶裡所沒有的。

工夫茶的茶術，是代有變革的，非成於一人之手，所以內容非常豐富，每一種工夫茶也都各有特色。

壹　僧道工夫茶術

這是武夷山最早出現的茶術，是山上僧道待客的茶術，最早記載的是清朝的袁枚，在他的《隨園食單》裡，說道武夷山的茶術大致是這樣的：

> 先嗅其香，再試其味，徐徐而咀嚼而體貼之，果然清芬撲鼻，舌有餘甘。一杯而後，再試一二杯，令人釋躁平矜，怡情悅性。

值得注意的是，先嗅香，再試味，這和臺灣現代茶藝的品茶法是一致的。近代有聞香杯的發明，就是爲了把「香」獨立於「色、味」之外，成爲一種藝術理念。接著是「徐徐而咀嚼之」，這是工夫茶的另一個特色，當在品賞茶湯時，轉動舌頭去感覺，用牙齒去咀嚼，若嚼之有物。這不就是「呷」嗎？然後兩頰留香，舌本餘甘，喉頭生津，這就是「呷」工夫茶的境界。可見工夫茶的茶術，在早期即有相當嚴謹的標準。由於工夫茶特別穠醇，品飲之時若嚼之有物。品茶時以觀色、聞香、嚼茶爲品茶方式，所以品賞茶湯叫做「呷茶」，而不叫做「飲茶」、「喝茶」，因爲那是大杯解渴，是生理需求，和茶藝沒有關係。

貳　富商工夫茶術

工夫茶流傳後，逐漸成爲富商的主要茶法。富商工夫茶術主要包括煮水、溫器、投茶、沖茶、淋壺、品茶等六個步驟。依據清俞蛟的《潮嘉風月記》的記載。大致情形如下：

煮水：先把泉水放入茶鐺中煮，用細炭煎至初沸。也就是宋代「背二涉三」的水溫要求。剛離開湧泉聯珠，還沒有到騰波鼓浪，可見水溫要求不高。

溫器：溫器是中國傳統茶藝的基本茶術，目的在增加茶壺的溫度，以提升茶器引發茶性。

投茶：細節不詳，但不可能和後代工夫茶一樣有茶葉有茶末，因爲傳統高等第茗茶的要求很嚴苛，不會有茶葉、末、粗、細之別。

沖茶：不詳。

　　淋壺：淋壺是工夫茶獨特技法，如果沒有淋壺，那簡直不算是工夫茶，目的可能是以壺外的溫度，引發壺內的茶湯，以達內外互補的功能。

　　覆巾：就是在茶壺上面蓋上茶巾，以免溫度下降。但是事實恐怕相反，沒有隨時加熱水的茶巾是會降低茶湯溫度的。

參　茶人工夫茶術

　　之後閩粵地區的茶人逐漸揚棄江南茶術，而發展出文人的工夫茶術。這個時期，茶術變得更繁複了，有活火、煮水、燙盅、熱罐、揀茶、裝茶、高沖、刮沫、淋頂、低斟、啜飲等諸多工續。「活火」、「煮水」都是指烹煮茶泉。「燙盅」、「熱罐」，都是增加器溫引發茶性。「揀茶」即分配茶葉及茶末，茶末最易溶出，故置於壺底，茶葉稍難釋出，故覆蓋其上。「裝茶」即投茶，此時茶人往往飲用一錢之類的小包裝茶葉。「高沖」即提壺高沖注湯，高沖可以發茶性。「淋頂」即淋壺，亦為引發茶性。「低斟」即斟茶，太高茶湯外溢，所以要低斟。「刮沫」是指沖水以後，茶沫浮於壺面，必須提起壺蓋，從壺口平面刮去，再蓋回壺蓋。揀茶和刮沫，都說明了茶人時期的茶葉要求並不太高，所以茶葉會有粗有細，茶葉會有很多泡沫。

肆　老人茶術

　　老人茶的飲茶方法，是指來臺以後的民間俗飲，比起僧侶、富商及茶人茶法更不考究，但基本還是維持茶人時期的茶術。此外，公道杯的廣泛使用，使泡茶技巧更加簡單。

　　總而言之，工夫茶的茶壺中裝七分滿的茶葉、茶末，沖滿茶壺

熱水，立刻取飲，以後逐漸加長沖泡時間。第一泡如果不立即取飲，必定苦澀難飲，嗣後隨著可溶性的成分逐漸減少，得延長沖泡時間，才能得出可供飲用的茶湯，這是江南泡茶法的修正，明許次紓的《茶疏》裡要求半升水量配五分茶量。這種茶的用量，比鑑定杯多出一至二倍，所以沖泡要旋沖旋飲，而且沖出來的茶湯也較濃稠。這一條規則經過修正後，適用於所有壺泡。

第四節　鑑定茶術志

「鑑定茶術」是指茶葉的鑑定。臺灣的茶葉鑑定，歷經洋人、日本、民國三代，雖然代有變革，但大致相去不遠。這裡取當代鑑定方法為例說明。

阮逸明《茶葉品質鑑定法》鑑定杯條：「稱取二、八三至三公克茶葉，放入審查杯，沖入沸騰之開水約一百五十cc（茶葉用量為水量的二％）蓋靜置五至六分鐘後，將茶湯倒入審查碗供做茶湯之品評。茶渣仍留於杯中供做香氣之審查。」用三公克茶葉，對一五○cc開水，沖泡五分鐘。這種泡法，大約一次沖泡，茶性已盡。如果要再泡飲，必須延長時間，才能沖泡出可供勉強飲用的茶湯。這一條規則經過修正後，適用於所有杯泡。如果是江南人的習慣，水可放到二百cc。如果是普洱茶，茶葉量可加二至三倍。其實這條規則和唐代的煮茶法，宋代的點茶法相去不遠，可見口腹之慾，有同嗜焉，茶湯的古今的基礎是差不多的。

· 茶葉評審·評茶湯（有記　　· 茶葉評審·聞香氣（阮逸明提供）　　· 茶葉評審·看水色（阮逸明提供）
茶行提供）

第五節　撮泡茶術志

所謂「撮泡法」就是拿個茶碗，抓取一把茶葉投入，注上熱湯。飲茶器兼泡茶器，是一種最簡單的泡茶法。

有關撮泡法的記載，目前所見的多為明清之作，較早的史料如《警世通言·王安石三難蘇學士》：

> 命童兒茶灶中煨火，用銀銚汲水烹之。先取白定一碗，投陽羨茶一撮於內。候湯如蟹眼，急取起傾入。

這就是典型的撮泡法，在白色定窯裡投陽羨茶，是道地北方習尚。清代·茹敦和《越諺言·撮泡茶》，專論撮泡法的起源是始於陸放翁：

> 「今之撮泡茶，或不知其所自。然在宋時有之，且自吾越人始之。」按炒青之名，已見於陸詩；而放翁安國院試茶之作有曰：「我是江南桑苧翁，汲泉閒品故園茶。只應碧罐藏鷹爪，可壓紅囊白雪芽。」其自註云：「日鑄以小瓶臘紙單印封之。顧渚貯以紅藍縑囊，皆有歲貢。」小瓶臘紙，至今猶然。日鑄則越茶矣。不團不餅，而曰炒青。曰蒼鷹爪，則撮泡矣。

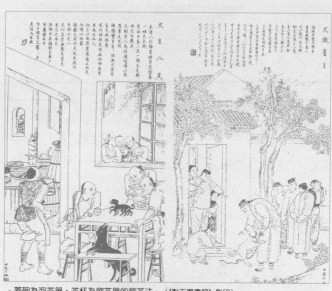

· 蓋碗為泡茶器,茶杯為飲茶器的飲茶法。(《點石齋畫報》影印)

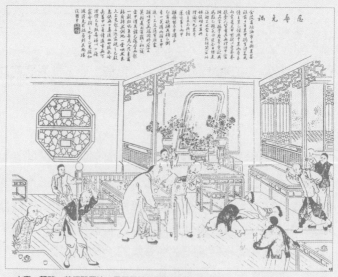

· 水壺、蓋碗、茶杯配置法,忍辱免禍 (《點石齋畫報》影印)

其實炒青之名，源於唐劉禹錫〈西山蘭若試茶歌〉：

> 山僧後簷茶數叢，春來映竹抽新茸。宛然爲客振衣起，自傍芳叢摘鷹嘴。斯須炒成滿室香，便酌砌下金沙泉。驟雨松聲入鼎來，白雲滿碗花徘徊。悠揚撲鼻宿醒散，清峭切骨煩襟開。……

是炒青，非蒸青，所以非出放翁。此外放翁尚有〈北岩採茶用忘懷錄中法煎飲欣然忘病之未去也〉還有「落爪雪芽長，細啜襟靈爽」之句，但若僅憑「蒼鷹爪」「白雪芽」、「落爪雪芽長」就判斷爲撮泡法，恐證據不足，純屬臆測。姑不論撮泡是否起於放翁，此種茶術是由「點茶法」轉變爲「泡茶法」之轉捩點。

一、**它有點茶法的特質**：以碗爲茶器，直接在碗中製作茶湯，並飲用茶湯。

二、**它有泡茶法的特質**：它直接撮茶，泡於器中，就如明清江南茶一般。

三、**它比壺泡不雅馴**，且較簡略，但極方便，且兼具點茶與泡茶之特質。

所以它是點茶與泡茶之間的過渡茶術。

在臺灣茶術發展史上，撮泡法是傳統茶農以及傳統茶館的基本泡茶法。一張木桌、竹桌、藤桌，甚或只是一條板凳，一個鋁製的大水壺，兩個茶碗，用手抓起一把茶葉，先是聞香嗅味，然後把茶葉放入碗中，沖入開水，就開始了主客的茶葉對話。數十年來，這種茶法始終興盛不衰。

· 分茶，使用茶器：紅鶴壺組（蔡榮章提供）

第六節　煎茶茶術志

　　「煎茶」一詞在東方茶學史上是最易混淆的詞彙。但是它的傳統涵義卻相當一致，應該是指把茗茶放入茶瓶中，用爐子直接加溫的茶術。由於加溫的時間長短和火候深淺，後來又分出「煨茶法」和「熬茶法」。

　　在唐代，「煎茶法」就是指「煮茶法」。唐·趙璘《因話錄·李約》：

　　　約天性惟嗜茶，能自煎。謂人曰：「茶須緩火炙，活火煎。」活火謂炭火之燄者也。客至不限甌數，竟日持茶器不倦。

　　「緩火炙」就是指烤炙茶餅，宜用無燄之火，這樣茶餅才可以

· 蓋碗茶，分茶（蔡榮章提供）

烤得酥透。「活火煎」就是指製作茶湯時，宜用暢旺之火，以達三沸之效。

　　宋代雖然盛行「點茶法」，但是「煮茶法」依然相當的風行。例如宋蘇軾的《汲江煎茶》：

　　　　活水還須活火烹，自臨釣石取深清。大瓢貯月歸春甕，小勺分江入夜瓶。

　　　　雪乳已翻煎腳處，松風更做瀉時聲。枯腸未易禁三碗，坐聽荒城長短更。

　　所指的「煎茶法」仍然是傳統的「煮茶法」。

　　這種飲茶法，到了元代還相當興盛，例如元代著名的戲曲作家馬致遠的〈薦福碑〉：

　　　　澗水煎茶燒竹枝，袈裟零落任風吹。

·Ｋ金蓋碗茶組，置茶

·竹梅硬提樑茶器組，分茶

·青花軟提樑茶器組，奉茶

·壽桃把壺茶器組，分茶。

到了明代，這類茶法似乎較爲少見，但民間仍流行不輟，例如陳師《茶考》：

> 烹茶之法，惟蘇吳得之。以佳茗入磁瓶火煎，酌量火候，以數沸、蟹眼爲節。

至於清代李漁的《明珠記煎茶改本》，雖未詳述茶法，以李漁的地緣關係與「煎茶」語彙內涵，應該還是指傳統的「煎茶」。

因此煎茶所指的都是把茶放在火上煎，只不過唐宋時期可能使用茶釜，宋代以後漸轉成茶銚（流與柄垂直），或偏提（流與柄在一條直線上）等類茶瓶。至於質材，也從原先的金屬器漸轉爲砂器和瓷器了。

「煎茶法」到了後代又產生了「煨茶法」與「熬茶法」。煎茶法以活火煎茶，在三沸之後離火起銚，斟茶品飲，「煨茶法」以小火緩緩煎茶，甚或餘燼溫茶。「熬茶法」強調長時間煮茶。

宋代饒節《倚松詩集·別用韻寄諸同參》：

> 他年同道如相過，沙銚煨茶竹葉中。

這是煨茶。至於「熬茶法」，清·沈濤《交翠軒筆記》：

> 古人煎茶，即今人之熬茶；點茶，即今人之泡茶。

雖然語意不夠周全，語病不少，但也說明「煎茶」與「熬茶」的關係匪淺。所謂「熬茶」是把茶加以長時間熬煮，往往一兩個小時，煮出來的茶湯非常的濃稠，這種茶術大多流行於邊疆民族（說詳張宏庸〈中國少數民族茶文化·邊疆茶〉見阮逸明等《茶文化與生活專刊》，1994 年）。

在臺灣，這種飲茶法往往見於民間，並未蔚爲風尚，到了二○○一年，劉漢介經營的春水堂，爲了推廣品飲普洱茶，才發展出當代的臺灣的煎茶法，他在《春水堂》說：

> 普洱茶的喝法，應該像大陸一樣放在灶上烹煮，要喝的時候倒一杯。用四百五十cc的壺煮，第一泡屬溫潤泡，煮開倒掉，第二泡煮三十五分鐘。用一百五十cc的碗喝。如此烹出來的茶更爽口甘醇，而且殺菌衛生。

這只是臺灣煎茶茶術的發軔，還有很大的發展空間，以臺灣茶人的開發精神，假以時日，應可成爲臺灣茶術的另一重要類型。

第七節　調茶茶術志（泡沫紅茶法）

壹　泡沫紅茶飲茶法

劉漢介在《中國茶藝》一書中，開啓了台灣飲茶史、中國飲茶史、甚至世界飲茶史的新頁。他提出了一種新的茶術，那就是「綜合紅茶（冰）」。「綜合紅茶」的製作過程如下：

一、冰塊先放入調酒器中，再將沖好的熱茶湯倒入酒器。

二、可加白蘭地。

三、再加百香果。

四、也可加一兩滴檸檬汁。

五、配料加好後兩手握緊，前後搖動。

·調茶法

六、調酒器爲兩層。打開頂蓋後。先倒出茶湯。

七、再倒出冰塊及泡沫。

以調酒器來調茶，對當代茶術起了種大的變革。一九八六年，劉漢介在〈茗飲方式之流變與泡沫紅茶之流行〉：「試著以小壺泡的方法，講究份量與溫度，以調酒器，讓它（茶）在最短時間內急速冷卻，一杯泡沫狀的紅茶於焉產生。」（《中華民國茶藝協會會刊》·第三十八期）流風所至，泡沫紅茶與多元化茶產品以及傳統茶藝鼎足而三，成爲當代臺灣飲（食）茶主流。

貳　泡沫紅茶定名擬案

目前廣爲青少年喜愛，影響飲茶文化最深的飲茶法是「泡沫紅茶」。青少年可能大多數都沒上過茶藝館，也不知什麼是傳統茶藝，更沒有上過茶藝課，或讀過相關茶書，但是他應該喝過「泡沫

·西式飲茶法（《點石齋畫報》影印）

「紅茶」之類的飲料。在街角或騎樓下，你可以看見一個茶擔，上面條列了五十幾種這類的茶名，他們用盡心思，研創發明，開展了茗飲文化的新境界。

可惜，「泡沫」予人易生易滅之感，用於形容茶湯的確不雅，命名也不夠周延，個人數年來常思為此茶種茶術命名。由於泡沫紅茶是由搖動（SHAKE）調酒器而產生的，如果以音譯翻成「雪可」或「雪克」固然可以，但含義仍嫌不夠明確。如果以音義翻成「雪渴」，「雪」字為動詞，四聲，「雪渴」有「以冰雪解渴」的意思。意思相當明確，強調喝了茶以後可以雪飢除渴，相當強而有力。於是所謂泡沫紅茶 SHAKED TEA 的英文唸音和中文譯音「雪渴茶」是完全一樣的，這種翻譯，在信達雅三者都兼顧了，應

是相當理想的譯名。

但是如果從古典茶文化來考量，SHAKED TEA 如果翻成「雪乳茶」，那就另外一種境界了，文化氣息要豐富得多，也風雅得多了。前一字是取其音（SHAKE）、其色（雪白）之義，後一字取其「乳花」、「奶茶」之意，古代稱茶沫為「乳花」，至於奶品的「奶」本稱「乳」，義甚明確。因此「雪乳茶」一詞，可以包含兩種意思：一是經由搖茶法形成雪白乳花（泡沫）的茶，二是經由搖茶法形成雪白乳花並添加奶汁形成的茶。這麼一來，廣義的「雪乳茶」包括了加或不加乳汁的兩種搖茶法，狹義的「雪乳茶」則專指加了乳汁的搖茶法。畢竟「雪白乳花勝瓊漿」，所以「雪乳茶」是一種文化含義更為深厚的譯名。

劉漢介十數年來，從事茶藝業，他最偉大的貢獻是奠定了泡沫紅茶的製作基礎，把它市場化了，可惜對於這種調茶法的後續研究，市場開發得很好，但結集成果的研究報告並不太理想。希望他往後數年，好好著作一本專論「雪乳茶」（「雪渴茶」）的專書，以定千秋之名，以利後學之用。

除了「雪乳茶」（「雪渴茶」）外，劉漢介還和「雙杯式」的品茶法有所關聯。「雙杯式」是指一杯用以聞香，一杯用以品茶，這是臺灣地區發展出來的特色飲茶法。《中國茶藝》裡，所謂「安溪式泡法」就是這項茶法，在茶器上有兩組茶杯。一組廣口矮杯，一組直口高杯。直口高杯香氣易聚，用來聞香；廣口矮杯湯溫易散，用來品茗。這種發明不管你同意與否，都對台灣茶藝文化產生重大的影響，尤其是中南部的茶藝。

第八節　小結

　　所謂茶術就是「瀹茶技術」，目的是在製作優良茶湯。在過程中主要是茶量、茶溫、水溫、器溫、時間等五個項目的控制。每件茶器，可能多少有些差異，如何掌握其中訣竅，就得仰仗多多的學習觀摩，這就是「操千曲而後曉音，觀千劍而後識器」的道理。臺灣當代茶藝的泡茶法，基本上是從江南茶、工夫茶、撮泡茶、鑑定杯等四種茶術演化而成的。只要對這四種泡茶法有相當認識，則可一窺當代茶術之大旨。此外，當代茶藝對茶湯之美的要求，應已到了歷史顛峰，剩下的就是品茗美學的營構與研究。遙想當年的「神仙茶友」，努力不懈的美學追尋，真令人贊佩不已。尤其是好學不倦、執著茶術、至死靡他的茶人陳伶俐，年壽不永，真是令人黯然神傷。

第六章　臺灣茶所發展史

第六章 臺灣茶所發展史

第一節 緒論

茶所是茶文化的家。沒有固定的家，茶文化就像飄泊的浪子，無家可歸；有了固定的場所，若只是附屬空間，還是寄人籬下，沒有自己完整的家。茶文化的奠定，是要有了專屬的茶室才算成立。

早在漢代，中國人已經通曉茗飲，但是，那時候的茗飲，是寄託在宴會之下，是宴會的附屬，沒有自己的地位。這種情況經歷了七、八百年，茶文化始終是飲饌的附庸。這種茶宴可稱為「分茶宴」，是最沒有茶地位的飲饌文化。

到了六朝末期，人們漸漸懂得茶文化的重要性，也瞭解到茗飲是可以單獨存在的，於是有了以茶為主，以果為輔，不吃飯的「茶果宴」，但是茶所的空間還是和飲饌的空間相同。由於茶飲已經漸漸獨立，於是有了賣茶的小茶擔，那是茶館的濫觴。

到了唐代，安史之亂以後，平民文化抬頭，茶藝文化深植民心，加上禪宗的仰賴茗茶，中國茶館於是正式誕生。同一個時期，文人建立的茶室、禪宗成立的茶寮，都同時建立起來，於是茶藝有了自己的家。不少雅士，深切體驗到茗茶是整個茶文化的主體，在茶山建品茗室，以評茶為重心，於是評茶室也告誕生。

大致說來，唐代茶室崇尚簡樸，不多擺飾，但到了宋代，擺設漸多，逐漸和其他相關藝術相互整合。最常見的是「燒香、點茶、

· 清沁園，清代茶館（《點石齋畫報》影印）

挂畫、插花」（宋・吳自牧《夢梁錄》）。不但文人雅士如此，甚至
連酒樓茶室、僧房道觀、喜慶筵會也是如此。於是裝璜雅緻、門面
壯大的大茶館，一家接一家的矗立起來了。茶館成了一個最重要的
公共場所，一切的社會問題都在茶館裡發生了。勤練曲藝的弟子、
準備科考的考生、交易色情的妓女、打聽陞遷的官吏、微服出巡的
權貴，都在茶館裡打聽行情、蒐集資料或討生活。最著名的是「分
茶店」，這種打著茶館的旗子專賣飲食的飯店，它的茶食種類數以
千百計。

　　日本茶道源於宋代禪宗茶禮，由日本茶道的茶室擺設，依稀可
以看到這種風貌：床龕中掛著字畫，擺設香、花，室中擺置茶器，
此外空無一物。

　　明代的茶室擺設在宋代的精雅基礎下，發展得更為綺麗繁華。

屠隆《考槃餘事》提及文人的「茶寮」，茶室緊鄰書齋建築，其中擺設茶器，由一個或多個僕僮專門負責煮茶，以供遣情娛性。屠隆認為品茗是「幽人首務，不可少廢」。文人茶寮擺設較為簡樸，書齋兼茶室卻較為繁雜。

根據明·文震亨《長物志》的記載，文人理想中的茶室是這樣的：一間小室，中央擺設一張長方形的書桌，桌上擺置了既小巧又精雅的文具、香合、薰爐等。此外尚須擺設一張小石几，專門放置茗甌、茶具。角落擺上一張小榻，可供坐臥，壁龕上不一定要掛畫，設置小佛像或古雅奇石也可以。這是一個文人獨處的小天地，日用器物幾乎賅備。房中擺設雖遠比宋人還多，卻精雅宜人。

日本煎茶道源於江南文人茶，因此在茶具、床龕、文房、果供、裝飾方面，都是師法明人，從中仍可一窺江南文人茶風貌。

明代的茶館是一個新的紀元，因為茶館的主人往往茶藝專業與人文修養都能和風雅文人相互結合，進而主盟茶藝文化，這是中國茶文化的一大盛事。

清代的茶館館主的企圖心顯然要小得多，他們只是在做生意，於是茶樓愈開愈大，愈來愈多，茶樓裡的戲曲百藝演出也愈來愈盛，茶樓變成了民俗文化綜合表演的地方。這種情況，傳承到民國初年還是相同的。至於民間私人茶室，始終不太普遍，人們大都利用工作場所來喝茶，文人在書齋，仕女在閨閣。專用的茶室只是少數人的禁臠。

在中國茶館裡，當代的茶藝館顯然有相當大的特色，那是茶文化的先鋒。當代茶藝館是當代茶文化的櫥窗，它展示了茶藝用品，呈現了茶藝流儀，同時也傳遞了茶藝訊息。茶藝館是茶文化的搖

籃，它提供了品茗環境，吸收了飲茶人口，教導了消費大眾，同時也切磋琢磨了茶藝專家。因此，當代的茶藝館是茶文化的主流。相同的，由於茶藝的興盛，私人專用的茶室也逐漸興起，不少茶人有茶室。此外由於人際關係的疏離，使得人們特別注重親子關係，家庭茶藝的推行，成了當代茶藝的特色。於是，「爸爸回家喝茶」的口號，變成了茶藝的社會功能。中小家庭的客廳就成為重要的茶藝據點。

到了二○○○年代，臺灣的專業茶人成立了少數的私人休閒茶所，透過功能完備的茶所，確實推行茶文化理念，舉辦最完備的茶宴，於是茶藝文化有了最溫馨的家，其結果把臺灣茶藝帶到另一個文化顛峰。此外，海峽兩岸開始成立了一些茶葉博物館，茶博物館記載著古今中外茶文化的重大發展，是茶藝文化的巨宅大戶，於是茶文化有了最大的家。博物館的建立，到了二十世紀末，透過科學、人文與生活學者的專業結合，達到最高峰，替四百年左右的臺灣茶藝發展史創下另一種輝煌的茶所。

第二節　茶所基型

宋代的耐得翁的《都城紀勝》裡，提出盛宴時得有：「焚香、點茶、掛畫、插花」，強調了這四種生活藝術的相宜性。

其實人不分貴族、文人、禪宗、仕女；地不分宮庭、禪室、廳堂、書齋、閨閣；事不分休閒生活、社交儀節、宗教禮儀，這四種藝術都展現出強烈的中國傳統文化風尚。不但如此，這四種藝術也

·品泉茶樓，清代茶館（《點石齋畫報》影印）

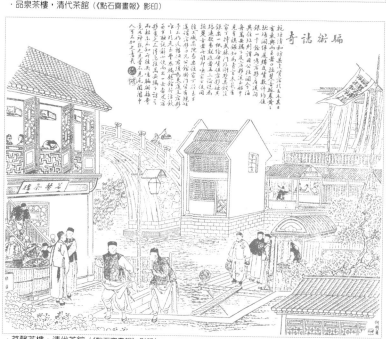

·茗馨茶樓，清代茶館（《點石齋畫報》影印）

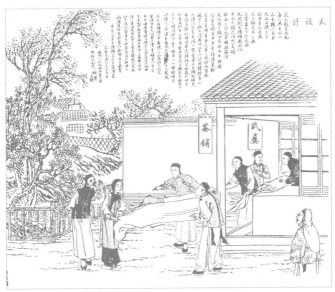

·汪大恆茶鋪，清代茶行（《點石齋畫報》影印）

是東方文化的基本型態。更是茶所的基型。

壹　茗茶

　　茗茶是中國最慎重的待客飲料，表現出主人的誠意與敬意，因此客至奉茶的風俗由來已久。除了奉客以外，茶也用以奉神敬佛，於是教宗的儀式裡，茗茶也佔有一席位置。日本茶道源於中國的禪宗茶湯會，因此以茶修行又成爲茶文化的另一重點。

貳　掛畫

　　書畫本是中國的國粹，是文人雅士的室內佈置基本方式，流行日廣，成爲通國風尙。但是在禪宗的書畫內涵是不一樣。茶湯會裡，開山祖師的書法或法相是後代膜拜的對象，而不是純欣賞，這

·清代室內布置

正足以說明日本茶道「床龕」裡的書畫，始終受茶人膜拜的理由。

參 插花

　　中國雅士，性好山水，「山水文學」始終是文學領域裡重要類型之一，「山水繪畫」在國畫裡始終是第一畫科。同樣的，既然不能天天臨山觀海，就以園林「仿山撫水」，把山水帶到身邊，這就是「園林藝術」。但是園林藝術修築困難，費用浩大，並非人人可得。接著是更加縮形的「盆池」、「盆景」、「水石」和「奇石」。除此之外，就是「插花」。插花以花器為大地，以泉水為川河，以花木為天地心，這就是花藝在茶文化裡始終佔為要角的主因，所以說「花是茶室的眼睛」。

壹灣 茶藝發展史

224

盆池：重心在江海，數尺之間，能達「縮江摹海，咫尺浩瀚」的效果。

盆景：以山林爲重，能達「縮龍成寸，芥子山河」，盆景以松爲第一科，主要是松樹皮有化石的效果

水石景：以山川爲重，能達「寸徑千里，山川玲瓏」效果。

奇石：以「山水景石」爲第一科，一石之內，「一拳山壑，怒瀑競秀」。

肆　焚香

東方人以香敬天地，以香祭鬼神，以香除不潔，以香養心性，以香怡性情。於是香藝文化變成另一重要生活雅藝類型。明代屠隆的《考槃餘事》說：

> 香之爲用，其利最溥。物外高隱，坐語道德，焚之可以清心悅神。四更殘月，興味蕭騷，焚之可以暢懷舒嘯。晴窗搨帖，揮塵閒吟，篝燈夜讀，焚以遠辟睡魔。

這正說明自古以來香藝大行的主要原因。屠隆又說：

> 煮茗之餘，即乘茶爐火便，取入香鼎，徐而爇之。斯會心景界，儼居太清宮，與上眞游，不復知有人世矣。

綜上所言，茶、花、香、畫四科是東方生活藝術的重心，也是生活儀節的重心，更是宗教儀式的必備法器，所以說它們是茶所基型。

・工夫茶館茶器，工夫茶館為近代茶藝發軔所（蔡榮章提供）

・工夫茶館茶罐（蔡榮章提供）

・工夫茶館內部設計（蔡榮章提供）

・工夫茶館室內裝璜（蔡榮章提供）

・工夫茶館武夷廳（蔡榮章提供）

・工夫茶館絲竹娛賓（蔡榮章提供）

・工夫茶館賣茶部（蔡榮章提供）

第三節　茶所的類型

所謂「茶所」就是茶藝的品茗空間。以品茗的地點來區分，茶所可分為一、家庭茶所，二、茶館，三、工作茶所，四、野外茶所，五、茶博物院等五種。其中前四種早已出現，只有第五種是當代新的類型。

壹　家庭茶所

可分為廳堂、雅室、園林、茶室等四種。廳堂是用來推行家庭茶藝以及待客茶禮的地方。雅室是用來個人品茗，以及多人休閒品茗的地方。園林大都用來雅集之用，茶室是專門招待客人的。

貳　茶館

茶館是專供客人品茗的地方，有時結合了不少民俗藝術。到了現代茶館，依功能來分，可分為專業茶館、民俗茶館與教育茶館。第一種專供品茶，第二種結合民俗藝術，第三種專供教學。此外，還有一種流動茶攤，是這種類型的簡化版。

參　工作茶所

可分接待室、工作場所。前者就是各個單位的 LOBBY，後者則是工作的場所。中國古代還有茶房或茶水室，專燒茶水，現因燒水甚易，不必專室工作，故已取消。

肆　野外茶所

可以分為固定茶所和移動茶所兩類。固定茶所指固定野外品茗空間，例如茶亭、茶泉、茶井等等。移動茶所指在舟車、飛機等固

·現存工夫茶館家具

定空間裡，移動、遊歷於不同地點，如林野山川、鄉村都會等。

伍　多功能茶所

　　同時有多種用途，而且機能完整的茶所。例如茶博物館，既可品茗，又有教育、鑑賞功能。

　　為什麼要把簡單的品茗場所分類得如此複雜，最主要的原因是，它們各有不同的功能，並呈現出不同的茶藝文化。

· 能隱茶庭

第四節　家庭茶所志

家庭茶所是私人的品茶空間。品茗的場所主要有四種：廳堂、雅室、園林、茶室。

壹　廳堂

自古以來客廳就是品茶的主要地方。由於中國人向來好茶，自古以來，客至奉茶，所以廳堂是中國人交際茶禮的主要場所。由於廳堂是中國人倫聚會的主要場所，廳堂又是敦睦人倫的主要場所。所以廳堂裡的茶文化主要類型是家庭茶藝與待客茶藝。

一、家庭茶藝的品茗空間

所謂家庭茶藝是指全家聚會的品茗活動。家庭茶藝特重天倫之樂，以聯絡親子感情為主。對於茗茶、茶器、茶泉、茶

・能隱茶庭

術，都有一定的考究。家庭裡的各分子，在社會上扮演不同角色和地位，但在家庭裡的角色是固定的，這就是倫序，職責是一定的，是踰越不得的，你在外面可能是大企業的主要幹部，但在家中只是個么兒，就得扮好老么。如果把在社會的角色或地位帶到家庭裡，很容易造成家庭的混淆脫序。

家庭茶藝主要功能有三：一是諧合家庭氣氛，二溝通成員感情，三是培養人文素養。有什麼要溝通的，透過茶心柔心，可以得到解決。洋人說：Charity Begins At Home（慈愛當從家庭始）。可以改為：Tea Art Begins At Home（茶藝當從家庭始）。茶藝在家庭裡，扮演著紓解情緒、柔化人心、溝通感情、和煦家庭的角色，因此家庭茶藝有助於家庭的和諧。至於培養人文素養，是指透過茶藝的美德，培養諸如精、儉、清、和的美德，透過相關藝術的整合，培養藝術的品味，例如茶花香畫石等。學習茶藝，也學到了傳統文化。更何況家庭是社會的基礎，透過茶文化，下學而上達。茶理即人理，學茶藝即學為人。茶藝可以人文化成，提昇家庭分子的

· 能隱客廳

文化素養。因此，家庭茶藝應該是茶藝文化的搖籃，更是文化的搖籃。

二、待客茶藝的品茗空間

　　待客茶禮是指在迎賓送客時的茶禮。這是中國自古以來的禮俗，但是如何把待客茶禮，轉化成待客茶藝，那就看你的觀念了。你可以採用工夫茶藝，把茶湯之美，盡情的表現出你的茶藝，端出一杯香醇可口的茶湯；你也可以匯整品茗雅藝文化，在茶湯之外，於茶桌上造景造境，一株帶露的草花，可以增添不少茶碗情趣；你也可以使用「村」（淳樸憨厚）得可以的民俗茶器，日治時期或光復時期的茶碗（兼當飯碗用），對那個苦難的時期，引發思古幽情。雖然客人來訪的目的並不單是為了茶藝，但只要用點心思，就能讓他領略到茶藝之美，或許就此引發他的茶藝生涯。

·清代家庭品茶

·清代夫婦品茶

·清代婦女品茶

貳　雅室

　　雅室可以是書齋，也可以是閨閣，這種地方以休閒獨飲與和休閒品茗為宜。

一、休閒獨飲的品茗空間

　　自古以來，有些茶客，就把茶當成休閒生活裡的「清課」，特別崇尚獨飲，因為獨飲時最自由不過了，尤其是文人雅

· 能隱餐廳

士，更是如此。清末臺南的進士施士洁，是一個不折不扣的高雅茶人。他的詩詞，有雅氣、有禪氣、有瀟洒氣、有閒逸氣。結合了中國文人各種的生活藝術，他的作品裡，最足以代表「休閒獨飲」的是〈夏日家居〉：

　　金星硯瓦凝荷露，玉膽笙瓶起茗煙。葵扇當風招竹語，藤床待月就松眠。披襟靜對蒼頭僕，散褲欣參赤腳禪。坐到天明剛倚枕，碧紗窗外又聞蟬。

在這首詩裡結合文房的生活藝術，用歙硯的極品龍尾金星硯，雕成瓦硯形，上凝露珠，代表了文房雅緻。「玉膽」應是懸膽型茶瓶，就是高雅韶秀的茶瓶，代表茶器極品。「葵扇」指是蒲葵扇，搖曳生風和簷外竹林互映，代表瀟洒之美。「藤床」是禪定之床，臥於禪床，待月而觀，聽松濤語，有閑逸氣。「披襟」、「散褲」、「赤腳」，都是自由氣，更是禪氣。所謂「赤腳禪」並非只是戲謔語，禪宗公案有云：「誰縛汝？」「靜對蒼頭僕」，是欣賞平凡、樸實、古拙之美。「天明倚枕」，是閑逸氣。「聞蟬」的「蟬」字和「禪」是諧音字，所參的就是大自然之禪。本詩意境高雅，靜坐、品茶、參禪，和蘇東坡相當近似。難怪他自稱「後蘇」。自古品茗最尚獨飲，甚至到了當代，休閒茶藝裡最主要的模式，還是獨飲。

二、休閒品茗的品茗空間

所謂休閒品茗是指工作之餘，有閑暇的時間來品茗，這時比較沒有工作的壓力，心情較爲舒坦，茶可緩緩的煮、慢慢的斟、自在的品，悠閒的啜。古人很喜歡這種飲茶法，比較考究的茶客，還會準備保溫專用的茶巢。泡好了茶，放在茶巢裡，隨時取飲。至於品茶的人數，多寡不拘，少有少的好處，多有多的情趣，但以親朋好友爲多，這種休閒品茶的地點，有時在家中客廳，有時三合院的稻埕，有時在廟前的榕樹下，悠哉遊哉，好不寫意，這就是以前所謂的「老人茶」。這類茶藝很容易推廣，但是如果沒有渾厚的文化素養做後盾，很容易流於「飽食終日，言不及義」，所以要特別留意。

參 園林

明清以來，從南到北，官員、文人、富商，建了為數不少的古典園林，最有名的有：明代李茂春的夢蝶園、清代吳商新的紫春園、吳世繩的歸園、林占梅的潛園、鄭用錫的北郭園、陳維英的太古巢、臺中林文欽萊園、枋橋林本源庭園等。園林本來就是文人雅集的佳所，其中夢蝶園、潛園、萊園等，都留下不少的品茗詩篇，和茶人的風流韻事。

現在這些園林大部分都隨著時間和兵燹逐漸消逝，再談這種休閒品茶，好像有點和時代脫節了。但是如果權宜變通，可以包括一些公共場所，諸如：國父紀念館，中正紀念堂，植物園等等。這些地方，不論楊柳樹下、曲橋池旁、大道廣場，都是品茶佳處，便利的旅遊茶器、保溫水瓶，就可以展現出茶藝的魅力。特別值得一提

· 北郭園

· 潛園

· 板橋林家園林

· 能隱文人茶座

的是，目前高樓大廈林立，所有大廈中庭，都是建商的賣點所在，在精心設計的雅緻中庭花園，休閒品茗，茶葉飄香，或許可以引來素未謀面的住戶茶友，在人情漸淡的都市裡，發展出新版本的「七家茶」（街坊合作舉行的茶會）。

肆 茶室

茶室有兩種意思，一種是專門生火泡茶的地方，這在古代就已相當普遍，有點類似茶房或日本的水屋。第二種是專門招待客人的地方。本文所指的是第二種茶室。

這種茶室，沒有客人的時候是專門用來休閒的，有客人的時候是專門用來招待客人的。

在茶室內舉行的正式茶會，和一般客至奉茶的飲茶習俗大不相同，正式的茶會，是指兩個人以上，為共同的宗旨而從事品茗與相

關活動，在品茗時的所有活動，都是息息相關，都是事先精心策劃的有機結構，而不是散亂率性的活動。在休閒茶藝裡，它是最正式，也是最莊重的。從邀請客人開始，茶帖的策劃、與會人數、茶會時間、茶會場所、茶會流程，都經過周密的規劃安排。茶會當天使用的茶葉的選取、茶泉的備辦、茶器的挑選、茶食的設計、茶所（品茗環境）的佈置，也必須不斷的思考、不斷的修正，選定以後，再加以確實的演練，以求盡善盡美。

■ 一個正式茶會，至少要注意下列十一項：

一、茶帖：可以精心設計個人風味的茶帖，或利用坊間的邀請卡，再加以巧思變化，就變成一張不落俗套，恭謹而富有誠意的茶帖。茶帖中應詳細註明茶會宗旨，與會成員、詳細地點、正確時間，以及茶會流程。

二、茶牌：通常可有可無，但是最慎重的茶會，非有不可。可以書寫於色紙上，可以框裱，更可以卷裱，視情況而定，當日懸掛於茶會入口處。

三、茶聯：這是當天茶會的精神指標，要和與會茶人取得共識，應該懸掛於明顯位置，可供與會茶人閱讀欣賞。

四、茶葉：注意客人口味，配合茶會性質，也可以溶入鄉土色彩。以經濟簡約為原則，切勿奢華炫耀。

五、茶器：以實用精雅為主，搭配襯托茶湯之美。

六、茶泉：以乾淨衛生為原則，易於闡發茶性為宜。

· 能隱仕女茶座

七、茶術：以乾淨衛生爲原則，易於闡發茶性爲宜。

八、茶所：品茗環境的設計：不管任何場所都得精心營構、妥當
　　　　佈置，毋須奢華舖張。清雅儉約的環境，是最佳的品茗空
　　　　間。不論小草嫩葉、枯枝朽木、雅石細沙，只要用心設計，
　　　　都可營造幽景雅境。

九、茶食：所有茶食必須先行嚐試，選用經濟衛生，品味高雅，
　　　　適合茶會性質，及符合客人口味者。可以自己研製，也可以
　　　　利用坊間成品，再精心設計而成。應注意茶食與容器的搭
　　　　配。

十、茶餐：最正式的茶會附有茶餐。應事先徵詢客人飲食習慣及
　　　　禁忌。菜餚的內容要有季節感，符合茶會性質，用心調配烹
　　　　煮，也可以用坊間半成品，自己裝飾拼排，呈現飲饌美感，
　　　　茶餐以清淡素雅適量爲宜。

十一、茶宴：茶會的舉辦方式。可以是品茗、茶果宴、分茶宴等類
　　　　　型，依性質而定。

· 能隱日本茶室

第五節　工作茶所志

工作場所至少包括兩種品茗空間，一是大廳的會客室，二是辦公室。

在一個機構裡，會客室是一個人口流量最大的場所，它不論公家關、私人機關，更不分政治宗教。一般在客廳以茶待客，是千古不移的風尚。本文想舉個特別的例子，那就是宗教茶所。在寺院品茗裡主要也可以分為兩類，一是寺院待客茶所，二是宗教修行茶所。寺院待客茶所，似民間會客室；宗教修行茶所，則似民間辦公室。

壹　寺院待客茶所

臺灣古典茶文化裡，寺院品茶之風很盛。客至必定備茶，這種情況幾乎和大陸沒有什麼兩樣。於是文人騷客常到寺院訪禪品茗，南部最有名的就是法華寺，也就是夢蝶園故址，康雍年間的文人曾

·能隱日本茶室

源昌〈法華寺〉就說明這種文化風尚：「誰展揮毫手，同傾瀹茗
杯。猶遲辭丈室，相顧兩無猜。」集書法、品茶、談禪於一詩。又
如嘉道年間的林占梅，足跡甚廣，也愛在寺院品茶，例如竹溪寺、
劍潭寺、祖師巖、棲雲巖、靈泉寺等處品茶。而施士洁的〈游開元
寺次拙菴韻〉：「臞僧煮苦茗，殷勤吐樸實。」境界實在高雅。寺
院高雅的茶文化，沈寂了一段時間，現在又逐漸的恢復了，但是在
寺院中的階層始終不夠高，臺灣傳統的風雅住持，和大陸一樣，往
往都是泡茶高手，也常和文人雅士來往，有高深的文化素養。雖然
社會結構改變了，不可能再要求每位住持都有這樣的素養，但至少
還可以找個幽雅清靜的寺廟，帶著輕便的旅遊茶器，暮鼓晨鐘、梵
唱參禪、悠閒品茗、滌塵忘憂。

貳、宗教修行茶所

以茶湯會最具代表性。茶湯會是佛教禪宗的修行儀式，在舉行之前，先得寫茶榜，告訴僧侶們，何年何月何日何時，要舉行茶湯會，而且茶榜須貼在堂前，讓僧侶們知道爲什麼舉行茶會。到了舉行茶會時，還得公布一張座次表，到時大家依序入座。在茶湯會開始時，敲茶鐘，鳴長板，依著順序按圖就座。姿態要端正，儀容要整潔、不可慌亂、不可亂講話，也不可亂動，動作照規矩，吃東西不可隨便發出聲音。動作要求一致，不可個別行動，茶罷不得隨便離席，所脫下的鞋子要擺在一條線上，茶碗也一樣，要依次而出。如果不能出席，還得事先請假。這是最嚴謹的團體生活，也是日本茶道所追求的軌儀，學了它，有助於個人的修養。

第六節　臺灣茶館志

在休閒時，跑跑茶藝館，換換場景，來個茶館品茗，來趟知性之旅，應該是值回票價的。臺灣的茶藝館，在建築與室內裝潢上，都很下功夫，也往往能呈現出茶館主人的風格，其中有很多值得學習和觀摩之處，對於茶館的布置理念多加觀摩學習，日積月累，必定能提昇自己的文化層次。因此，多跑幾家茶藝館，多學習美感經驗，是惠而不費（或少費）的。臺灣茶館共有四種類型，即：

壹　連鎖茶館

所謂「連鎖茶館」，就是由一個母系統在不同地點開設了子茶

· 陽羨茶行，第一店。（劉漢介提供）

· 陽羨茶行，第一店，當代調茶法的搖籃。（劉漢介提供）

· 春水堂（劉漢介提供）

· 春水堂（劉漢介提供）

· 春水堂（劉漢介提供）

· 三友茶室一隅

· 儉恩室一隅

· 漢密堂一隅

館。臺灣的連鎖茶藝館主要有春水堂與耕讀園，連鎖茶行則以天仁茗茶為代表，天仁的相關企業在大陸叫做天福茗茶。

貳 一般茶館

一般茶館的種類很多，茶館的風格完全決定在主人的手中，有的都會型，有的鄉土型。從一般常見《茶藝大觀》之類的作品，可以看出臺灣茶藝館的勝景。

參 家庭茶館

所謂家庭茶館，是指把自己的居家生活與營業事業融為一體的茶館。主要的服務對象是社區居民及老主顧。主人與客人的關係，與其說是主客，不如說是朋友。這種茶館可以說是客人的茶室，特別溫馨。例如：中壢的采薇茶館就是走這種路線的。

肆 教學茶館

以教學與文化推廣為重心的茶館，稱為「教學茶館」。此類茶館以切磋茶藝為目的，而非提供客人品茗。它的營業對象主要是學

・陸羽一相亭，一相指茅一相，明代刊行《茶具圖贊》者。（蔡榮章提供）

・陸羽崇佶廳，崇佶指尊崇趙佶（宋徽宗）。（蔡榮章提供）

・陸羽鴻儀堂，當代茶文化的搖籃，從「伊公羹　陸氏茶」的對子，其理想抱負可知。（蔡榮章提供）

生。這種茶館以陸羽茶藝中心為主，以及其茶道老師所建立的茶道教室都屬之。蔡榮章的〈現代茶屋集錦〉裡所收錄的茶屋都屬此類茶館。

臺灣茶館草創於民國六十幾年，民國七十年以前，先後有工夫茶館、中國茶館、西門茶館、貴陽品茶館、陸羽茶藝中心、紫藤廬等十餘家，到了一九八一年，開始成立同業團體，後來漸漸形成中華茶藝業聯會（說詳拙著《一九八七中華民國茶藝大觀〈中華茶藝文化事業聯誼會簡介〉》）

第七節　野外茶所志

野外茶所，以可分為固定茶所與移動茶所。固定茶所像是茶山、茶泉、茶亭、勝景等等，移動茶所是指舟、車，以及飛機等。

壹　固定茶所

固定的品茗場所，主要有茶亭、茶山、勝景、茶泉等四大類。

一、茶亭品茗空間

茶亭分為文人茶亭和茶山茶亭兩種。臺灣茶文化裡，茶亭品茗是文人雅尚，其中最有名的是臺南的「斐亭」。斐亭在臺灣府官署裡，命名取《詩經》：「有斐君子」之義，所以官署多種竹子，文人騷客常在此品茗，是臺灣八景之一的「斐亭聽濤」。此外「澄臺」也是品茗佳處，澄臺也在官署裡，可以登臨眺海，也是臺灣八景之一「澄臺觀海」，文人舒輅有詩「登臺懷桂櫂。煮茗羨江湍。」文

·坐忘谷的坐忘石銘（蔡榮章提供）

·坐忘谷：閉門即是深山（蔡榮章提供）

·坐忘谷：湧泉石桌（蔡榮章提供）

·坐忘谷：「柳綠花紅真面目」（蔡榮章提供）　·坐忘谷：手水缽（蔡榮章提供）

·坐忘谷：無言（蔡章提供）

人茶亭的建構，祖祧陸羽三癸亭。

　　至於民間還有一類茶山茶亭，是供茶農茶商運茶的，茶人也往往愛到此品茗賞景。不論是文人茶亭，或茶山茶亭，都是山川佳景，也是品茗佳處。

　　其實，在山川勝景、臨流依海，往往設有涼亭，只要有涼亭，都可以當做茶亭，可以好好憩息，休閒品茗。這類亭子都在風景勝處，普遍於桃竹苗地區，可以好好推廣出第三類的茶亭。

　　目前旅遊茶器相當普遍，兩罐礦泉水，一套旅遊茶器，就可以結合爬山與茶藝，在山上的涼亭好好品茶，好好休憩，風景優美、茶湯可口，神清氣爽，眞是神仙境界。

二、茶山品茗空間

　　在茶山品茗是茶人最爲茶人所嚮往的，因爲茶山的茶最新鮮，茶山的泉水最宜茶，尤其是茶山的風景最美麗。因此自古以來，茶人都把茶山品茗當做賞心樂事。用茶山的泉水來烹本地茗茶，因爲一山所出，水土相宜，茶鮮、水活，所以特別好喫。唐代張又新《煎茶水記》說：「夫烹茶於所產處，無不佳也，蓋水土之宜也。離其處，水功其半。」就是這個道理。自古以來茶人特別喜歡茶山品茗，這種觀念，至今不變。我們以清代光緒年間倪贊元爲例，他在崠頂山觀覽到的風光，山嵐、水光、花果、竹林，盡得造物之美。〈崠頂山〉：

　　　群山羅列獨森然，高踞茅蘆在澗嶺。樹色高低青覆水，嵐光隱約碧連天。幾些花果幾多竹，半倚人家半著仙。酒力醒時茶氣歇，清風明月共安眠。

茶山品茗，在現代早已成爲旅遊重心，例如：木柵的鐵觀音茶區，鹿谷的凍頂茶區都是。如何把茶和觀光，「很藝術」的結合，提昇休閒茶藝，是政府、茶農、茶客們，必須深入研討的重要課題。

三、勝景品茗空間

古典文化裡，文人也最愛在風景佳處品茗，臺灣茶文化當然也是如此。道光年間的林占梅〈繫船登石巖烹茶晚眺〉：

> 綠樹蔭濃處處蟬，溪山如畫晚晴天。烹茶趺坐西巖上，閒看遙村起暮煙。

舟船旅遊，順著江水而下。每當看到風景佳處，也有品茗雅興時，停船泊舟，攀緣山嶺，到高處品茶。溪山如畫，蟬聲在耳，登上石巖，取得較佳遠眺位置。把茶、山水、蟬聲等溶爲一爐，眞是一大享受。沒有人世的喧囂，連人文色彩的茶亭都沒有，坐在石上，倚於樹傍，徜徉草原，仰視浮雲。淺斟低酌，細品苦茗，細觀江上漁舟點點，平視天際白雲朵朵、彩霞片片，眞是金不換的至樂。

四、茶泉品茗空間

一部茶史，幾乎就是一部茗茶品泉史，這是古今通例。最有名的當然是文徵明的惠山品茗茶會，數位文人雅士，在惠山名泉賞泉、雅集、品茗。事後並有〈惠山茶會圖〉問世，成爲千古佳話。臺灣茶文化裡，最重訪泉品茗，最有代表性的是明代盧若騰的金門四泉。他在精品細訪了金門的重要茶泉後，完成了中國茶泉文化史的巨著〈浯江四泉記〉，也開展了臺灣的茶泉史。

清代以後，臺灣文人茶泉史，幾乎掌握住茶文化的脈動，從鼓山的龍目泉，到彰化的龍井泉、紅毛泉、古月泉、新竹的靈泉、臺北的水源泉、雙溪泉等，臺灣著名茶泉不勝枚舉。數百年來，茶人雅尚訪泉，以新竹的靈泉為例：靈泉在新竹市南八里，有金山面冷水坑，那裡有名泉，清冷沁人心脾，文人常到此品茶，稱為「靈泉試茗」。此外代表園林品茗的「北郭煙雨」、「潛園探梅」一樣，都是「新竹八景」之一。「新竹八景」當中，有三景和茶藝有關，臺灣古典茶藝文化的發達，可以想見一斑。現在工業污染相當嚴重，尋幽訪勝，找到古典茶文化的勝跡，固然是一件樂事，但是如果能配合發達的科技，加以檢驗公布各茶泉飲用的可能性，那麼，名泉品茶就不再是紙上談兵的歷史陳跡，而是氣韻生動的休閒茶藝。

貳 移動茶所

舟車品茗空間：目前最有代表性的「舟車品茗」是火車茶，飛機上的空間太過狹隘，不容易展現茶藝，除了「正好修行」的TEAMANIA（茶痴），實在引不出茶湯雅味，當然談不上茶藝。

搭火車旅遊時，面對小小的狹隘座位空間，（但比飛機的應用空間大得多了，也有彈性多了，因為常常有一人獨坐的機緣。）乘客可能要渡上幾個小時。雖然車內的旅客、陳設、報章、窗外的景色，都是平常得很，但是只要事先好好規劃，以茶來貫串旅遊，就是最經濟最實惠的旅遊茶文化。

在傳統茶文化裡，江上品茗是人生最寫意的事，因為所到之處盡是流動風景，都是大塊大畫，雅士們在舟中品茗、清談、彈奏，結合諸多雅藝以供清賞，清·金廷標的〈仙舟笛韻〉是旅遊茶文化

的經典之作。這種茶文化類型，在火車茶裡最能表現。火車茶至少可包括幾種結合：

一、品茗賞窗景

一邊品茗，一邊欣賞窗外的風景，車子穿山臨海是一種景致。車子飛馳平疇又是另一種。甚至天邊流霞，朝晨霧露，當空浮雲，茶、人、景合而為一，此種自然之美，值得仔細品味。

二、品茗觀浮世

旅客雖大同小異，但若仔細觀察也饒富趣味，例如放假返鄉的阿兵哥和收假回營的軍人，心情就寫在臉上。搭長途車約會情人的懷春少女、匆忙上班的熙攘公務員、襁褓裡的稚氣娃娃、鄰座孔武有力的壯漢，車廂內形形色色的人，都是浮世的好題材，品茗中可以靜觀。

三、品茗閱書報

高級車有段時間免費供應報紙，通常你可以買份報紙，好整以暇的欣賞，你更可以帶書籍到車上看，一邊細品書中哲理，一邊輕啜手上苦茗、一邊思索人生大事。你甚至可以準備演講稿，或在車上閱讀學生的報告，在這個公共的空間裡，你可以體會大隱隱於市（室）之妙。

四、品茗享餐點

肚子餓了，可以拿出家人的愛心便當，慢慢享用，體會家的溫馨，也可以事先買好木盒便當，或臨時叫個鐵路便當，圓形的鋁盒便當，上面有鐵路局的標幟，裡面可能是可口的排骨和小菜。一邊以茶代湯，飯後品茶，留下雋永餘味。

五、品茗結新交

一則新聞，一本手邊的書，一杯沖泡的茶湯，你可能和臨坐開始了陌生的對話，你們可能愈談愈投機，進一步相互認識，你們可能是同一個茶藝團體，甚或住在同一棟公寓。

火車茶的服務，隨著時代腳步愈來愈簡化了，車上只剩下茶水間，不鏽鋼的茶桶，上了銅鎖，鎖住了整桶冷冷的開水，一串串的免洗杯，堆堆、疊疊的擺在那裡，一切都得ＤＩＹ了。

傳統的火車茶文化不見了：再也沒有服務人員的問好聲，沒有適時的補充茶水，更看不見服務人員提著熱茶壺，穿越人陣的高超技巧。

當然你現在也可以享受火車茶，但是方式不同了，你可能要買車上服務的鋁包茶或罐裝茶，放在茶架之上，慢慢品飲。如果你要「茶藝」一點，乾脆自備熱水、茶器、茶葉，來個令人豔羨的「火車茶藝」，流暢的技法，甘醇的茶湯，說不定你的車上奉茶，還可以在逆旅中結交到新朋友哦！

第八節　茶業博物館志

目前爲止，臺灣人所建的這類型的茶所主要有兩處，一是坪林茶業博物館，一是福建漳浦的天福茶博物院。坪林茶業博物館是臺灣人的本土生根，而天福茶博物院則是臺灣人的海外拓展。

壹、坪林茶業博物館

坪林茶博物館位於臺北縣坪林鄉，一九九七年元月十二日落成。全館佔地約零點九公頃。分品茗區、綜合展示館、活動主題館、推廣中心、多媒體放映室等五部分。坪林茶業博物館主館所涵蓋的範圍相當廣泛，內容相當完整，頗具教育價值。至於紫竹樓、明月樓及茶亭等，則是規劃成爲茶藝館區。在這裡可以品茗也可以遊覽，是個幽雅的茶藝館。目前爲止，坪林茶業博物館是臺灣地區茶博物館的代表，適合休閒兼知性之旅。

· 坪林茶業博物館計劃書

■ 坪林茶業博物館

一、品茗區

　　共有兩座茶樓三座茶亭：紫竹樓和明月樓是兩座大型茶樓。三座茶亭分散各處，

　　是包廂式的茶亭。全區以曲徑、折廊、假山、瀑布、庭池、等景致，配以各項花木等，風景幽美，隔絕塵寰，是品茗的佳境。供應坪林包種茶、老茶以及各式茶食。

二、綜合展示館

　　以茶史、茶藝、茶事三方面爲展示內容。傳統中國茶史，以張宏庸《茶藝》爲藍圖，茶事以茶業改良場的研究成果爲依據。茶藝方面以當代茶藝爲主。

三、活動主題館

　　每季舉辦一個茶文化主題，例如開館時以陶藝家的作品展示，近年又有陳茶展示等等。

四、推廣中心

　　展售出版品、特產茗茶、多元化茶食，例如：茶牛軋糖、茶餅、茶葉蛋捲、茶葉麻糬等。

五、多媒體放映室

　　用三Ｄ立體畫，生動介紹茶葉知識與茶藝文化。

　　其中以綜合展示館最富教育價值，依據一九九七年《茶業博物館》一書的記載該館的主題另大36項，其分類如下：

● 歷　史

坪林百年茶樹	臺灣茶葉的產銷	中國大陸的茶區
世界茶產區	唐代製茶方法	宋代製茶方法

臺灣的名茶　　　　茶神陸羽及其茶書　　宋代的文人飲茶
清代茶館　　　　　坪林茶葉的脈絡　　　臺茶的移入與發展
臺灣茶葉發展史　　中國茶葉發展史　　　中國飲茶起源
宋代的鬥茶　　　　元至明朝中葉的茶　　晚明初清的茶
近代的茶

● 禮　俗

禮　俗　　　　　　甩茶　　　　　　　　婚禮茶儀
茶歌　　　　　　　傳統製茶器械　　　　現代製茶器械
認識茶具　　　　　如何選茶當代茶藝
茶的特殊飲用法

● 科　技

茶樹及茶的成分　　現代製茶過程　　　　人工與機械採茶

● 茶的認識

當代茶藝　　　　　茶字壁飾　　　　　　現代茶葉比賽
養壺

● 中國茶葉對西洋茶葉的影響

　　此外並有數種介紹茶文化的出版品：

　　　　一‧台北縣坪林鄉茶業博物館規劃報告（一九八○）

　　　　二‧坪林茶業博物館茶文化學術研討會論文集（一九九七年一
　　　月）

　　　　三‧《茶業博物館》（一九九七年五月）

　　　　四‧《茶香美饌》（一九九七年八月）

貳　天福茶博物院

　　天福茶博物院位於福建省漳浦市盤陀鎮。佔地約三點五甲，院區主要範圍可以分爲：一、天福茶博物館，二、茶藝教室，三、曲水茶宴，四、福慧庵（日本茶道館），五、天福書畫館，六、武人茶苑，七、示範茶園，八、茗風石刻，九、精神堡壘等九部份。

　　天福茶博物館是院區的主題館：一樓以中國茶業爲主題，二樓以世界茶業爲主題，並有天福茶史館；茶藝教室專供茶道教育之用，並設大型會議廳；曲水流觴以中國傳統文人野外品茶爲主；武人茶苑，以戚繼光的戚家武人茶爲主；日本茶道館有立茶禮席、廣間席以及標準茶席等三間不同功能的茶室；書畫館以當代茶畫爲主，附以奇石齋；示範茶園栽植臺閩重要名茶；「茗風石刻」鐫刻重要歷代茶詩文數十首。因此教學功能相當完備，可算是茶藝文化的大觀園，是兩岸、東方，甚或世界茶文化最富麗堂皇的大院巨宅。（詳見附錄）

· 天福茶博物院牌樓（阮逸明提供）

第九節　小結

茶藝文化必須有個家，否則寄人籬下，是件憾事。

家庭茶館可能是你的「灶腳」，但那還是不夠方便。因為你想喝茶時，灶腳可能熄火了。

園林藝術是茶藝最理想的家。每當想到板橋林本源園林裡來青閣的「煮酒」、「碾茶」的匾額，就為之神馳，但那是富貴人家的清福，平凡百姓是無緣消受的。

但是如果有一個平凡的茶室，在儉樸中求得美感，在平凡中孕育精雅，化腐朽為神奇，不貪於物慾，不也是美的極致？只能到陽明山看櫻花、只能到奧萬大賞楓的不是茶人，能欣賞路邊平凡小草小花的才是茶人。這是三友茶室追尋的目標。有位茶業龍頭謙和的說：「我在三友茶室上了一課，也體認到原來辦好茶會並不一定要花大錢的。」這是他的慧根，這是茶文化的精神，這也是三友茶室精神「儉慈謙和」的第一義，三友茶室不敢說完全做到了，但是三友茶室很努力的去學習。

臺灣人在海峽兩岸各建一座茶博物院，深層的傳播了茶藝文化。以主題館而言，坪林茶業博物館是委託東海大學規劃的；天福茶博物院硬體由李瑞河規劃籌建，文化部分由阮逸明規劃，並獲得張宏庸茶學史與茶文化、蔡榮章生活茶藝、林資堯的相關支援，然後交由黃國輝研究開發與執行。可謂集科技、文史與生活之大成。

第七章　臺灣茶人志

第七章　臺灣茶人志

　　自從荷蘭時期以來，四百年的臺灣茶史，重要的茶人不計其數，如果把階段性的成就，列上清單，那將會不勝枚舉。《臺灣茶藝發展史》茶人志的對象，必須是無可取代，事蹟必須有代表性，人格必須嶔崎磊落。受限於篇幅，每個茶人都只有短短幾百字，只能論述生卒年，字號、籍貫、簡歷、著作、重大茶學事蹟及貢獻。此外，在定義上，本文採廣義的茶人，和日本的「茶人」、「宗匠」、「茶道大宗師」是不相同的。

第一節　臺灣茶泉初祖──盧若騰

　　盧若騰（1598～1664），字閑之，一字海運，號牧洲，又號留庵。福建省同安縣金門賢聚莊人。

　　明崇禎八年（1635）舉於鄉，十三年進士，授兵部主事，後遷浙江布政使，福王召為僉都御史，唐王立，授以都察院副都御史，後奉魯王監國，加兵部尚書。永曆十八年（1664）東渡，卒於澎湖。劉良璧《臺灣府志》、范咸《臺灣通志》等十部方志及《臺灣通史》均有傳。

　　著有《留菴詩文集》、《方輿互考》、《與耕堂值筆》、《與耕堂學字》、《與耕堂印擬》、《島上閒情偶寄》、《浯洲節烈傳》

· 陸羽，中國的茶神（《中國歷代帝王名臣像真跡》）

· 顏真卿，與陸羽、皎然等建三癸亭，為世界茶亭之護主。（《中國歷代帝王名臣像真跡》）

、《島居隨筆》、《島噫詩》。現存《島噫詩》，陳漢光撰〈盧若騰詩輯註〉，刊於《臺灣文獻》。

　　盧若騰的品泉之作〈浯州四泉記〉，是臺灣茶文化史上的品泉經典。對於泉水的品質善惡，以及原因所在，佳泉混沌如何補救等，都有詳細的評鑑。（說詳茶泉章）他是臺灣茶泉初祖。

・蔡襄，為宋代最著名茶官與評茶家。（《中國歷代帝王名臣像真跡》）

・蘇軾，中國文人茶典範。（《中國歷代帝王名臣像真跡》）

第二節　臺灣文人茶初祖──沈光文

沈光文（1612～1688），字文開，號斯庵，明末浙江鄞縣人。

明副榜，由工部郎中，晉太僕少卿，後至閩，永曆十六年（即清康熙元年，1661），漂泊入臺以居，晚與寓台人士唱和，組「東吟社」。光文爲明末遺老，在臺灣文學史上，他的地位相當崇高，全祖望稱他爲「海東初祖」。季光麒則說：「從來臺灣無人也。斯庵來而始有人矣。臺灣無文也，斯庵來而始有文矣。」

著有《花草果木雜記》等。陳漢光撰〈沈光文詩文輯註〉，盛成撰〈沈光文研究〉均刊於《臺灣文獻》。

· 宋徽宗，宋代最有名的茶帝，著有《大觀茶論》。（《中國
歷代帝王名臣像真跡》）

　　沈光文爲臺灣本土第一個詠茶的文人，在他的作品裡，有三首
詩談及品茶：

　　　　僧閒煮茗能留客。野鳥吟松獨遠群。此日已將塵世
隔。逃禪漫學誦經文。（〈普陀幻住庵〉）

　　　　秋到加餐憑素字。更深吸露飽空華。明朝待汲溪頭
水。掃葉烹來且吃茶。（〈夕飱不給戲成〉）

　　　　隱心隨倦羽。寒夢繞歸槎。忽竟疑仙去。新嘗蒙頂
茶。（〈感懷〉之七）

　　每首都有不同的意境，三首茶詩中都表現出文人的風骨與鄉
愁。在臺灣茶藝發展史上，他是臺灣文人茶初祖。

第三節　臺灣隱士茶初祖──張士榔

張士榔（ca.1633），生卒年不詳，福建惠安人。八歲爲諸生，崇禎六年（1633）癸酉副榜，閩變，避難於浯、廈、漳、澄間，後居臺灣之東安坊，杜門不出，日以書史自娛，辟穀三年，惟食茶果，卒年九十九。

張士榔是臺灣喫茶養生的代表人，他絕意仕途以後，日以書史自娛，並且以茶養性。連橫《臺灣通史‧張士榔傳》還說他「持齋念佛，倏然塵外。」可見是一個佛門子弟。他在臺灣茶藝發展史上有兩個意義：一是隱士茶的出現，二是飲者長壽的文化觀念之形成。茶人期人長壽的俗諺：「何止於米，相期以茶」，「米」字代表八十八歲，「茶」字代表一百零八歲，這都說明茶的養生效果。

第四節　台灣家族茶人──卓夢采

卓夢采（ca.1721），清康熙雍正年間人，生卒年不詳，字狷夫，鳳山縣人。爲鳳山縣庠生，性孝友，精醫術，清康熙六十年（1721）朱一貴陷城，賊慕其風格，致意再三，堅持不肯赴，遁鼓山匝月，吟詠自娛。子肇昌，領鄉薦，列膠庠。清‧王瑛曾《重修鳳山縣志》有傳。

卓氏性好品茶，也好品泉，是臺灣茶文化史上出現的第一位本土茶人，所發現的龍目泉也是臺灣第一個名泉。卓夢采的影響，使其子卓肇昌也好品飲，臺灣本土第一首詠茶泉的賦就是出自其手，

·陸龜蒙，唐代嗜茶隱士。（《晚笑堂畫傳》）

·歐陽修，宋代名臣雅士。（《晚笑堂畫傳》）

·蘇軾，宋代重要茶人。（《晚笑堂畫傳》）

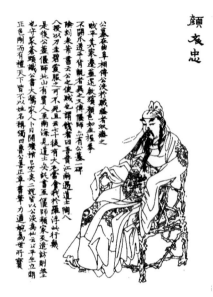

公基奉曲阜相傳公歿於蔡猶者以遊之歿卒真家秦遠教頌顏如左棒事不開公遠千貫情與者其之佛�師六年公基一年除刻末常吾云之史俟也謂戴吾日魯江南過主開へ《被以刀主戴夏殿之一不死且五牛後而大秦貪我於羅浮此行藥是後公蓋偲師此山有賢人草南海見道土央秘書至催師頭家交遊訪則塹也千某善頭殿公基大驗家人羊開殘神已旻已央二歌以汶汶為仙云公平生召期正色剛爾爾有權天下皆不以姓名稱猾四象公基吾筆力遺妃為世所寶

顏衰忠

・顏真卿，大書法家，與陸羽、皎然至交。（《晩笑堂畫傳》）

父子兩代成就了品茶世家，影響所及，族人也往往有詠茶詩文，形成了臺灣第一個家族品茶集團。（說詳茶泉章）

第五節　臺灣文人茶藝奠基者——章甫

章甫（1755～1816?），字申友，臺南人。嘉慶四年（1799）貢生，能文工詩，著有《半崧集》八卷。今人吳幅員選編爲《半崧集簡編》。

章甫性好茗飲，以江南文人茶爲師，定清茶日課，也雅好旅遊，他在臺灣茶文化史有三個貢獻：一是建立文人飲茶集團，平日與七八個好友常相往來，以茶結會，以清課自娛；二是建立臺灣茶雅藝文化的範圍，結合了十幾種與茶相合的文人休閒藝術，諸如文

·陳鴻壽，文人茶壺的創使者。（《清代學者像傳》）

人雅藝、文房用具、生活藝術等；三是展開了臺灣旅遊的茶文化。他是茶與文人雅藝結合的奠基者。茲以〈題陳文川十八友照〉為例：

> 琴，情友。棋，智友。劍，俠友。筆，才友。墨，益友。硯，端友。紙，文友。茶，清友。香，臭味友。書帖，法友。古畫，遊友。圖書，鎮定友。塵尾，瀟灑友。池魚，活潑友。石床，涼快友。竹枕，直率友。折枝入瓶，韻友。架上鸚鵡，清談友。

說明了清代臺灣文人茶的發展特色。

第六節　茶文化護主、文人茶武人茶集成者——林占梅

林占梅（1821～1868），字雪村，號鶴山，淡水竹塹人。

道光年間，英人犯台，占梅倡捐助防，獲獎加道銜，後又履協官兵平亂，官至布政使銜，好吟詠，又善琴。著有《琴餘草》，歿後遺有《林鶴山遺稿》、〈潛園琴餘草〉、《補遺》等。近人編有《潛園琴餘草簡編》、徐慧鈺等校記《潛園琴餘草》，並出版《林占梅全集》。

臺灣文化史上有三個舉足輕重的林家，一是新竹林家，一是霧峰林家，一是板橋林家。新竹林家代表人就是林占梅。林占梅在茶文化主要貢獻有：樹立文人茶藝典範、建立潛園集雅，成為文化護主、以及發展出武人茶文化風格與典範等。

從林占梅的潛園自題楹聯就可以看出他的文化風格，例如：

耽閒成性愛鶴愛花愛茗愛詩琴半世於中饒趣味

為善立心守忠守孝守仁守禮義五事以外總糊塗

志於道、游於藝，是文人茶的最高典範。

· 林占梅

第七節　臺灣茶業奠基者——杜德

約翰杜德（John Dodd, ca.1855），英國人，同治光緒時代人，生卒年不詳。

西方有系統的研究臺灣茶業的早期重要文獻共有四種，分別如下：

一、簡恩‧赫金遜（Janes Huchison）：《福爾摩沙烏龍茶栽培製造報告》（ Report of the Cultivation and Manufactures of Formosa Oolong Tea）。

二、詹姆士‧戴衛森（James Davidson）：《福爾摩沙島的過去未來》（The Island of Formosa Past and Present）第二十三章〈福爾摩沙茶業〉（The Formosan Tea Industry）。

三、威廉‧烏克斯（William Ukers）：《茶葉全書‧福爾摩沙茶的栽培與製造》（All About Tea，Cultivation And Manufacture In Formosa）。

從上述史料，可清楚看出約翰‧杜德對臺灣茶葉的貢獻主要是以茶的「產」、「製」、「銷」三位一體，一條龍作業（一貫作業），減少成本，提昇國際競爭能力。他的成就大概可以分為：

一、他親訪淡水農人，調查臺灣茶葉出口的可能性；二、他創立了杜德公司來處理相關事宜，這是外國人在臺灣最早的茶業公司；三、他收購茶葉，在一八六七年把茶運

．杜德

到澳門，銷售一空；四、鑑於以往臺灣只製毛茶，必須運往廈門精製，他在艋舺建造精製茶廠，這是臺灣精製茶的開始；五、他到福建收購茶苗有計劃的交由茶農栽植，這是臺灣茶苗系統企劃之始；六、他貸款給農民，使茶農無後顧之憂，專心種茶。他為臺灣茶業奠定了百年基業，繁榮了北臺灣，增加了就業人口。說他是臺灣茶業奠基者，「臺灣茶業之父」，絕非過譽。

第八節　推行茶文化名宦——周有基

周有基（ca.1875），生卒年不詳，廣東人，光緒時人。為沈葆楨幕僚，牡丹社事件時，周有基任職委員。光緒元年（1875）出任第一任恆春知縣。

周有基是第一個推行茶文化的知縣，他在恆春試種茶苗，這就是著名的「羅佛山茶」，並且在茶山建立茶舍數間。《恆春縣志》記載：

> 羅佛山茶：距縣城東北三十里，其地崇山峻嶺；知縣周有基購茶秧，教民種植，並建茅屋三、四間，以為憩息之所；今廢。其茶味甚清，色紅。十餘年來，未能推而廣之；每年所產，不過數十斤。（清‧屠繼善，光緒二十年刊本）

在自已的縣署建築茶室品飲。這是地方要員，第一次有系統的把茶文化引進臺灣的典範。

第九節　臺灣茶業護主──劉銘傳

劉銘傳（1838～1896），字省三，安徽合肥人。清光緒十年（1884），以巡撫銜督辦軍務渡臺，十四年正式任臺灣巡撫，在臺多年，兵敗法軍，開山撫蕃，興建鐵道，大有政績。著有《大潛山房詩鈔》、《劉壯肅公奏議》等。

在《劉壯肅公奏議》內，多有推行茶業之論。他重用本土豪紳林維源，以及茶商李春生，推展茶藝文化。兩人均獲得鉅利，為當時全臺首富與次富，直至日本治臺初期，仍名列全臺十大富豪，足見當時茶利之厚。他規劃高山種茶，制定茶商法規，遂有「茶郊永和興」。對於臺灣茶業貢獻良多。

· 劉銘傳（《點石齋畫報》影印）

第十節　臺灣茶商宗師——李春生

　　李春生（1838～1924），福建廈門人。年十五學英語，約同治四年來臺，爲淡水寶順買辦，輔佐杜德，既而自營。後來輔佐劉銘傳，並與林維源合作，推行茶業政策，對臺灣茶文化貢獻良多。他認爲臺灣茶葉的優點在於「茶葉嫩鮮，水色濃厚，氣味清香，洵爲天下無匹」。他對茶文化的主要貢獻有兩點：一是經營茶業，先是輔佐杜德，後自營茶行；二是建立「建昌號」，所建洋樓，租給茶葉、樟腦的貿易商，促進商業繁榮。

　　臺灣傳統的學者中，研究思想的極爲少見，李春生雅好思想研究，是臺灣重要思想家。著作甚多，例如：《主津新集》（1894）、《東遊六十四日隨筆》（1896）、《主津後集》（1898）、《民教冤獄解》（1903）、《民教冤獄解續篇》（1903）、《民教冤獄解續篇補遺》（1906）、《耶穌教聖讖闈釋備考》（1906）、《天演論書後》（1907）、《東西哲衡》（1908）、《宗教五德備考》（1910）、《哲衡續編》（1911）、《聖經闈要講義》（1914）等十二部，約數十萬言。

第十一節　臺灣茶區開拓者——林維源

林維源（1838～1905），字時甫，系出板橋林家，納資爲中書，光緒十七年（1891），以清賦役成功，封太僕寺正卿，加侍郎銜，乙未（1895）割臺，內渡廈門，居鼓浪嶼（即今菽園）以終。

林維源是清末板橋林家代表，深得劉銘傳的重用，成立茶行「建祥號」，爲當時最大茶行。並與李春生合建「建昌號」。提倡淡水河源流山區種茶，開拓了臺茶的領域。（說詳茗茶章）

第十二節　臺灣茶文化護主——林鶴年

林鶴年（1847～1901），字氅雲，安溪人。著有《福雅堂集》。

清光緒年間來臺，権辦茶釐，當時臺北方建省，而唐景崧爲布政使，每日開文酒之會。鶴年贈以牡丹數十盆，遂成牡丹詩社。其〈開春連句陪唐方伯官園讌集有呈〉云：

> 牡丹詩社試新茶，（是日余饋新開牡丹，公謂可名「牡丹詩社」）燕寢凝香靜不譁。絲竹後堂陪末座，彭宣原屬舊通家。

· 林鶴年

割台以後旅居廈門鼓浪嶼，築怡園，招待台灣來的文人雅士，台灣當時俊碩，旅廈門時莫不造訪，爲當時茶壇護主。與林維源

比鄰而居，多唱和。例如〈廈門鼓浪嶼卜居〉：

　　小住江湖不繫舟，無風波處便勾留。每談廣廈慚多士（時榷茶初散，倚余食指，尚百餘家），重訪青門傍故侯。……（家時帥假歸，同寓島上）

第十三節　臺灣古典茶文學集成——魏清德

　　魏清德（1885～1962），字潤庵，新竹人。日語學校畢業，潛心經傳，博覽群書，尤致力於詩。主臺灣日日新報漢文版筆政數十年，爲瀛社第三任社長，與連橫二人爲南北二大報界文人。現存廟宇、一般建築等，往往保存其楹聯，可知文名之盛。著有《潤庵吟草》、《尺寸園瓿稿》。

　　魏氏主要的茶學貢獻有：一、撰著大量茶文化作品，他曾仿陶淵明〈飲酒詩二十首〉作〈飲茶詩二十首〉，內容相當豐富；二、肯定本土茗茶價值，他的〈飲茶詩〉：「茶是烏龍種，名馳美利堅。摘來常帶露，飲處欲登仙。」三、促進日中茶文化交流，由於職業關係，他的交遊廣泛，日本朋友甚多，往往有茶詩唱和之作；四、撰著臺灣古典茶文化小說，最有名的是描寫日人堅田祐庵的〈祐庵逸事〉，祐庵爲一精通書畫古董與生活雅藝的文人，本篇小說開臺灣茶小說之先河，後來鄭坤五《鯤島逸史》以茶故事爲小說楔子，直到鍾肇政的《魯冰花》（1960），臺灣才有以茶爲背景的小說。

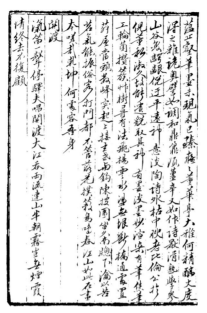

雅堂叢刊詩稿

蘊正敲華墨未現氣已臻梅心羞草皐大雅何精醺大虔
浮之雜說與璧私調和鼎鼐沆墨辛人和作詩藏滑熟興秦
山谷花醲釀倪迁平遠神恵淡陶詩泉枯中挽壽比倫公抄
俚章初淡分教寬鋭取其神有畫波書沙繪染育華佳季
工輪角攒族杵樹尋有法飛揚雲水速無眼影橋通塞置
若氣雖振俗岁打門都不管薪宠撲報島唾春江山此在書
屋蒼頸裁峰突起上接主意尚釣陳摂圖岁岁逈下淪從活

·魏清德書影（影印）

第十四節　臺灣茶業田野調查初祖——持地六三郎

臺灣舊慣調查會是一個日本官方組織，第二部的委員是持地六三郎。明治三十四年（1901）成立「臨時臺灣舊慣調查會」，以宮尾主爲經濟調查委員，三十六年二月離職，持地六三郎繼任。

《調查經濟資料報告》是日本在臺最正式的經濟報告書，嗣後的日本人論臺灣茶，大多以爲依據。此書眞正的作者不詳，應該是集體之作。這部書刊行於明治三十八年三月三十日，〈茶〉收錄於第一編·第二，共分二十三款。這個調查報告，在日本時代幾乎是「定本茶書」，被學者廣泛引用。這是目前所知，最早系統研究臺灣茶業文化之專書。

此書，上卷的基隆廳、臺北廳、苗栗廳、彰化廳、南投廳、斗六廳等六廳的〈管內物產〉下，都收錄〈茶〉之項目。下冊第四編第五款爲〈茶業勞動者狀況〉，附錄經濟上之臺灣，第三編產業調查・第二節茶業亦收九大項目。

■ 《調查經濟資料報告》詳目

第一款　總論
第二款　臺灣茶起源
第三款　產地及產額
第四款　茶樹種類
第五款　茶樹栽培
第六款　採摘
第七款　粗茶製造法
第八款　粗茶買賣方法：
　　第一項・茶販人與山方生產者
　　第二項・茶販人與稱腳
　　第三項・茶販人仲工
第九款　土地所有者與茶園業
第十款　粗茶生產者之經濟
第十一款　大稻埕市場與粗茶買賣狀況
第十二款　再製法
　　第一項　烏龍茶精製法
　　第二項　包種茶精製法

　　第三項　薰花
第十三款　精製茶包裝法
　　第一項　烏龍茶的包裝
　　第二項　包種茶的包裝
第十四款　茶箱製造
第十五款　箱茶買賣狀況
第十六款　製茶鑑定法
第十七款　輸出狀況
　　第一項・烏龍茶精製者經濟
　　第二項・包種茶精製者經濟
第十八款　再製者之經濟
　　第一項・烏龍茶精製者經濟
　　第二項・包種茶精製者經濟
第十九款　金融機構
第二十款　製茶業的經濟界及影響
第二一款　臺灣茶需要之景況
第二二款　茶稅
第二三款　臺灣茶之未來

第十五節　臺灣茶文獻宗師──連橫

連橫（1878～1936），字武公，號雅堂，又號劍花，台南人。

連橫畢生研究臺灣傳統，對於臺灣傳統的史學、文學、民俗等等，均有重大貢獻。

連橫著有《臺灣通史》、《臺灣詩薈》、《臺灣詩乘》、《雅堂文集》、《劍花室詩集》、《臺灣語典》、《雅言》等，近人輯有《連雅堂全集》傳世。

連橫對臺灣茶文化的主要貢獻有：一、著作重要臺茶史料，計有《臺灣通史‧經濟志‧茶部》、《雅堂文集‧茗談》、《劍花室詩集‧茶》及其他茶詩茶文；二、提倡工夫茶法，他雅尚武夷茶，提倡新舊茶合拌，既有新茶的清香，又有舊茶的韻骨。不論品茶、品泉、賞器、論法，均自成格局，不泥於古，是臺灣茶文獻宗師。

· 連橫書影（影印）

第十六節　日治時期茶學集成者——井上房邦

井上房邦（ca.1911），日本人。生卒年不詳。

井上房邦於明治四十四年至昭和四年（1911～1929）任職現茶業改良場，在昭和五至十二年（1930～1937）任職茶葉傳習所，爲平鎭茶業試驗所技師。

井上房邦的代表著作爲《臺灣茶樹栽培學》，此外尙有茶學論文，刊於日治時期茶學刊物，例如徐英祥的《臺灣日據時期茶業文獻論集》，就收錄了他的〈臺灣茶樹之品種〉。

井上房邦的研究範圍較當時的舊慣調查會深入，由於原書不易得見，這裡特別抄錄其《臺灣茶樹栽培學》的目錄，以供學者參考。

臺灣第一部完整的茶學著作，由一位在臺灣努力了二三十年的老日本茶師完成。不僅內容涵蓋完整，其系統條理絕非後代一般的臺灣茶學專家所能超越的。因此井上房邦可以說是日治時代臺灣茶葉科技的集大成者。

· 井上房邦茶書書影 ·

■ 井上房邦《臺灣茶樹栽培學》目次

第十七節　近代茶文化先鋒──林馥泉

　　林馥泉（1914～1982），福建省晉江縣人。上海立達學園農專科畢業。民國三十五年任臺灣省政府農林處，茶業傳習所所長，四年後改任茶改場技正。民國四十年出任臺灣區製茶同業工會總幹事，主編《茶訊》垂二十年，並在報章鼓勵品茶，民國六十七年，加入鍾溪岸、蔡榮章合辦的工夫茶館。

　　林馥泉的著作有《武夷茶業之生產製造及運銷》、《烏龍茶及包種茶製造學》、《臺灣製茶業手冊》、《識茶入門》、《茶的種類》、《選茶·泡茶》、《茶品質鑑定》、《茶之藝》。

　　林氏對臺灣茶文化最大的貢獻是推行飲茶文化，而且不在茶科技的殿堂上自滿自足，他在報章雜誌，以深入淺出的文章，推薦茗飲的好處，甚至做成〈飲茶歌〉：

　　　晨起一杯茶，振精神，開思路。

　　　飯後一杯茶，清口腔，助消化。

　　　忙中一杯茶，止乾渴，去煩躁。

· 林馥泉茶書書影

工餘一杯茶，舒筋骨，消疲勞。

工夫茶館創立初期，他在《中央日報》發表〈供茶答客問〉，讓當時的好茶人得到相當的鼓舞與振奮。他始於茶的「產」「製」「銷」，中於茶的生活應用，最後完成於茶藝文化之美，他是臺灣茶藝的拓荒者，其接班人蔡榮章與他亦師亦友，林氏的理念，蔡榮章完成了，也超越了。

第十八節　近代臺灣茗茶風格奠基者──吳振鐸

吳振鐸（1919～2000），福建省福安縣人。福建農學院農藝系畢業，於民國三十六年八月來臺，並奉臺灣省農業試驗所調派茶業改良場前身平鎮茶業試驗支所技士兼主任。嗣後隨著該場行政歸屬而調整，始終出任該場最高行政首長。至一九八一年五月退休，後兩度出任中華民國茶藝協會理事長。

吳振鐸著作有《茶葉》、《今日臺灣茶的研究》、《吳振鐸先生論文集》、《吳振鐸先生論文遺集》等四種。

吳氏對茶界的貢獻主要有五：一、對茶業改良場的整治建築，使場內更符合現代化需求；二、擴編工作站，例如移林口分場到文山，成為文山分場，在臺東鹿野設臺東分場，在南投鹿谷設凍頂工作站，茶改場編組，完成於其手，對茶業推廣功不可沒；三、選育茶樹新品種，從臺茶一至十七號。現在聞名茶界的金萱、翠玉的育種完成，就是成於其手；四、長期主持茶政，完成臺灣茶業由外銷轉為內銷的轉移；五、長期評茶，個人品味影響茶農製茶以及茶客

品茶，與接班人阮逸明好尚相同，於是形成臺灣清香烏龍茶的風格。

與林馥泉不同的是，林氏從事茶業研究，同時推廣茶藝文化；吳氏在場長任內盡心場務、心無旁鶩，專心科技，直到退休之後，才有機會參與茶藝文化的社會推廣。

· 吳振鐸茶書書影

第十九節　茶餚茶酒創始人──潘燕九

潘燕九（1924～），江蘇吳縣人。個性隨和，平易近人，古道熱腸，推行茶文化，不遺餘力，對於茶藝界貢獻良多。著有：《吳門散士篆刻刀法示範印譜》、《茶餚譜》、《茶仙潘燕九刀書茶趣》等。

潘燕九的主要茶文化成就為：一、結合品茗與文人雅藝：諸如茶與花、香、石書、畫、印等等。這是傳統文人茶的模式，他能書、能畫、能篆刻，對於整個茶與生活藝術的搭配，有獨特的風格，是當代臺灣茶藝界裡少見的特例；二、結合飲饌與茶：最有代表的是茶菜。茶菜始於潘燕九，在民國七十三年左右，逐漸開發，到了民國七十六年成熟，變成臺灣茶文化一大特色；三、開發茶酒，最早為玫瑰露，後有白毫烏龍等，嗣後逐漸成熟，現已變成茶界風尚。

· 潘燕九茶書書影

· 潘燕九五行茶聯（潘燕九提供）

第二十節　當代茶文化護主——李瑞河

　　李瑞河（1935～），南投縣名間人。是臺灣氣度最大的茶商。他對茶文化的主要貢獻有四：一、成立「陸羽茶藝中心」，改變了近代的飲茶文化，尤其是茶器製作、泡茶理念與茶會的執行；二、成立了「天仁茶藝文化基金會」，推廣和陸羽茶藝中心不同的茶藝文化類型，最有名的是四序茶會，以及各種茶禮祭祀。四序茶會以天地運行為導向，兼容天序、地序與人序之美。茶禮祭祀則是把茶推向禮俗的另一法門；三、開設「天福博物院」，以「臺灣人、臺灣牛」的精神圖騰為主軸，展開「薪火相傳，繼往開來」的茶文化理念，天福茶博物院是當代茶藝文化的大觀園，從科學、人文、生活、經濟，只要和茶有關的良性知識，都是該院蒐羅、展示的重心；四、創立臺灣的「天仁茗茶」與大陸的「天福茗茶」兩大茗茶集團。

　　在臺灣傳統茶藝史上，林占梅、林鶴年、林維源等人，都屬文化護主，但都不侷限於茶文化。只有李瑞河是臺灣茶藝史上唯一專業的護主。

　　如果李瑞河好好善用他的子弟兵，諸如天仁茗茶、天福茗茶、陸羽茶藝中心、天仁茶藝文化基金會、天福茶博物院的員工，分門別類，各就專業學養投入研究系統，以供遷昇考核，則李瑞河的茶文化成就，必是無以倫比，古今獨步的。

第廿一節　當代古典茶學大家──吳智和

　　吳智和（1947～），臺灣宜蘭人。文化大學歷史研究所畢業，文化大學歷史系教授。

　　吳智和是一位執著、專業的茶文化研究者，與許賢瑤長期搭配，研究成果斐然。許賢瑤長於日文譯著，對東方茶學的提昇功不可沒，而吳智和的「明代茶史」功力，更是一般學者難以望其項背的。他主要著作有：《明代僧家及文人對茶推廣的貢獻》、《茶的文化》、《中國茶藝論叢》、《茶經》、《茶藝掌故》、《明清時代飲茶生活》、《明人飲茶生活文化》以及雜誌《茶學》等。

　　吳智和博聞強識，努力不懈，細品其書，如沐春風，不論你同不同意他的論點，你都會覺得：「沒有讀過的好書太多了。」

·吳智和茶書書影

第廿二節　當代茶藝奠基者——蔡榮章

蔡榮章（1948～），臺灣高雄人。

近代茶藝文化的成立，蔡榮章佔有無可替代的地位。最早和鍾溪岸、林馥泉等合作，開創工夫茶館。面對著當時的大老，如婁子匡、林馥泉等，蔡榮章以超凡的學習能力以及堅毅不拔的耐性，無怨無悔的，以茶藝作爲終身職志。著作有《現代茶藝》、《無我茶會》、《無我茶會一百八十條》、《現代茶思想集》、《茶學概論》、《陸羽茶經簡易讀本》、《臺灣茶業與品茗藝術》等書。

蔡榮章對茶文化的貢獻，主要有七點：

一、建立起優良茶湯的沖泡理論。他主編的《茶藝月刊》，一再的詮釋各種泡茶法的精義，照著他的方法，茶湯必定甘醇。《茶藝月刊》所論，大多集中於「如何泡好茶」。

二、建立起茶湯考試制度：他的泡茶師檢定考試，目前進行了二十幾屆，通過考試的約有數百人。從他的筆試題目，可以看出臺灣茶藝發展的方向。每屆的題目都由他自己出題，再交由阮逸明、張宏庸等評審委員審核。

三、規劃出完整的茶器：陸羽茶器的開發是中國茶藝的一絕。設計者有曾逢景、林正芳、林瑞萱等，茶器以實用爲主，以美學爲依歸。在蔡榮章的強力主導下，幾乎所有的釉色都曾試圖燒製，幾乎所有的造型都曾嘗試突破。講功能，不論斷水、操執，絕對功能優異；講造型，都經得起美學詮釋，這是「由技而進乎道」，「由技而進乎藝」的表現。

四、**追尋周備茗茶**：不論是臺灣茗茶或大陸的各類型茶，都可以在陸羽茶藝中心取得。主要的原因是陸羽茶藝中心的茗茶是專供學生練習、專供研究者研究，以及專供消費者品茗。陸羽茶藝中心的茗茶是強調研究導向的，這是其他茶行茶館所沒有的，這種文化理念，就是蔡榮章的茶文化理念。

五、**開發茶會類型**：從品茗會、茶果宴、到分茶宴，陸羽茶藝中心或主辦或協辦。其中最有名的「無我茶會」，是一種最適合辦活動的茶會。與會者自備茶器，自泡茶湯，分飲他人，也享受他人的奉茶。這種茶會目前已有完備的組織，也已經國際化了。

六、**主編茶藝月刊**：《茶藝月刊》創於民國六十九年十二月一日，至今已有二十餘年，一共出版了二百二十多期，它是

· 蔡榮章茶書書影

十六開本，每期只有八頁。這分雜誌詳細記載二十年來茶藝文化的諸多資訊，是最重要的臺灣當代茶文化史料。

七、創辦茶學教育：陸羽茶藝中心的茶學教育是中國茶史之最，班級種類繁多，從入門至師資班課程完備，並出版教科書及錄影帶。陸羽茶藝中心是以教學爲主的茶館，人才的培養，是主要課題，而這些學員，就是日後研究茶文化的生力軍。

蔡榮章把他的文化理念，落實在陸羽茶藝中心，變成典章制度。我們可以說，當代生活茶藝重心在臺灣，臺灣生活茶藝重心在陸羽茶藝中心，陸羽茶藝中心的文化重心在蔡榮章。當然蔡榮章對茶文化的貢獻，不是他一人所能獨撐的，他的成就是一個團隊精神的系統整合，是整個體系的完美結合。

· 蔡榮章

第廿三節　茶葉多元化奠基者──阮逸明

阮逸明（1948～），臺北市人。

臺灣大學生物研究所碩士，臺灣大學食品科技研究所博士。民國六十二年起在茶業改良場服務，先後任製茶課長、場長，民國八十八年二月退休。民國八十九年應李瑞河之聘，任職福建省漳浦天福博物院院長。

阮逸明謙和正直，長期主持臺灣茶政，有完整的世界茶文化史觀，對臺灣茶文化的貢獻良多。主要貢獻有四：一、研究速溶茶，打下茶多元化的基礎。這是他的博士論文研究的範圍，透過速溶茶的研究，打下了萃取茶葉的科學基礎，加速了近代罐裝茶等的商品化，奠定了茶湯的商品基礎；二是茶葉多元化：如開發茶粉成功，方便應用於各類食品中，使茶食品多元化大大的邁進了一步；三、經營天福博物院：以其博通融貫的學養，宏觀的理念，成功整合科學、人文、與生活，透過主題館的陳列，使海峽兩岸的茶文化，緊

·阮逸明茶書書影

密結合，開創造臺灣茶文化新契機；四、接下吳振鐸的棒子，奠定臺灣茶的清香風格。

他著有《茶業技術推廣手冊——茶作篇》、《茶業技術推廣手冊——製茶篇》、《臺灣茶業改良場場誌》、《臺灣的茶業——起源與發展》、《臺灣的茶業——茶與生活》等。

第廿四節　調茶法創始人——劉漢介

劉漢介（1952～），臺灣台中人。著有《中華茶藝》一書。

對茶文化的貢獻主要有四：

一、推廣泡沫紅茶：劉漢介把泡沫紅茶商品化、制度化、定型化，透過調酒器，泡沫紅茶呈現出與傳統茶迥然不同的迷人風采。

二、推廣聞香杯：聞香杯的使用是臺灣茶界的另一貢獻，發明者眾說紛紜。劉漢介把聞香杯品茶法搬上了茶藝殿堂（詳見《中華茶藝》）。品茶是否要用聞香杯，是個見仁見智的看法，但是品茗人因此多了一重選擇，則不容置疑。

三、連鎖茶館：臺灣茶館的連鎖店，以春水堂與耕讀園最具規模。春水堂要求員工多讀書以增加氣質，訓練茶藝以培養專業知識，組團出國考察觀摩以開拓視野。見解正確，經營得法。本世紀起，更開拓大陸連鎖市場，並出版《春水堂茶訊》。

四、主辦「茶文化流變展」：第一次在一九八八年，以張宏庸的《茶藝》為腳本，分漢魏六朝芼茶法、唐代煮茶法，宋代點茶

·春水堂茶書書影　　　　　·劉漢介茶書書影

法、明清泡茶法、清代工夫茶法、臺灣茶藝等六大類型，由臺中茶
聯執行展出。第二次在一九九四年，以張宏庸的文人茶、禪師茶、
富貴茶、工夫茶、忠義茶、邊疆茶等六大傳統茶藝類型，由茶改場
指導、中華茶聯執行演出。兩次均促進了茶文化重大的的發展，尤
其是邊疆茶術從此興起。

第八章 臺灣茶食發展史

第八章　臺灣茶食發展史

第一節　茶食簡史

「茶食」是配著茶食用的點心。因爲純喝茶並不適合一般民眾，有時茶太生了，還會傷胃，大多數的人都有喫茶配茶食的習慣。茶食的定義有廣義與狹義兩種：

狹義的「茶食」專指熱點心以外之餅餌糕點，這些點心適宜和茗茶相互配備，大多是事先做好，喝茶的時候，才端出來品賞。這類茶食都是冷著使用，並不是熱食，明清以來所謂的茶食，都屬於這一類。

廣義的「茶食」包括一切喝茶時和茗茶相互配備的食物，既有冷食，也有熱食，既包括糕糰麵餅，也包括湯羹菜餚。宋代元代所謂的茶食以及近代廣東茶樓的廣式飲茶，都可包括在這一類裡。

中國的茶食始於漢魏六朝。最早以「分茶宴」的方式出現，是在正式宴客以後，以茗茶來招待客人。到了六朝，由於晉室東遷，江左大臣提倡儉德，於是就有以茶果代菜餚的「茶果宴」產生。例如陸納的「茶果宴」，桓溫的「茶讌」，都是以茶果款待賓客，既簡省，又清雅，不落俗套。

到了唐代，士大夫們認爲茶讌是一種清雅的習尚，所以相當的推崇，但是當時還沒有「茶食」的名稱。

北宋的茶食情況，由於史料的限制，不易稽考，但是根據《夢

梁錄》的記載，南宋杭州非常興盛的茶肆、分茶酒肆，大多是模仿北宋的京城，營業的方式也學御廚，點心則是學自宮中，可見北宋已經有非常盛美宏富的茶食了。

宋鼎南移，金朝沿著北宋餘緒，推展茶食文化，非但敬天祭祖、饋贈贖罪時採用茶食，甚至嫁娶婚禮、款待賓客也都備有茶食。至此，茶食已經成為日常生活的必需品，和社會禮俗息息相關。

南宋茶食的盛況可與北宋相捋。由於茶肆已經成為公眾聚會的場所，人們常在茶肆或分茶肆會客宴賓，為了強化茶肆的社會功能，茶肆開始大量出售各類湯羹、酒飲以及其他飲饌食物，例如茶肆有奇茶、異湯、擂茶、撒子以及鹽豉湯、梅花酒等，足可使賓客樂意作較長時間的消費。於是茶食的品類愈來愈多，冷熱兼備。由十色頭羹至五味雞、千里羊、簽決明、凍蛤蜊……等不下數百種，如果意猶未盡，尚可隨時叫大廚師來，說明要吃什麼菜，菜得怎麼做。

元代茶食數量品類，更超邁前期，根據睢玄明的記載，當時的酒肆有百十種珍奇名品可以下酒，當時的茶肆有數千種官家的御膳茶食，茶食的種類多達數千，真是令人咋舌。

明清以後，茶食專指餅餌糕點等，後兼及小品鹵菜，由北至南，從京師到江南、嶺南，都漸漸有專賣店設置。例如清代燕京有「茶食衚衕」，茶食專賣店還形成了一條街的特色；又如清代乾隆年間，江寧茶食店林立，中以「陽

·傳統茶食模

293

·傳統茶食模

春齋」、「四美齋」遠近馳名，茶食用來招待客人，或贈送朋友，都非常的恰當。

　　由此可知，茶食最早可能是權豪家中的錦玉珍饈，也可能是大內宮中的珍品御食，但是由於時代的需要，社會的變動，漸入茶坊，就算一般老百姓，也能夠分享「官樣茶食」。

　　這是中國茶食大致的演進狀況。近代臺灣的茶食發展史上，有兩個主要方向：一是以茶為部分原料的茶餚的開發；一是以茶為原料的多元化茶的點心，也就是阮逸明所稱為「茶葉多元化」的食物。

·傳統茶食模

第二節　臺灣傳統茶食志

清‧范咸《重修臺灣府志‧物產志》：

　　柑子蜜，形似柿，細如橘，和糖煮，作茶品。（范咸《臺灣府志》）

清‧王必昌《重修臺灣縣志‧物產志》：

　　香櫞，形圓而長，切片拌糖，可充茶品。

清‧周璽《彰化縣志‧物產志》：

　　羊萄，俗名磅碡，實有分瓣，形如農器磅碡，故名。性酸冷，煮糖可作茶品。

這裡所說的「茶品」，有的文獻裡書作「糖品」，例如清‧陳文達的《臺灣縣志》：

　　香櫞。皮似橙而色金。味香。切片可爲糖品。

也有的書作「茶飲」，例如清‧陳桂培《淡水縣志》：

　　香櫞，瓤不分瓣，長似木瓜，上下微尖，味甘而香。以鹽醃之，能消食，可爲茶飲。

由於文字過簡，論證不易。好像是加了糖的是「糖品」或「茶品」，鹽醃的叫做「茶飲」，名實均有異，但都提及「茶」，疑指吃茶所配的「茶食」而言。古典文獻裡提及的「茶品」，還有冬瓜：

　　冬瓜，形如枕。《廣雅》：「一名池芝。」性清涼，久病陰虛者忌之。《本草註》：「經霜則白衣如粉。」陶隱居曰：「利解毒消渴，俗切片和糖煮之，以作茶品。」

如此清楚的記載，可以知道現在的多瓜糖，在古代就是「茶品」。由此可見，臺灣傳統的茶食，可能是以蜜煎（蜜餞）為主的，因此，橄仔乾等果品，可能也可以當「茶品」了。

至於中原一般的糕餅點心，原來在設計上是以配茶為主的，這種習慣在臺灣想必保留著，可惜在臺灣古籍裡，沒有太多的記載。但是基於文化同源的道理，早期臺灣人以閩粵為主，在飲茶習慣上應和閩粵沒有太大的差別才是。

此外，江南的茶食文化想必對江南流寓人士有著絕對的影響。從兩件江南茶食，應有助於臺灣傳統茶食的瞭解。民初‧徐珂的《清稗類鈔》收錄了許多吃茶配點心的記載：

> 乾隆末年，江寧始有茶肆。鴻福園、春和園，皆在文星閣東首，各據一河之勝。日色亭午，座客常滿，或憑闌而觀水，或促膝以品泉。皋蘭之水煙，霞漳之旱煙，以次而至。茶葉則雲霧龍井，下逮珠蘭梅片毛尖，隨客所欲。間亦佐以醬乾、生瓜子、小果碟、酥燒餅、春卷、水晶糕、花豬肉、燒賣、餃兒、糖油饅首。

這裡的「生瓜子」，不就是三十年前中華商場的重要茶食嗎？再看看廣東茶館：

> 上海之茶館，始於同治初三茅閣橋沿河之麗水臺。其屋前臨洋涇濱，傑閣三層，樓宇軒敞。南京路有一洞天，與之相若，其後有江海朝宗等數家，益華麗，且可就吸鴉片。福州路之青蓮閣，亦數十年矣。初為華眾會，光緒丙子，粵人於廣東路之棋盤街北，設同芳茶居，兼賣茶食糖果。侵晨且有魚生粥，晌午則有蒸熟粉麵，各色點心，夜

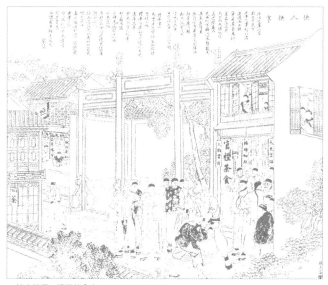

·快人快事·清代茶食店（《點石齋畫報》影印）

則有蓮子羹杏仁酪。每日未甲之時，妓女聯袂而至。未幾，而又有怡珍茶居接踵而起，望衡對宇，兼售煙酒。更有東洋茶社，初僅三盛樓一家，設於白大橋北，當罏煮茗者爲妙齡女郎，取資銀幣一二角。其後公共法兩租界，無地不有，旋爲駐滬領事所禁。

想想看，這和現代的廣式飲茶，實在沒有什麼差別。再看看鎮江、揚州、長沙茶館的茶食：

飲時食餚：鎮江人之啜茶也，必佐以餚。餚，即饌也。凡饌，皆可曰餚，而此特假之以爲專名。餚以豬豚爲之，先數日，漬以鹽，使其味略鹹，色白如水晶。切之成塊，於茗飲時佐之。甚可口，不覺其有脂肪也。

茗飲時食乾絲：揚州人好品茶，清晨即赴茶室，枵腹

· 清楊鳳年款紫砂琺瑯八仙茶食盤

而往。日將午，始歸京午餐，偶有一二進點心者，則茶癖
猶未深也。蓋揚州啜茶，例有乾絲以佐飲，亦可充飢。乾
絲者，縷切豆腐乾以爲絲，煮之，加蝦米於中，調以醬油
麻油也。食時，蒸以熱水，得不冷。

　　茗飲時食監薑萊菔：長沙茶肆，凡飲茶者既入座，茶博士即以
小碟置鹽薑萊菔各一二片以餉客。客於茶貲之外，必別有所酬，又
有以鹽薑豆子芝麻置於中者，曰芝麻豆子茶。

　　由此看來，不論冷熱，不論甜鹹，中國茶食的條件著實寬鬆，
沒有太多的限制。因此，中國傳統的茶食主要可以分爲果品、寒
具、蜜糕、餅餌、茶飯等五項：

　　一、果品：包括新鮮水果、臨時加工的水果、用糖或鹽處理過
　　　　的水果，古稱蜜煎，後稱蜜餞。

　　二、寒具：以麵粉牽索扭捻而成，再加油炸而成，用於寒食禁
　　　　火，後來發展成各式麵粉炸果。例如現在的麻花捲等。

三、**蜜糕**：以松實、果仁之類，合糯粉而成，研磨成粉，以模
　　印製，這是最典型的茶食。例如現在的綠豆糕。

四、**餅餌**：明・王三聘《古今事物考》：

　　凡以麵爲食具者皆爲之餅，故以火燒而食者謂之燒
餅，以水瀹而食者謂之湯餅、以籠蒸而食者呼爲蒸餅，而
饅頭謂之籠餅是也。疑此出於漢魏之間。

只要是麵食品，不論冷熱，不論有餡沒餡，都稱爲餅。

五、**茶飯**：吃茶用的各式小菜，不論熱食、冷食。冷食如乾絲
　　等，熱食爲一般小菜。

以上這些定義，放在臺灣飲茶文化裡，還得加上兩項新的茶
食。一是以茶（包括生茶葉、茶乾、茶粉、茶湯）入茶食，二是以
茶入茶菜。

第三節　臺灣新式茶食志

所謂臺灣新式茶食是指近十幾年開發出來的以茶爲部分原料的
茶食。這種茶食，也可以包括傳統的蜜餞、寒具、蜜糕、餅餌等四
種，如果再加上果凍，至少有五種類型。

這種茶食在民間或茶藝館早就流行，民間的開發，不知有多少
種，但是大多零散而無系統。邱再發任場長時開始有零星的研究，
諸如張如華的茶水羊羹、張清寬的果茶等，（參閱阮逸明《茶業改
良場場志》的〈茶多元化產品之開發與利用〉一節）到了阮逸明手

· 陸羽茶藝茶凍（蔡榮章提供）

上才規劃起來，並加以組織化、學術化。他的《茶葉多樣化產品簡介》是這類茶食的里程碑，也是這類茶食推廣和研究的起步。

在這本小冊子裡，新式茶食包括：茶果凍、茶糖、果茶、茶麵條、茶餃子、茶饅頭、茶包子、茶葉餅乾、茶碗粿、茶菜包等等。依照傳統的分類，可歸納爲：

一、果品：（包括生果、乾果）蜜餞、果茶。

二、寒具：（特色是油炸冷用）似乎有待開發。

三、蜜糕：（材料以乾果豆類爲主）茶糖、茶葉餅乾。

四、餅餌：（材料以米麵爲主）茶麵條、茶餃子、茶包子、茶饅頭、茶碗粿、茶菜包。

這四類茶食中，蜜餞在民間開發得很多。尤其是梅子，茶、梅自古相合。第二類似乎在臺灣並不流行。第三類以牛軋糖、方塊酥

最爲流行。第四類獨大。

如果列舉阮逸明的說法，可以更加明白這類茶食的科學與文化內涵：

一、**茶果凍**：茶果凍是在茶湯中添加適量白砂糖、檸檬酸及凝固劑（或稱安定劑，如果膠粉、洋菜、海藻抽出物、愛玉粉等）所製成具有茶特殊風味的果凍。茶果凍不但不必添加人工色素，且所製成的成品清晰、透明、亮麗，形狀又可隨個人喜好選擇製作，味道更是千變萬化，例如：洛神葵紅茶果凍、文山包種茶果凍、紅茶果凍、烏龍茶果凍等，甚至也可以多種茶類混合調製。

二、**茶糖**：糖果原本就是男女老少皆喜好的食品，而茶業改良場研製的茶葉糖果，則是使用茶湯與糖等原料混合配製成具有茶特殊風味的食品，不但風味獨特，而且愈嚼愈有味。

三、**果茶**：果茶爲本省客家莊流傳已久之特色茶，其成品呈扁圓形，外表漆黑，經切碎沖泡飲用時具有特殊風味，亦可生食。

第四節　臺灣茶餚志

　　臺灣茶菜，有一個新的名詞，那就是「茶餚」，或作「茶餚」、「茶肴」。「茶餚」就是每道菜裡都有茶。使用的茶，可以是茶末，可以是茶乾，也可以是生葉，還可以是茶湯。這和阮逸明的茶食在原料上並沒有什麼不同。

　　茶餚是潘燕九彙總發明的，最早見諸文字的記載是一九八五年三月的《中華民國茶藝協會會刊》上的〈茶餚譜〉，一共有六道菜，是潘氏茶餚的草創期：

一、**祁門雞丁**：以紅茶汁代醬油。餘則宮保雞丁同法佐料。同青紅辣椒。鹽糖太白粉等。

二、**坪林蝦仁**：以鮮嫩帶芽茶葉代豆苗清炒。或加薄竹筍片亦可。如鮮嫩帶芽茶葉不可得，可以白毫龍井代之。

三、**杭城香鯽**：以上好香片填吳郭魚腹。外以火腿蔥薑之小丁飾之。用清蒸法。

四、**凍頂豆腐**：用熟肉末、香菇小丁。與冷油拌豆腐後。灑凍頂茶末即可。

· 潘燕九《茶餚譜》。

五、建溪餡餅：用鮮嫩茶葉與五花肉同切碎爲餡。以麵粉爲
　　皮。水油煎之。

六、三峽珠蛤湯：小河蛤以滾水燙開。倒入雨前龍井之薄湯內
　　即可。附註：本菜餡譜除餡餅外。都不可使用醬油，主副
　　料之多寡。視啖客胃口而定之。

這張茶餡譜，使用了三種大陸茗茶，三種臺灣茗茶。表現出作
者的文化理念，兼顧海峽兩岸茗茶，可視爲茶餡的第一個階段。

到了一九八六年九月，《中華民國茶藝協會會刊》第三十七
期，收錄潘燕九的〈茶餡八詠〉：包種燻魚、香片蒸魚、祁門雞
丁、茶香彼薩、龍井沙拉、凍頂茶豆腐、玉蛤翠香湯、凍頂壽司。

同年同月，《中華民國茶藝協會會刊》第三十八期，收錄潘燕
九的〈茶餡譜九品〉，計有：觀音雞、凍頂豆腐、龍井蝦仁、香片
蒸魚、紅茶辣子雞丁、碧螺烙餅、茶香沙拉、凍頂壽司、玉蛤翠香
湯。

這九品茶餡裡，共用了鐵觀音、凍頂茶（二次）、龍井茶（三
次）、香片、紅茶、碧螺春。所用的多爲本土茗茶，或本土可取得
代用品，少用大陸茗茶，符合推廣原則。這時茶餡的理念已經較爲
完整，可以適用於小型宴客了。這是茶餡發展的第二個階段。

第三個階段是在一九八六年底發展出來的茶宴，爲了協辦結婚
茶宴，一套完整的待客茶餡研發完成。潘燕九的〈茶宴菜譜〉計
有：

一、觀音送子，二、雙版玉龍，三、凍頂添籌，四、春捲
香旗，五、碧螺烙餅，六、紅寶魚龍，七、翡翠團圓，

【潘燕九《茶餚譜》茶餚】（潘燕九提供）

·龍井蝦仁·潘燕九茶餚譜

·碧螺春比薩

·香片蒸魚

·坪林紅鯛

·凍頂豆腐

·香茶壽司

·龍井蛤蜊湯

·香茶沙拉

·祁門雞丁

·茶元寶

·鐵觀音燉雞

·東方美人酒

八、洛神戲水，九、龍芽鳳卵，十、碧海香鮮，十一、六道點心：美人凍（白毫烏龍茶凍）、長生酥（北斗花生酥）、雙喜糖（茶糖加蔘糖）、春檳烏龍（現調泡沫烏龍）

至此，潘燕九的茶餚譜正式完成。

由於於阮逸明的「茶多樣化」理念涵蓋所有茶食、茶菜、茶酒，所以茶改場也開發了新式茶餚，阮逸明的《茶菜食譜》，共收錄了：

一、**金萱香酥脆**：新鮮金萱（臺茶十二號）嫩芽半斤、麵粉四兩、蛋二個、糖少許。（作法略）

二、**綠茶沙拉**：洋芋（馬鈴薯）二至三個、鮪魚一罐、綠茶粉末二湯匙、沙拉醬一小包、蜜餞或櫻桃數粒。（作法略）

三、**凍頂茶豆腐**：香菇五朵、蘿蔔乾少許、黑胡椒少許、絞肉四兩、嫩豆腐一盒、凍頂茶及其粉末十公克。（作法略）

四、**龍井茶蛤蜊湯**：蛤蜊半斤、龍井十公克、薑絲少許。（作法略）

五、**白毫烏龍茶紅燒牛肉**：筍或白蘿蔔半斤、牛肉十一兩、醬油一小匙、白毫烏龍茶（椪風茶）十五公克、薑絲少許。（作法略）

六、**日月紅茶炒雞丁**：紅辣椒一條、雞胸肉四兩、紅茶一兩、青椒四個。（作法略）

茶葉多樣化產品簡介

行政院農業委員會 台灣省政府農林廳 協助印製
台灣省茶業改良場 編印

· 《茶葉多樣化產品簡介》書影

【多元化的茶產品】(阮逸明提供)

·茶葉香酥脆

·茶葉饅頭

·茶包子

·茶蜜餞

·茶麻糬·茶牛軋糖

·茶蛋捲

·茶湯圓

·茶水羊羹

・多元化的茶產品——龍鳳茶餅（阮逸明提供）　・多元化的茶產品——茶雞尾酒（阮逸明提供）

七、翠玉茶炒明蝦：翠玉茶十公克，草蝦半斤。（作法略）

八、香片蒸魚：吳郭魚（或鱈魚）一條、香片十公克及薑、蔥、酒各少許。（作法略）

九、鐵觀音茶燉雞：鐵觀音二十公克、雞肉半隻、黑棗二十粒、栗子二十粒、砂糖一大匙。（作法略）

十、紅茶燻鴨：鴨一隻、五香粉、醬油、砂糖、鹽及酒各少許、紅茶二十公克、紅糖六兩。（作法略）

十一、文山包種茶龍鳳餅：筍四兩、文山包種茶二十公克、香菇五朵、草菇二兩、麵粉四兩、蛋二個、糖及油少許、絞肉四兩、鳳梨數小片。（作法略）

十二、茶香豬排：豬肉十兩、香片八公克、太白粉一匙、蛋一個及麵粉、糖、鹽各少許。（作法略）

阮氏的茶菜譜，在命名上很科學，先茶名，後菜名，和潘燕九早期命名法大致相同。

這種茶餚，處處有潘燕九的影子。最早是巨龍山莊的張銘義，在烏來的巨龍山莊推廣的，到了後來，大型茶聚會也往往用之，例如民國八十三年在茶業改良場所舉辦的研討會，又如坪林茶葉博物

· 茶葉多樣化產品——鐵觀音燉雞（阮逸明提供）

館的開館宴會，都是以此種茶餚進行。

筆者參加過的這種潘燕九類型茶宴共有五次：第一次是民國七十四年，與林資堯等在潘燕九家的茶會；第二次是民國七十五年闔家至巨龍山莊，由張銘義親自招待的巨龍茶菜；第三次是民國七十六年鄒建中結婚的茶宴；第四次是民國八十三年茶業改良場舉辦的「茶文化學術研討會」的茶菜；第五次民國八十六年是坪林茶葉博物館開館茶宴。此外，還品賞了一種以素菜為材料的茶菜，為「素茶宴」，由高雄的許志成先生研發。每種茶宴，不論內容材質，均有其特色，足見臺灣茶餚之興盛與研發之成功。

有關這類茶餚的著作，潘燕九撰有《茶餚譜》一卷，配上圖文，由武玉貞刊行。接著是阮逸明在民國八十二年的《茶葉多樣化產品簡介》裡所收錄的〈茶菜食譜〉、民國八十四年林淑珠的《喫茶去——茶菜的藝術》、民國八十六年林淑珠的《簡易茶餐》，以及民國八十六年坪林茶博物館出版的《茶香美饌》，都大量收錄這類茶餚作品。

姑且不論此類食譜的「茶氣」是否臻於理想之境，不能否認的是，大格調的茶餚譜終於在臺灣形成了，於是傳統的茶食文化，又向前邁進一大步，下一步恐怕是茶餚藝術境界的提昇了。

■《茶香美饌》

· 坪林鄉公所《茶香美饌》書影

謝茂賢、張明煌烹飪，奧谷紀弘日譯，陸羽茶藝中心提供茶器。共收錄了六十二種茶餚：

綠茶波蘿蝦	綠茶煎鮑魚	綠茶鑲蟹斗
綠茶沙拉蝦	綠茶涼麵	綠茶蛋塔
綠茶麻糬	綠茶竹葉粿	龍井椒鹽蟹
龍井蝦仁	龍井鹽酥蝦	龍井涼拌乾絲
碧螺春炒魚米	碧螺春炒雞絲	碧螺春百花蝦
碧螺春蒸明蝦	烏龍燒子排	烏龍番茄燒肉
烏龍燻雞	烏龍燻白鯧	烏龍松子燻肉
烏龍茶香百葉糕	烏龍拌粉絲	烏龍茶果凍
金萱炸三酥	香片百花蝦	碧綠鑲白玉
香片煎蝦餅	香片茶餅	包種茶油炸雙腰
包種炒魚片	包種蒸石斑	包種白雲豆腐
包種茶香臭豆腐	包種清茶蛤蜊湯	包種干貝銀絲羹
包種雞凍	包種小籠包	包種粉湯包
凍頂西椒牛柳	凍頂砂鍋鮭魚頭	鐵觀音燒鮮蚵
鐵觀音燻素鵝	鐵觀音栗子排骨湯	鐵觀音燉子雞
鐵觀音栗子排骨	白毫猴頭扣肉	白毫烏龍烤青蟹、
紅茶煎腓力	紅茶腰果雞丁	紅茶豆腐鯊
紅茶銀魚	紅茶茶葉蛋	紅茶奶皇包
葡萄柚紅茶凍	普洱煨牛腩	普洱燉排骨
茶菁炸鮮貝	茶菁烤鮭魚	香酥炸茶菁
洛神燒明蝦	洛神花涼糕	菊花海鮮羹
小排肉骨茶		

第五節　小結

　　中國傳統茶食，原本是茶文化中最富盛的瑰寶，在原始設計理念上，大多是和茶湯相結合的。單獨品嘗，往往有過甜、過膩等現象，這不是茶食的問題，而是消費者沒有配飲茶湯的問題。明瞭了茶食與茶湯配合的道理，就可以知道日本的茶果為什麼那麼甜，因為它是用來當茶道點心的，是用來配抹茶食用的。

　　由於愛茶成性，臺灣的饕餮客想盡辦法，用盡心思，把茶製成各式各樣的食品。經過多年的努力，臺灣發展出中國傳統茶食史上所沒有的系統文化，一是新式茶食、二是新式茶菜。新式茶食原本散於各處，沒有系統，也沒有經過學術殿堂的認可，阮逸明以臺灣最高茶官、臺灣最高茶葉科學學者身分，登高一呼，肯定了茗茶發展的方向，也賦予新式茶食新的地位。相同的，潘燕九的茶菜，原本只是文人戲作，經過茶界的鼓勵，例如張銘義的引進茶館，林資堯的刊行推廣，林荊南的賦予雅名，阮逸明高度肯定，以及後起的研發擴大，於是潘燕九式的茶菜也在臺灣傳統茶食，甚或中國傳統茶食中享有相當崇高的地位。

第九章 臺灣茶宴發展史

第九章 臺灣茶宴發展史

第一節 傳統茶宴的基本類型

所謂茶宴就是以茶湯款待賓友，又叫做茶讌、茶筵等。廣義的茶宴，包括各式各樣的茶會、湯社，甚或宗教界的茶湯會。如果以茶食的有無和茶食的種類來區分，則茶宴大致可分為三種：品茗會、茶果宴、分茶宴。

一、品茗會：純粹品茗，不附茶食、茶餐，目的在於精研茗茶的技巧，避免茶食對味覺造成影響。這種茶會在歷代相當盛行。五代和凝組織了湯社，聚集了好友，相互品評。宋代的鬥茶也是這種茶法，如傳說中的蔡襄鬥茶。到了明清以後更是風行，例如以閔老子為中心的茶會。這種茶宴在臺灣也相當的多，如歷代的詩人雅集等，往往是在山中水間進行，往往沒有備辦茶食。到了近代，更發展出評茶與品茗會兩種類型。

二、茶果宴：以品茗和茶果相配置的飲茶宴會。這種茶會裡，除了品茗之外，還品嚐茶食。最有名的是東晉陸納的茶果宴、宋代金朝的茶食宴、明清的攢茶宴等都屬這種類型。在臺灣茶文化史中，這類的茶宴保存在大型茶會之中。

三、分茶宴：以茶配合茶果、茶餐等等，是最正式的茶會。相關記載最早見於漢魏之間，例如漢代王褒、三國韋昭等等。在臺灣，最典型的分茶宴早在日治時期就已出現。

第二節　臺灣品茗宴

宋陶穀《清異錄》記載：「和凝在朝，率同列遞日，以茶相飲，味劣者有罰，號爲湯社。」這是宗旨明確的茶會，一些文人雅士聚集在一起，相互品評對方的茶湯，如果茶湯不佳，必有罰。這是典型的文人雅集演變而成的，文人往往捻題爲詩，不成則罰，酒會上也有這類遊戲規則。

壹　鬥茶

和凝的茶會，到了宋代發展出「鬥茶」，「鬥茶」也是品評茶湯的。最具代表性的是蔡襄的鬥茶。根據記載，曾與蔡襄鬥茶的茶人，計有周韶、蘇舜元、蘇軾等。

一、蔡襄與周韶鬥茶：蘇軾〈書周韶〉：「杭州營藉周韶，多茲蓄奇茗，嘗與君謨鬥，勝之。」所謂「營藉」是指官妓。這個故事很有趣，因爲蔡襄是天下最著名的的評茶師，而周韶則名不見經傳。這個記載顯然述說兩件事情：一是好茶的重要性，在鬥茶時，茶是的優劣是最重要的決定因素，如果沒有好茶，就算是天下第一瀹茶高手，也是英雄無用武之地；二是仕女茶的提昇，周韶以官妓，而勝文人茶的名師。

二、蔡襄與蘇舜元鬥茶：依據宋代江休復的《嘉祐雜志》：「天台竹瀝水，出於高巖寺，僧斷竹梢屈而取之。若雜以他水，則亟敗。蘇才翁嘗與蔡君謨鬥茶，蔡茶精，用惠山泉；蘇茶劣，改用竹瀝水煎，遂能取勝。」這項記載，說明竹瀝水的品調絕高，也說明茗茶、茶術再好，都比不上

313

茶泉的重要。好的茶泉能夠反敗爲勝，瀹出最好的茶湯。但是歷代懷疑者往往有之，有人認爲爲這是向壁虛造的，所以與蔡襄同時代和後代的人都沒有記載。筆者也同意這種看法，認爲：一、就蘇才翁現存的作品和其他紀錄看來，並沒有飲茶的記載；二、江休復也一樣，除了這條史料之外，並無其他任何與茶有關的著作；三、這條史料，沒有其他相關記載，但是後代反覆鈔襲。

三、蔡襄與蘇軾鬥茶：這條史料最爲晚起，內容和上條一樣，只是把蘇才翁改爲蘇東坡。例如《蘇東坡軼事匯編・蘇蔡鬥茶》：「蘇子瞻與蔡君謨鬥茶。蔡茶精，用惠山泉；蘇茶劣，改用竹瀝水煎，遂能取勝。」如此一來，強調的就不再是茗茶和茶泉了，甚至於不是光指點茶技術。也就是說：如果茗茶不夠好、茶泉不夠好，甚至茶湯製作技術不一定高出，都不是最重要的關鍵，只要兼顧泡茶技術與泡茶流儀，就算是茶泉不如，還是有可能取勝的。

此外，蔡襄能別「能岩白」，就是最典型的評茶。《宋稗類鈔》記載了兩則蔡襄善別茶的故事，第一則是：

> 蔡君謨善別茶，后人莫及。建安能仁寺，有茶生石縫間，寺僧採造，得茶八餅，號石岩白。以四餅遺君謨，以四餅密遣人走京師，遺王內翰禹玉。歲餘，君謨被召還汴，訪禹玉，禹玉命子弟於茶筒中選精品，碾待君謨。君謨捧甌未嘗，輒曰：「此茶極似能仁石岩白，公何以得之？」禹玉未信，索茶帖驗之，乃服。

還沒有嘗茶，就知道是什麼茶，產地爲何。原因當然很多，但

最主要的是蔡襄的評茶能力。

第二則是：

> 蔡君謨制小團，其品尤精于大團。一日，福唐蔡葉丞
> 秘教召公啜小團。坐久，復有一客至。公啜而味之曰：
> 「非獨小團，兼有大團雜之。」丞驚呼童詢之，對曰：「本
> 碾造二人茶，繼有一客至。造不及，乃以大團兼之。」丞
> 神服公之明審。

品評之後，能夠發現茗茶入雜，這種能力不可不謂神技了。

明代的茶會裡，最典型的品評茶會是閔老子與張岱所舉行的
「即興茶會」，所謂即興茶會，是指臨時起意，沒有事先約定的茶
會，依據張岱《陶庵夢憶》的記載：

· 沈葆禎像：文官品茶

汶水喜，自起當爐，茶旋煮，速如風雨。導至一室，明窗淨几。荊溪壺，成宣窯瓷甌，十餘種，皆精絕。燈下視茶色，與瓷甌無別，而香氣逼人。余叫絕。余問汶水，曰：「此茶何產？」汶水曰：「閬苑茶也。」余再啜之，曰：「莫給余，是閬苑製法，而味不似。」汶水匿笑曰：「客知是何產？」余再啜之，曰：「何其似羅岕甚也？」汶水吐舌曰：「奇奇！」余問：「水何水？」曰：「惠泉。」余又曰：「莫給余。惠泉走千里，水勞而圭角不動，何也？」汶水曰：「不復敢隱。其取惠泉必淘井，靜夜候新泉至，旋汲之。山石磊磊藉甕底，舟非風則勿行，故水不生磊。即尋常惠泉，猶遜一頭地，況他水也？」又吐舌曰：「奇奇！」言未畢，汶水去。少傾持一壺，滿斟余曰：「客啜此。」余曰：「香撲烈，味甚渾厚，此春茶也。向淪者，的是秋采。」汶水大笑曰：「予年七十，精賞鑒者，無客比。」遂定交。（本文有宏庸譯註本，見《茶與藝術》）

在這個茶鑒會裡，作者同時品鑒了春茶與秋茶的異同，也詮釋了茶泉的異同，其鑒技之精，真是古今獨步。

在臺灣傳統的茶宴裡，往往無法確定一種茶宴是品茗宴或茶果宴。主要的原因在於兩者差距實在太小。就算原先設計為品茗宴，只要熱心的主人或客人奉上點心，在類型上就由品茗宴轉為茶果宴了。因此臺灣傳統的茶宴，如果史料不足，實際區分是相當困難的。

貳　評茶會

較為明確的品茗宴有三種：一是由茶葉專家主辦的茶會，是評茶會，目的在品評茶湯；二是品茗專家所主辦的茗茶發表會，由於喜獲嘉茗，不肯藏私，獨樂眾樂；三是鬥茶會。

一、評茶會

這是以科學茶為基礎的鑑定茶會，把茶業評鑑的專業技巧帶入生活或教育中，是專業評茶的延伸。臺灣專業評茶歷經三個階段，第一個階段是英式評茶，可參考烏克斯的《茶葉全書》；第二階段為日本評茶，可參考《調查經濟資料報告‧茶》；第三階段民國評茶，可參閱阮逸明《茶葉品質鑑定法》。

評茶會往往見之於茶學單位的教學，最具代表的是民國七十四年八月十日，由中華民國茶藝協會舉辦的「金萱翠玉品嚐會」。事後吳振鐸發表了〈中華民國茶藝協會舉辦新品種金萱翠玉品嚐會的意義〉，蔡榮章發表了〈評鑑的或享用的：泡法不同〉，游坤敏發表了〈金萱翠玉品嚐記〉，對這次茶會從不同角度，加以詮釋。本文以游坤敏的文章為主軸，來詮釋這次的茶會。這次茶會的基本結構如下：

茗茶：一、謝松枝的七十三年翠玉冬茶，二、李石鄰七十四年二季翠玉夏茶，三、李志謨的七十三年金萱冬茶，四、陳芳烈七十三年金萱冬茶。

前三種茶樣是民間鄉松柏坑茶，後一種是鹿谷鄉鳳凰村茶，都是金萱翠玉的發源地，季節包括冬茶夏茶。製茶師得過特等、頭等，或冠軍茶。取樣具有公信力。

茶器：陸羽茶藝中心出品的紫砂壺。

茶泉：台北縣烏來山泉水。

茶術：以宜興砂壺沖泡，每壺容水量一七五cc，每壺置茶二十公克。第一種茶樣水溫為九十五度。第二種茶樣為九十二度，第三種茶樣為九十二度，第四種茶樣為九十五度。每壺沖泡四次，時間分別為六十秒、六十秒、八十秒，一百一十秒。這四次的茶湯經過充分混合後，即以小杯供茶友品嚐，每人一杯，每個茶樣換茶葉重覆一次，每人享用八杯茶。（以上游坤敏說）每種茶皆由四位泡茶師以小壺沖泡。每壺連續沖泡四次。平均倒於三個茶盅內。每位泡茶師負責供應二十三位來賓的品嚐，每種茶連續供應兩杯。（以上蔡榮章說）

茶人：主持人，吳振鐸。茶葉解說員，每種茶樣均由提供茶農負責解說該茶的特性、種植、製造等背景。泡茶解說員，陳伶俐泡茶師。泡茶人員，陸羽茶藝中心四位茶師。品嚐人員，約九十餘人，當代茶藝大家均參加。

茶所：中國國民黨的台北市黨部。

茶食：無。

茶宴：評茶品茗會。

在臺灣茶藝發展史上，這次茶會有兩種意義，一是新品種的推出，顯示民國延續日本以來的研究成果，二是嚴謹的學術研討風格

確立。

二、茗茶發表會

往往散見於各個茶館，喜獲佳茗，邀親朋好友三五人，共享茗茶，分享快樂。

三、鬥茶會

這是傳統鬥茶的延續。中國古代有鬥茶會，日本也有鬥茶會。古代的鬥茶會是以茶湯好惡為鵠的，日本茶會是以官能鑑定為標準，走的是張岱的老路子。臺灣發展這類型的茶會只有陸羽茶藝中心，由蔡榮章主持。（詳細請參閱〈鬥茶講座課程簡介〉，《茶藝月刊》第一五一期）

第三節　臺灣茶果宴

陸納的茶果宴是中國茶果宴的經典之作。《晉中興書》：「陸納為吳興太守，時衛將軍謝安常欲詣納，納兄子俶怪納無所備，不敢問之，乃私蓄十數人饌。安既至。所設為茶果而已。」這個宴會顛覆了傳統宴會的模式，以簡樸的茶果取代大餐，提昇了茶的社會功能。

壹　當代茶果宴

理論上，臺灣的茶果宴起源不會太晚。明清日治時期恐或有之，可惜沒有文字可供佐證。光復以後，在工夫茶館時期就可能出現，因為茶果的販售是工夫茶館經營項目之一。但是以文字記載而

言，陸羽茶藝中心的「第四屆泡茶師聯合茶宴」，是目前知見的較早的茶果宴。從鄧淑玲的〈泡茶師們的茶宴〉一文，可以大致掌握當時的基本架構。

> 茗茶：文山包種茶、水仙茶、白毫烏龍茶、鐵觀音、天霧茶、白毫銀針等等。

> 茶器：陸羽茶器。

> 茶泉：不詳。

> 茶術：十二位泡茶師，分三個階段，以不同的壺具，沖泡十二種來自各地的名茶。

> 茶人：陸羽泡茶師。

> 茶所：陸羽鴻儀堂。有插花、焚香、字畫等佈置，以及背景音樂。

> 茶食：有茶食供應。

> 茶宴：茶果宴。有壺具欣賞、茶藝遊戲（辨認茶乾）、名茶品鑑等內容。

同年陸羽茶藝中心還舉行了數次的茶會，例如：白毫烏龍茶發表會、月光茶宴、鐵觀音品賞會、中日韓綠茶品嚐等等。在這類茶宴裡，最有代表性的是「月光茶宴」。這個茶宴在一九八五年九月二十九日舉行。當時在理念和設計上，都可說是突破傳統的。

這種茶果會，後來續有發展，一九八六年的端陽，出現了「端陽雅集」。由中央圖書館與陸羽茶藝中心合辦的茶會，集合了茶、花、香與琴、詩、畫等六種藝術。在會中，林衡道的端陽習俗演講、李安和的關山月、春望、遊子吟等吟唱，以及何名忠的錦江春

■ 月光茶宴

　　賴芬郁的〈一個難忘的中秋茶宴〉，以及鄧淑玲的〈陸羽中心舉辦月光茶宴〉，詳細的記錄了該次茶宴：

茗茶：天廬茶，高山鐵觀音，黃金貴，正欉水仙。

茶器：全套青瓷茶具及聞香杯，紫砂提樑壺，飛天三世，
　　　陸十羅漢壺。

茶泉：不詳。

茶術：陸羽茶藝中心泡茶法。

茶人：賴芬郁主持兼解說。陳伶俐、郭淑芳負責泡茶。翁
　　　妙惠、翁梅真任助手。

茶所：林正芳佈置。焚香：鄧淑玲，焚「勝梅馨」。

茶食：白毫烏龍茶凍、玫瑰紅棗。

茶宴：七點開始、鄧淑玲焚香、七點至七點三十聯誼時
　　　間。七點三十分，開始泡茶。

　　參與這次茶會的人員約二十餘人，主辦人員費盡心力，對於茗茶的沖泡順序、茶器的搭配、茶食的安排，以及茗泉的安排，都是費盡心力。效果非常良好，可視為室內茶會的經典之作。而賴、鄧二文的介紹栩栩如生，文筆流暢，在十六年後，遙想當年茶會，還是令人口齒留香，心眩神馳。

色、西江月、寄生草。陸羽茶藝中心提供六種茶的品賞：碧螺春、清茶、凍頂茶、鐵觀音、白毫烏龍茶、水仙等。以及骨董香器配現代香道、黃永川的插花，結合了七種生活藝術。至此，茶藝已不再是一個藝術的小範圍，開始和其他藝術領域的專家配合，試圖走出一條整合藝術的新路。

貳 巨型茶果宴

以人數而論，三人以下可算「微型茶會」，張源說：「獨啜曰神，二客曰勝」；十個人以下的茶會可以算是「小型茶會」；半百以下可算是「中型茶會」；超過半百就算是「大型茶會」了。至於更大的茶會人數動輒逾百逾千，甚至成千上萬，這種茶會應該算是「巨型茶會」。

一九八五年年底，到一九八六年初，臺灣茶藝界的蔡榮章與林資堯推出巨型茶會，很快的被臺灣各界所接受，成為一種新的社交聯誼方式。

一九八五年十二月十四，天仁茗茶與臺北市政府，在來來飯店舉行了有史以來第一次的大型茶會。場地約二百坪，參加者約達三千人。這次的茶會由天仁的陳坤瑩與陸羽的蔡榮章籌備，會後留下〈市府社會局與天仁關係企業舉辦千人大茶會〉一文。

在一九八六年二月十四日，中華民國藝協會在秘書長林資堯的策劃、蔡榮章的協助下、筆者的學術支援，和中央社工會舉辦了一場大型的新春茶會，奠定了近代大型茶會的基礎。

拙著〈中央社工會春節聯誼茶會在中國茶宴發史上的重要意義〉一文，詳細記錄了當時的情況：

· 開春獻茶禮（蔡榮章提供）

■中央社工會春節聯誼茶會在中國茶宴發展史上的重要意義

　　這次茶會的主題是「新春團拜」，因此新春節慶的烘托渲染是品茗及其相關藝術的營構主旨，由於承辦單位的努力奔走策劃，協助單位的熱心竭力配合，所以不論插花、繪畫、焚香、品茗、國樂，都能呈現茶宴主題，使與會者皆能耳聞、口嚐、手撫、鼻嗅、目視，盡得五境之美。

插花：位於會場中心桌上，展出九件作品。造型統一和諧，風格融合東西。花材雖繁雜但駕馭得宜；花器雖平凡然生趣盎然。作者雖少採用中國傳統歲朝花材，但能善用時節花材；雖未採用中國傳統歲朝清供的象徵插花、諧音插花，但輔以鞭炮、滿甕、元寶以助春禧。尤其難得的是大部分作品都能適應任何角度，是「面面俱圓、八面玲瓏」的桌案佳構。

繪畫：位於左右兩壁，展出作品四十一幅，以花卉翎毛之類為主，山水次之，並無人物畫。工筆寫意兼而有之，其中歲朝清供、牡丹富貴、寅年畫虎作品，呈現新年節慶氣氛。

國樂：位於會場前端，團員數十名，以現代中國社會流行的時尚國樂器為主，演奏通俗之樂，陣容浩大，充滿了新春喜慶。

焚香：位於會場中心插花桌上，三座香爐鼎立，香煙裊裊，甚富新春雅趣。

品茗：分茶藝表演區、茗茶供應區與茶食供應區。表演區在會場左側，展出茶車六部、燈籠六樁，每部茶車由主泡操持特定茶器及茗茶，表演沖泡藝術，助泡端茶敬客。茗

茶供應區在會場左側，服務員數人，陳設大桶茶十桶，由賓客自行取飲。茶食供應區在插花桌上。古趣盎然，上書茶名的六串燈籠及茶桶上的紅色茶茗標籤，都呈現了新春喜感。

此次茶會在茶宴發展上，具有兩個重大意義：一、證明生活藝術間的相輔相成性：插花、繪畫、焚香、品茗、國樂並陳，使與會者極盡官能之美，進而陶冶心性，寓教於樂。此外攝影、書法、盆景、樹石、剪紙、版畫、琴箏等也可和品茗相配合。二、證明茶宴有助於藝術社交之推廣：社交茶宴絕不枯燥，既怡我藝又飽以德，融社交藝術於一爐，從而培養人際關係，啟發藝術尚好。

就茶文化的發展史上而言，此次茶會輔以絲竹，已較宋代「焚香、點茶、挂畫、插花」更上層樓。但若以茶宴極則觀之，則只是「茶藝與相關藝術的組合」，而非「茶藝與相觀藝術的整合」。以「茶藝與相關藝術的組合」言之，若能對插花的中國風格、繪畫的裱褙裝璜、國樂的典雅傳統、焚香的位置安排、茶食與茗茶的配合，多加注意，必能使此次茶會更趨精當。

「茶藝與相關藝術的整合」要求插花、繪畫、國樂、焚香、品茗的交互補襯，而無重複贅疣（如已見於畫者不贅於插花，兩者均無者，以國樂補足），這是今後茶宴發展的最重要課題，仰賴專家學者、從業人員、一般民眾的共同研究、努力而達成之。

這次聯誼茶會的影響，使茶藝打入社交聯誼領域，以後大型的聯誼會，或大型的學術討論會，也都依此模式推行。

參　流水茶果宴

以上所論的是「單場茶會」，單場茶會原則上除了「無我茶會」以外，大都是以茶果宴舉行，這種茶會客人就算再多，也是固定的，一兩個小時過去，自然曲終人散，不適合較長時期的演出。於是臺灣茶藝界又發展出「流水茶會」，所謂流水茶會，是指主人固定，客人不固定，來多少人，品多少茶，事前全然沒譜，因此在技巧上要克服的情況和臨時的變數比單場茶會要多得多。這類茶會辦得很多，也往往很成功，限於篇幅，本文僅收錄兩個經典之作加以詮評，一是「一九八八茶藝大觀」，代表室內流水茶會；一是一九九七年的「土城桐花茶會」，代表野外外流水茶會。

一、茶藝大觀：一九八八年，中華民國茶藝協會，以蔡榮章和張文華爲總策劃，舉辦了相當成功的一次全國性大茶會，會中並邀請日本速水流、韓國一枝庵共襄盛舉。於是由葉與貴、季野、呂家宜、方捷棟、蘇秀慧、鄭道聰、丁得富、蔡碧雰、劉漢介、速水流、一枝庵等十二個單位的茶文化團體，在一九八七年十二月十九日至二十日舉行了一次爲期兩天的觀摩茶會。會間原則上是流水活動，但也安

排日韓茶道表演。事後出版一本由季野編纂的《一九八八茶藝大觀》，這是茶學者、茶館、茶客等整合成功的佳例，爲日後類似活動立下典範，也是中華民國茶藝協會的「天鵝之歌」（SWAN SONG）。

二、土城桐花茶會：一九九七年四月，中華茶聯臺北會長呂禮臻主辦「桐花茶會」，事後潘燕九曾撰寫〈土城桐花茶會記〉：

題云：歲在丁丑四月下澣，時值春雨初足，漱石奔壑，是天籟在耳。泉鳴無弦之琴，山嵐飄緲，竹影扶疏，直美景當面。圖開不墨之畫，如雪桐花，花氣透胸。若乳佳茗，茗香撲鼻。善息寺中，墨客揮毫，點紙成文，梨皮石上，僑胞試芽，十里飄香。媽祖田邊，騷人唱和，百家齊鳴。寺前廣場，無我茶會，千壺競豔，老夫壓軸。茶道示範，武夷仙法，萬眾開眼。龍泉溪畔，人群不絕。土城春曉，綺麗若斯。人間天上，眼前便是。且看凡吾茶族，無分中外，箇箇邀親朋，攜老幼，提壺相呼，盍興來哉。刀風墨雨茶煙室主人，九絕茶仙潘燕九撰文爲記並製一印，將全文刻於石印之側，以便把玩也。

情景輝映，內容生動，當年盛況可以想見。

· 桐花茶會卷

第四節　臺灣分茶宴

「分茶宴」是指以「茶」與「餐飲」相配合的茶宴，這在中國是一種傳統，是最正式的茶宴；一次完整的宴會都得結合酒、茶和飲食。後來，由於有人不善飲酒，於是出現宴會時「以茶代酒」，三國時代吳國的韋昭就是最好的例子。到了禪宗興盛以後，不許葷酒入山林，於是出現了沒有酒的宴飲，茶與餐飲單獨結合，這類素茶食，在日本很多寺廟裡還可找得到，例如黃檗寺等。不論漢代王褒的〈僮約〉，北魏的《洛陽伽藍記》，都有這種飲茶文化。當時北方對於南人飲茶習俗並不諒解，甚至以「酪奴」、「水厄」譏之，所以「自是朝貴之會，皆設茗飲，皆恥不復食，惟江表殘民遠來降者好之」。到了宋代，出現所謂的「分茶店」，意思就是指以飯為主，以茶為輔的飲食店。

傳統飲茶有兩種：一是一次打一碗茶，就碗飲用；一是一次打一大碗茶，然後用幾個小茶碗分盛飲用，稱為「分茶」。由於飯店比較忙碌，沒有時間一碗碗的打，所以都是打好了茶，等客人來再盛出，所以也叫做「分茶店」。在近代，以上茶的時間來區分，分茶宴以四種方式進行，即：餐前茶、餐間茶、餐後茶及三者合用。

餐前茶：使用餐前茶，是一般傳統的飯館所採的宴客方式。是從傳統「客至奉茶」的禮俗演化而來的。

餐間茶：這種類型的分茶宴在桌上永遠擺著一壺茶，傳統廣式飲茶就是如此。

飯後茶：是飯後上茶，這是最傳統的分茶宴，自古至今仍然保存著，例如潮汕館子、西式餐飲、日式餐飲。

全餐茶：是以餐前茶來迎客，餐間茶來貫串全餐，以餐後茶送
客。

在臺灣傳統飲食裡，分茶宴是一種基本類型，例如《臺灣慣習
記事》第六卷上，第五號明治三十九年（1906）的〈慣習日記〉所
記載的臺灣菜餚：

半席：一、紅燒魚翅，二、洋豆山雞片，三、生炒魚片，
四、清湯全鴨，五、炒白鴿片，六、生丸蝦捲、
肖邁　三五湯（半席）

全席：一、紅燒鱉魚，二、八寶蝛盒，三、炒八寶菜，
四、清湯香螺，五、生拉全鴨，六、杏仁豆腐
蛋糕　咖啡　茶。

＊四水果、四甘果、四花碟、日本酒。

其中的全席，就收錄了茗飲、酒、茶果、餐飲等四大項目，是
相當完整、典型的分茶宴。

當代臺灣發展出來的分茶宴有三種：一是單獨以茶為料理的茶
餚，然後佐以茗茶，這種茶餚一般稱為「茶菜」，適合大型聚會，
所以不少單位都認真的推廣，對臺灣的茶藝界有很大的影響；二是
茶與其他文化結合的茶宴，例如茶與吟詩、茶與禮俗、茶與音樂等
類型；三是以茶貫串全局，詮釋茶宴主題的茶宴。

壹　茶餚

「茶餚」就是每道菜裡都有茶。使用的茶，可以是茶末，可以
是茶乾，也可以是生葉，還可以是茶湯。（說詳上章）

· 儒家茶禮
（阮逸明提供）

· 禪宗茶禮
（阮逸明提供）

· 供奉五方佛茶禮
（阮逸明提供）

貳　藝文雅集

　　一九八六年七月十九日，韋恩颱風剛過，林荊南在臺北寓所芥子樓宴請曾了翁、吳漫沙、傅秋鏞、吳統禹、曾素姿、涂國瑞等人。還有不速之客曾萬財父子以及吳紹等四人。中午設置茶宴，由潘燕九伉儷主廚，烹調茶餚九品，並由潘燕九教導林荊南調東方美人酒。會後林荊南、曾了翁、吳漫沙、傅秋鏞、吳統禹賦詩吟詠。因此芥子樓茶宴是典型的分茶宴。這次宴會有兩種意思：

一、茶菜與文人雅集相結合：品茶、吟詩、茶餚相互結合，開啓了文人雅集的分茶宴。

二、茶菜命名：對潘燕九茶餚有相當影響的，是在命名方面。林荊南把「龍井蝦仁」命名爲「雙龍玉版香」，因爲龍井、蝦仁都是龍，玉版是竹筍，香是香菇。此舉開啓了茶餚的命名。

參　結婚茶宴

　　以婚俗方式出現在臺灣茶文化史的分茶宴是「結婚茶宴」。傳統的結婚儀式裡，茶只是串場，只是配角，沒有特別重要性。（但是從一九八六年左右，以茶宴方式舉行婚禮的共有三對：一是余玉隆先生與黃素貞小姐；第二組是林清邵先生與魏淑芳小姐；第三組是鄒建中先生與石婉玲小姐。）有關結婚茶宴，蔡榮章有〈茶宴婚禮〉一文說明茶宴流程，其中的茶飯是由潘燕九主廚的，其〈茶宴菜譜〉計有：

一、觀音送子，二、雙版玉龍，三、凍頂添籌，四、春捲香旗，五、碧螺烙餅，六、紅寶魚龍，七、翡翠團圓，

八、洛神戲水九、龍芽鳳卵，十、碧海香鮮，十一、六道點心：美人凍（白毫烏龍茶凍）長生酥（北斗花生酥）歡喜團（芝麻球）、富貴糕（千層糕）雙喜糖（茶糖加參糖）、香檳烏龍（現調泡沫烏龍）

這個宴禮，試圖採用一部分象徵或諧音傳統來詮釋茶餚。菜名多為林荊南所命名。

肆、主題分茶宴

主題分茶宴是指以一個主題舉辦的茶宴，內容包括了茗茶的各種應用，茶果與茗茶，以及餐飲與茗茶的搭配，臺灣僅有「三友茶室」舉辦過這類茶會。其要求比一般茶會完備，至少要注意到：一、茶帖，二、茶牌，三、茶聯，四、茗茶，五、茶器，六、茶泉，七、茶術，八、茶所，九、茶人，十、茶食（包括茶食和茶菜）等十項。

一、茶帖：可以精心設計個人風味的茶帖，或利用坊間的邀請卡，再加以巧思變化，就成為一張不落俗套、恭謹而富有誠意的茶帖。茶帖中應詳細註明茶會宗旨，與會成員、詳細地點、正確時間以及茶會流程。

· 三友茶帖

二、**茶牌**：通常可有可無，但是最慎重的茶會，非有不可。可以書寫於色紙上，可以框裱，更可以卷裱，視情況而定，當日懸掛於茶會入口處。「三友茶室」的茶牌共有七種：春天使用「青陽茶會」茶牌，夏天使用「朱明茶會」茶牌，秋天使用「白藏茶會」茶牌，冬天使用「玄英茶會」茶牌，文化主官就職使用「玉燭茶會」茶牌，跨世紀大茶會使用「千禧三友茶會」茶牌。一般茶會使用「三友茶會」茶牌。

三、**茶聯**：這是茶會的精神指標，要和與會茶人取得共識，應該懸掛於茶室內的明顯位置，可供與會茶人欣賞、研究。「三友茶室」茶聯均為葉國良教授所作所書，計有：

青陽茶會：青瓷碗共水天色　陽羨茶同安息香

朱明茶會：日暖朱顏如飲酒　夜長明目賴烹茶

白藏茶會：楓冷露從前夜白　書香茶出故家藏

玄英茶會：寒夜玄談揮塵尾　雅齋英氣聚茶鍾

玉燭茶會：崑嶽玉含三達德　畫屏燭映六安茶

三友茶會：茶清茶香茶雋永　友直友諒友多聞

千禧三友：同三友茶會。

春天的青山綠水，結合青瓷；夏天的朱顏朗目，結合茶效；秋天的冷涼微寒，結合書香；冬天的凜冽嚴寒，結合清談；玉燭的高雅布置，富貴氣象；三友的飲德飲茶，茶香友韻，每幅對聯都對其文化特質詮釋得淋漓盡致，恰到好處，真不愧為大家。

四、**茗茶**：注意客人口味，配合茶會性質，也可以溶入鄉土色

·青陽茶會茶牌

·朱明茶會茶牌

·白藏茶會茶牌

·玄英茶會茶牌

·玉燭茶會茶牌

·三友茶會茶牌

·青陽雅集茶聯

·朱明雅集茶聯

335

彩。以經濟簡約爲原則，切勿奢華炫耀。

五、茶器：以實用精雅爲主，搭配襯托茶湯之美。

六、茶泉：以乾淨衛生爲原則，易於闡發茶性爲宜。

七、茶術：用什麼方法供應茶湯。

八、茶所：如何布置品茗空間。不管任何場所都得精心營構、妥當布置，毋須奢華鋪張。清雅儉約的環境，是最佳的品茗空間。不論小草嫩葉、枯枝朽木、雅石細沙，只要用心設計，都可營造幽景雅境。

九、茶人：客人得事先評估，不要找吳越相對之人，要找與主人及其他客人之間互動良好的客人。「三友茶室」成員爲張宏庸、許淑眞、張明瑯、張詩宇四人。至於邀請的人選，都得事先研考評量。

十、茶食：所有茶食必須先行嚐試，選用經濟衛生，品味高雅，適合茶會性質，及符合客人口味者。可以自己研製，也可以利用坊間成品，再精心設計而成，應注意茶食與容器的搭配。

十一、茶餐：最正式的茶會附有茶餐。應事先徵詢客人飲食習慣及禁忌。菜餚的內容要有季節感，符合茶會性質，用心調配烹煮，也可以用坊間半成品，自己巧心裝飾安排，呈現飲饌美感，茶餐以清淡素雅適量爲主。

十二、茶宴：以主題決定舉辦的型式。

·白藏雅集茶聯

·玄英雅集茶聯

·玉燭雅集茶聯

·三友雅集茶聯

第五節　小結

　　早期臺灣傳統茶藝文化，並不太注意品茗的空間，像板橋林家園林，把「碾茶」和「煮酒」等並列為生活藝術項目，並不多見，這時期的茶宴往往附屬於其他生活藝術中。臺灣真正茶所的興起是在光復以後，早先臺北中華商場的清茶館，算是相當平民化的茶館，直到七○年代，臺灣才興起了一些茶藝館，例如工夫茶館、中國茶館、貴陽品茶館、仙境之家、鄭員外、陸羽茶藝中心等等，開始帶動了飲茶文化，從此臺灣茶文化提昇品質，追求境界，並與相關藝術結合，開啓了臺灣的當代茶藝。但是這時的茶宴是以商業為導向的，很少是有心舉辦的正式茶宴，直到八○年代，各類型的茶宴相繼舉行，品茗宴、茶果、分茶宴，不論大型及小型都辦得有聲有色、成果斐然。到了民國九○年代，更出現長達三個半小時，而且規劃詳備的多功能茶宴，使臺灣傳統茶宴史進入一個新的領域。

第十章　結論

第十章　結論

在檢視了臺灣茶藝發展史以後，可以很清楚的發現一個狀況，那就是自從明鄭治理臺灣，歷經清朝、日本，到了民國，在這三百多年來茶文化的發展，前三百多年的進展和成就，趕不上近二十五年。因素很多，茶由外銷轉為內銷，政府適當的新茶業政策，民間和民間團體的提倡，是近代茶文化蓬勃的主因。具體而言，不外下列幾點：

壹　茗茶

在茗茶方面，先是大量外銷，其次內銷外銷參半，接著是大部分內銷，以及進口茶葉。臺灣茶人，從不吃臺灣茶，到以建立臺灣茶葉風格，以臺灣茶為榮。這條艱辛的茶路歷程，撫今追昔，真是感慨良多。

貳　茶泉

在茶泉方面，則正好相反。以盧若騰深湛的茶泉理論為基礎，照理臺灣茶泉也要發展出傲世的成果來，可惜受到環境影響，臺灣茶人對茶泉的要求寬鬆，每下愈況，泉水往往只和神話、民俗、故事、史蹟結合，成為茶餘佳談。臺灣茶人對茶泉的要求越來越低，於是臺灣茶泉研究幾乎繳了白卷。

參 茶器

在茶器方面，臺灣茶器早期是從大陸進口，景德窯、宜興窯、德化窯、石灣窯等等，都曾有大量的茶器流傳。到了日治時期，日本的陶瓷大量輸入，日本風尚的茶器廣為流行，尤其是土瓶與茶碗；同時臺灣也逐漸開始生產茶器，東陽窯成為著名品牌。臺灣茶器的蓬勃發展，要到近二十五年，林葆家在鶯歌開始燒製「老人茶器」，開創近代茶陶先河。到了功夫茶館時期，有曾逢景設計茶器，而陸羽茶藝中心的開發，曾逢景、林正芳、林瑞萱等人的精美設計，奠定臺灣茶器基礎。於是茶器製作精美，功能強大，種類齊全，質材開發之廣，更是令人咋舌。

肆 茶術

在茶術方面，清代步武中原茶藝，到了臺灣割讓以後，學者到大陸觀摩，於是清代的功夫茶就變成茶術的主流。近二十五年以來，臺灣茶術蓬勃發展，已能沖泡出最優美的茶湯，也能表現最優雅的茶藝流儀。此外，八○年代攻佔市場的泡沫紅茶，更顛覆了傳統的飲茶習慣，使飲茶史堂堂邁入調茶法時期。

伍 茶人

至於茶人方面，以籍貫而言，古代茶人有三種：一是「流寓」人士，他們只是因為需要才來臺灣，工作完了就離開，例如杜德、林鶴年，周有基；一是「僑寓」人士，來自他方，從此在臺灣定居，例如沈光文、李春生；一是「本土」人士，他們是土生土長，例如卓夢采、章甫、林占梅。近代茶人只有兩種，一種是僑寓人士，例如林馥泉、吳振鐸、潘燕九，一種是本土人士，例如李瑞

· 能隱茶苑

河、蔡榮章、阮逸明等。近代茶人沒有流寓人士，這說明臺灣茶文化的成長過程是自求多福的，而且能自我調適，自我成長。當代茶人裡，多才多藝的不在少數，真是人才濟濟，超越古人。

陸 茶所

　　茶所的規劃方面，有屬於私人茶所的廳堂、雅室、園林；屬於工作場所的會客室與工作室；屬於公共茶所的茶館；屬於戶外茶所的野外品茗。這類茶所自古以來都有相當的發展。但是到了現代，私人茶所出現專門以茶宴為主的「三友茶室」與「能隱茶苑」。在營業茶所方面，出現了茶道教室與家庭茶館，以及茶文化的大觀園——坪林茶葉博物館與天福茶博物院。這都是前所未有的。

柒　茶食

茶食的開發，在古代沒有什麼進展，也是踵事中原，茶食還是以果品、寒具、蜜糕、餅餌爲主。但是當代開發出茶糖、茶凍、果茶等特殊食品。尤其是茶餚與茶酒的發明，更改寫了中國喫茶法與飲酒。而這兩個食茶飲茶法的肇基者，竟然同是潘燕九這位老茶人。茶餚方面，臺灣走出一條茶文化的新路：茶餚、茶菜的發明，奠定了食茶法的基石。於是多元化的茶葉食品，幾乎使茶在飲食文化裡，無所不在。

捌　茶宴

至於茶宴，傳統已有品茗宴、茶果宴、分茶宴，這些方面都有相當的表現。但是傳統分茶宴往往不夠精緻，例如單位正式茶會，往往只有精緻的食物，沒有考究的茶湯。近代茶宴做得最精緻的是茶餚宴與三友茶會。茶餚宴大多採泡茶專業式、吃茶餚自助式。至於專業的三友茶會則有茶聯、茶帖、茶牌等推出，將傳統深邃的茶文化，靈活的應用在現代茶會中，於是以茶藝統御全局的茶宴正式誕生。

福爾摩沙，海外扶餘，歷經了明鄭時期、清朝、日治時代與當代的淬鍊下，一群努力耕耘的茶人們，開基拓宇，奠定了臺灣茶文化。隨先民從廈門到金門、澎湖，興起於南臺灣，開發於中臺灣，成就於桃竹苗，完成世界觀於北臺灣，然後同時走向東臺灣。不容置疑的，臺灣茶文化茁壯、成長了，往前的路向，就是立足臺灣，進軍大陸，放眼世界。

【附錄一】

天福茶博物院

壹、主題館—天福茶博物館

一樓內容：

茶史	飲茶法	茶業科技	其他
茶業大事記	民族飲茶風情	認識茶樹	無我茶會浮雕
貢茶	閩粵工夫茶	茶的栽培	
唐朝茶區分布	廣式飲茶	中國茶區分布圖	
宮廷茶具	罐罐茶（普洱烤茶）	中國茶園面積統計圖	
陸羽煮茶模型	藏族酥油茶	中國茶葉產量及出口	
唐朝茶事	基諾族涼拌茶	中國各類茶出口統計	
唐朝製餅茶模型	納西族龍虎鬥	茶葉的分類	
宋朝茶事	白族三道茶	茶葉的製造	
宋朝茶模型	擂茶	茶園景觀	
審安老人茶具模型	打油茶	紅綠烏龍茶類製造流程	
大觀茶論	南疆維吾爾族香茶	製茶機械展示圖	
文會圖	布朗族青竹茶	各種茶類展示	
宋朝鬥茶	瓦族苦茶	茶葉的評審	
文人書齋	茶葉的包裝及貯存		
宋朝貢茶			
蔡襄			
遼金元茶事			
元朝御茶園遺址			
遼墓壁畫、明朝茶事、明太祖廢團茶興葉茶			
明朝文士茶模型、清朝茶事、中國名泉			

二樓內容：

茶史	飲茶法	茶業科技	其他
歷代茶著	日本煎茶道	茶與健康	多媒體放映室
茶與詩文	日本茶道	速溶茶生產量	資料室
天仁天福簡介	韓國茶業及茶文化	茶業圖表十幅	閱覽室
天仁天福大事年表	東南亞茶業及茶文化	不同質材及不同造型的茶器	
茶與書畫	西亞非州茶業及茶文化		茶器分類表
當代茶書畫	歐美茶文化	具展示一	
	現代茶席一	茶具展示二	
	現代茶席二	茶具展示三	
	現代茶席三		
	多元化利用		
	辦公室飲茶		

　　近百項的主題裡，對中國傳統茶藝發展史的理念，表現得相當完整，尤其是邊疆民族的飲茶文化，以及國外的茶文化，足以說明主事者阮逸明的宏觀與遠瞻。這個聚集多人智慧的主館，應該是目前世界上最完整的茶文化教育寶庫，能對茶文化作深入的詮釋與解析，其成就有目共睹。

· 天福曲水茶宴

· 天福日本茶道館

· 天福武人茶苑

貳、茶道教室

　　茶道教室有三間貴賓室：鴻漸居、玉川居、振鐸居，有大型國際會議廳，以及數間茶道教室，規模宏偉，功能完全。

參、曲水茶宴

　　主要以漳浦梁山上的龍泉（原名靈泉）導入院內所堆的唐山，然後鑿溝而成。當代提倡「以茶代酒修禊」一事，始於一九八五年張宏庸〈品茶賞花關係淵源考述〉，嗣後經林資堯的提倡，蔡榮章的執行而漸俱規模，一九八九年四月八日的「太陽谷修禊茶宴」開啟了近代修禊茶宴的先河，並揭示了臺灣野外品茗活動之特質。經過十多年的經驗累積，臺灣的茶人終於開鑿出第一條曲水流觴，並由蔡榮章命名為「曲水茶宴」。

肆、福慧庵

　　福慧庵為日本茶道館。內有茶亭三間，分別為立禮席、廣間、四疊半。「福慧庵」為林資堯所命名；茶亭三間，張宏庸命名為精亭、儉亭、和亭。

· 天福武人茶碑（阮逸明提供）

伍、天福書畫館

展示當代名人書畫，附「奇石齋」，展示各類奇石。

陸、武人茶苑

此處爲戚家八十八義士墓地，因此規劃爲武人茶，園內有戚繼光石雕、八十八義士墓、漢亭、武人品茶區，及張宏庸〈天福武人茶緣起〉石刻勒文，阮逸明命名爲「武人茶宴」，與「曲水茶宴」共收文武合一之效。

柒、示範茶園

收錄臺灣閩南重要茗茶種類，一望整齊儼然，是活生生的茶葉苗圃教材。

捌、茗風石刻

約五十餘巨石，上刻有歷代重要茶人之詩文，散放院區各處，使覽者隨步入詩，轉情移境，頗有觀賞價值。

玖、天福精神堡壘

是一件近二十公尺長的巨型雕塑，原創理念由張宏庸引發，李瑞河在二十五分鐘內構思完成，再交由工藝師執行。這件藝術傑作，代表臺灣人的精神，父子的薪火相傳，代代的努力創新，在和諧的自然下，承先啓後，繼往開來，永續經營。臺灣人立足臺灣，走向大陸，放眼世界，開創臺灣人的永恆光輝。

綜上所述，天福茶博物院是茶界最好的大觀園，也是目前世界上功能最完整、格局最浩大的巨型茶博物館，這是許多臺灣茶文化專家群策群力的豐碩結果。

·天福精神堡壘

【附錄二】

千禧三友茶會

壹、千禧三友茶會緣起

　　一九九九年起，到二○○一年這三年，正逢二十世紀進入二十一世紀，每過一年，則增一分感觸。二十世紀的臺灣，在茶藝文化上創下茶業歷史奇蹟，二十一世紀又將何去何從呢？當下正是回顧上世紀，把握兩千年，展望下世紀的關鍵時刻。因此宏庸希望趁著這幾年，邀請幾位影響臺灣茶文化，甚或世界茶文化的大宗師來舉辦茶文化論壇，以策劃未來。於是仔細研究臺灣古典茶史，以及當代茶史，並聆聽多方意見，經過慎重抉擇。舉辦了「千禧三友茶會」。

　　第一年的主客是阮逸明，他是臺灣最高茶官，是臺灣茶科技泰斗，但這只是階段性現象，宏庸強調的是歷史貢獻。最高茶官隨時都有，科技泰斗也隨時不缺，所以古代的笑話裡，有個見識深遠的女子就說道：狀元

· 三友茶室題名錄

· 上圖：三友茶室橫披。　　下圖：千禧三友茶會題名錄

三年就有一個，有什麼稀奇的。（見《雪濤小史·羅念庵中狀元後》）阮逸明的貢獻主要是速溶茶的研究，帶動了近代茶葉多元化的前景，以及把民俗的多元化茶葉發展帶進了學術殿堂，同時也推進了市場。接掌天福茶博物院後，又多了一項重大貢獻。那就是茶學的整合：科學、人文、生活，以及世界宏觀的提昇。

第一年的陪客是蔡榮章，他是近代茶史上的大宗師，不論茶湯研究，泡茶技術（他的茶湯是整個茶界唯一讓筆者震撼的茶湯，而且茶湯也充分顯露出優良的個性）、茶器發展、雜誌編輯、教育推廣、茶會開新，對茶界的貢獻是無人能比的。千禧三友茶會的陪客往往比主客成就更大，邀請蔡大宗師當陪客的理由，乃出於天下第二泉「惠山泉」的文化理念。由於二人都是文人雅士，所以使用的茶法是文人茶。

第二年的主客是「仙風道骨」的潘燕九，他是位個性隨和、熱心助人、技能卓絕、精通雅藝的長者。我對他的「茶殽譜」極為看重，這是中國「飲茶文化」，轉變為「食茶文化」的關鍵，對茶文化範圍的擴大，影

響之深遠是無可比的。陪客劉漢介，在中國飲茶法：芒茶法、煮茶法、點茶法、泡茶法之外，開發出「調茶法」（指的是「泡沫紅茶」），這種茶法改變了中國茶史。有這種貢獻的上一個人是朱元璋，但朱元璋只是影響飲茶法的改變，而劉漢介則是定型飲茶法，並且完成了市場化而且推廣成功。

第三年的主客是李瑞河，他是開創臺灣與中國新格局的當代茶文化護主。他出錢出力，無怨無悔對茶文化無私的奉獻：從成長茁壯為中流砥柱的陸羽茶藝中心，以及推行茶藝不遺餘力的天仁茶藝文化基金會，到集茶文化大成的天福茶博物院。這三大貢獻使他成了道地的茶文化護主。以他當主客，蔡榮章當陪客，也最合於茶界倫理了。

· 千禧三友茶會茶牌

貳、千禧三友茶會基本結構

試以三友茶室所辦的「千禧三友茶會」為例，來說明茶宴的宗旨。

一、茶帖：千禧三友茶會的茶帖，第一年由許福全先生書。第二、三年由許淑真書。

二、茶牌：三年茶牌全由葉國良書，全名是「千禧三友茶會」。

三、茶聯：三年全用葉國良書的「茶清茶香茶雋永　友直友諒友多聞」茶聯。

四、茶葉：

　　己卯年：天霧茶（鑑賞茶、座談茶）、蘆峰茶（迎客茶、餐後茶、送客茶）

庚辰年：普洱青茶（迎客茶、餐後茶、送客茶）普洱餅茶（鑑賞茶、座談茶）。

辛巳年：包種茶（奉茶）、龍井茶（迎客茶）、鐵觀音（餐間茶）、白毫烏龍茶（餐後茶）白毫銀針（鑑賞茶）、高山烏龍（座談茶）、天霧茶（送客茶）

五、茶器

己卯年：梅花把壺（迎客茶）、雅竹把壺（餐間茶）、松鶴蓋碗（送客茶）、三友茶壺組（鑑賞茶）、肚大能容壺組（座談茶）。

庚辰年：梅花把壺（迎客茶）、雅竹把壺（餐後茶）。松鶴蓋碗（送客茶）、八方壺組（鑑賞茶、座談茶）

辛巳年：不鏽鋼茶桶、保溫茶桶、免洗杯、杯架（奉茶）

日本青花土瓶、茶碗、漆盤、漆托（迎客茶）

NORITAKE 三友茶壺組（餐間茶）

有田燒壽桃把壺組（餐後茶）

新竹高筒玻璃杯（鑑賞茶）

NORITAKE 骨瓷描金碗（座談茶）

陸羽僧帽銀壺及青瓷茶杯（送客茶）

六、茶泉：

己卯年：悅氏礦泉水

庚辰年：悅氏礦泉水

辛巳年：悅氏礦泉水

· 三友茶庭

七、茶術

已卯年：大壺泡法（迎客茶）、大壺泡法（餐間茶）、蓋碗泡
　　　　法（送客茶）、工夫茶法（鑑賞茶）、工夫茶法（座
　　　　談茶）。

庚辰年：大壺泡法（迎客茶）、大壺泡法（餐間茶）、蓋碗泡
　　　　法（送客茶）、工夫茶法（鑑賞茶）、工夫茶法（座
　　　　談茶）

辛巳年：門口（新式奉茶）、傳統土瓶（迎客茶）、提梁壺
　　　　（餐間茶）、把壺（餐後茶）玻璃杯茶（鑑賞茶）、蓋
　　　　碗茶（座談茶）、當代茶藝（送客茶）

八、茶所

已卯年：三友客廳（迎客茶）、三友飯廳（餐後茶）、漢密堂

（鑑賞茶）、三友茶室（座談茶）、三友客廳（送客茶）

庚辰年：三友客廳（迎客茶）、三友飯廳（餐後茶）、漢密堂（鑑賞茶）、漢密堂（座談茶）、三友客廳（送客茶）

辛巳年：三友茶屋前面（奉茶）、三友客廳（迎客茶）、三友飯廳（餐間茶）、三友飯廳（餐後茶）、漢密堂（鑑賞茶）、三友茶室（座談茶）、三友客廳（送客茶）

九、茶人

己卯年：主客阮逸明、陪客蔡榮章

庚辰年：主客潘燕九、陪客劉漢介

辛巳年：主客李瑞河、陪客蔡榮章

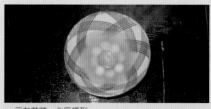
· 三友茶菜·北辰福到

· 三友茶菜·鶼鰈情深

· 三友茶湯

十、茶食

己卯年：利用象徵與諧音的命名，畫苑佈局的陳設，營構出優美的茶食文化。

庚辰年：同上

辛巳年：同上

十一、茶宴：

己卯年：文人茶宴

庚辰年：道家茶宴

辛巳年：富貴茶宴

參、三友茶會示例

現以「己卯千禧三友茶會」爲示例

一、迎客茶會：梅花茶

茗茶：天霧茶、紅梅（使用天霧茶，取貴客高雅不俗故也）

茶器：建展凸點梅花壺、建展凸點梅花杯、青花梅花茶罐、奇古堂竹製茶盤、張中琦製茶墊

泉水：悅氏礦泉水

茶術：許淑眞沖泡

茶所：三友客廳

茶食：三友羊羹（容器爲藍邊白地圓盤）

綠豆糕（茶界名祿到最高──二君皆如是，容器爲花斑木托）

二、午膳

漢密堂按：新文人茶之菜餚命名，要求貫串茶會主旨，故每道菜餚之命名，均有其文化涵義。本次以祝禱頌辭貫串之。

主廚：許淑眞

助理：張明瑯

（一）五福如意（開場白，祝福二先生語，以香菇代靈芝）

　　　材料：牛蒡絲、雞肫、豆乾、蛋餃捲、香菇

　　　容器：青瓷方盤

（二）年年有餘（開場祝福語，取魚片連連之諧音）

　　　材料：煙鯊魚

　　　容器：青花連枝花卉碟

（三）鶴舞當歸（指阮場長之功成）

　　　材料：雞、當歸及其他藥材

　　　容器：青花鶴舞碗

（四）三友長青（願三人友誼恆久）

　　　材料：花椰菜、草菇、金針菇

　　　容器：褐邊白地碗

（五）暗香浮動（現在節令，又三人日後悠游歲月）

　　　材料：小魚、稀飯

　　　容器：青花梅花碗

（六）**綠柳嬉春**（現在節令，三人最宜幽雅休閒）

    材料：紅白蘿蔔、檉柳

    容器：小鴨食盒

（七）**鶼鰈情深**（願三對夫妻永遠情深似海，故用柔情碗、接吻魚、濃湯）

    材料：雙魚、花、青菜

    容器：柔情碗

（八）**任重道遠**（指三人日後之社會文化責任，牛以力健、牛以耐勞、牛以久遠）

    材料：牛腱

    容器：黃邊白地圓盤

（九）**北辰福到**（願二兄茶界福祿均至北辰）

    材料：蕃薯芋圓、紅白湯圓

    容器：青花福碗

（十）**花開雙禧**（願二兄家庭事業如日中天）

    材料：洛神花、軟糖

    容器：薄胎白笠杯

    材料：小蕃茄、蓮子糖

    容器：小木托

三、午膳茶：竹葉茶

（一）**茗茶**：蘆峰茶（重土產也）、觀音竹葉

（二）**茶器**：大同竹葉壺、大同竹葉杯、畫竹青花茶罐、奇古堂竹茶盤

（三）**泉水**：悅氏礦泉水

（四）**茶術**：許淑眞沖泡

（五）**茶所**：三友飯廳

（六）**茶食**：前有甜食，故略。

四、漢密堂蓋碗鑑賞茶會：三友均如意茶

漢密堂按：鑑賞茶會，器求精雅，法宜隨性，鑑賞爲主，茗茶爲輔，此古之通例。不論茗茶、分茶罐、茶碗，甚至沖泡者，都由客人決定，主人先垂詢客人之意，先主客，次陪客，若均無意見，主人沖泡，惟茶碗（杯）仍自行選擇。此茶法師古之處甚多，不同於今法。共鑑賞漢密堂蓋碗七十六件（今略·容後補）。

（一）**茗茶**：天霧茶

（二）**茶器**：

束柴三友茶壺·均窯如意托（取均能如意之音）、越窯分茶罐（取超越前古之意）阮先生選用成化式青花花卉杯，足見端正嚴謹；蔡先生選用建窯式鷓鴣斑（蛋）小碗，足見精雅師古；張宏庸選用堯陽白地畫蘭杯，取心懷當代之意。（以上茶器，專爲二位宗師使用，永久典藏。）

宜興茶爐、宜興茶銚。（師古，未臻善境）

（三）**泉水**：悅氏礦泉水

（四）茶術：張宏庸沖泡

（五）茶所：雅竹齋

（六）茶食：鑑藏，故略。

五、千禧三友座談茶會：能容功夫茶（取懷古開新之意）

漢密堂按：此次座談會主題恭請蔡先生擬定，兩位先生均有高論，蔡先生所論茶室、茶人、茶學更是主軸，內容由蔡先生錄音，請蔡先生複製，贈送阮先生・張宏庸。又：座談茶會以雅談為主，以茶湯為輔。與會者要求雅量宏觀，宜先充實準備。

（一）茗茶：天霧茶

（二）茶器：宜興肚大能容壺（指三友器量，又壺大杯小利於長談）美人如玉（意）分茶罐、葉榮枝古錢茶匙。白底功夫茶杯三枚、功夫茶海、功夫茶公道杯（以上茶器，專為二位宗師使用，永久典藏。）京窯爐、京窯軟提樑壺、張中琦製茶墊

（三）泉水：悅氏礦泉水

（四）茶術：張宏庸沖泡

（五）茶所：三友茶室

（六）茶食：欸唾成珠（張明瑯製珠圓烏龍茶凍，指在座二先生言論）年年有餘（張明瑯製雙蓮雙魚烏龍茶凍，祝福二先生）

六、送客茶會：松子茶

（一）茗茶：蘆峰茶（重土產也）

（二）茶器：松鶴蓋碗、奇古堂茶盤、張中琦製茶墊

（三）泉水：悅氏礦泉水

（四）茶術：許淑眞沖泡

（五）茶所：三友客廳

（六）茶食：譽滿茶界（芋饅頭，音
　　　　　諧譽滿之茶頭）

　　　　　吉祥如意（金橘表吉、橘
　　　　　葉代如意）

　　　　　容器：長方素盤

·許深洲·新娘茶　引自《許深洲畫集》

肆、辛巳千禧三友茶會泡茶法擬案

　　辛巳千禧三友茶會是第三次的千禧三
友茶會，本次茶會的主客是李瑞河先生，
陪客是蔡榮章先生。在茶藝表演方面，由
張宏庸企劃，蔡榮章指導，張明瑯、張詩宇負責執行表演。內容展示並回
顧日治時期到民國六十五年以前的臺灣傳統茶文化，共表演六種：一、臺
灣傳統奉茶；二、臺灣土瓶茶禮；三、嶺南飯後茶；四、臺灣傳統工作
茶；五、臺灣傳統辦公茶：六、臺灣老人茶。

　　第一種是最有愛心的奉茶，主人出錢出力，把茶湯泡出以後，放在交
通要道，提供往來行人止渴，客人可能不知道主人是誰，主人更不可能知
道客人是誰，但是這些都不重要，重要的是那份愛心，那份情誼，它發揚
了「慈」的茶德。這種風氣到現在仍在流傳，有的奉茶湯，有的奉代茶
（假茶），也有的奉茶泉（例如陸羽茶藝中心）。奉茶是臺灣人的茶心。

　　第二種是最隆重的待客茶禮，我們看看陳進的膠彩畫、林玉山的繪
畫，就可以瞭解日治時代以來，臺灣人的富貴氣象是什麼。對待貴客，要

· 路邊奉茶 · 福爾摩沙素描（引自《先民的足跡─古地圖話台灣滄桑史》，南天書局）

· 〈勤〉，曾盛俊《中華民國第十二屆全國美展專輯》

用最隆重的茶禮，而高雅的日本茶器，就是富貴氣象的代表，不要認爲那是舶來品，它們已經融入臺灣傳統之中，它已不再是日本家常茶禮。穿著旗袍的高雅仕女，手中捧著放滿茶碗的漆盤，正是最佳縮影。許深洲的〈新娘茶〉，算得上是這種茶禮的經典之作。

第三種是飯後茶，自從漢代以後，喫完了盛筵，以茶調和鼎鼐（此處指胃腸）的習俗，始終是茶文化最重要的傳統。飯後茶便成飲食的基本要項，特別是飯館裡，不論東西飲食文化皆同。這是健康茶，是特別值得推廣的民俗茶，它發揮了「和」的茶德。

第四種是家常茶或工作茶。最宜於家庭裡，或是工作場所。家庭中往往放在茶桌或茶架上，一擺就是一天，渴了就喝，全無罣礙。工作場所可能擺在小桌、小椅之上，可能只有一個茶壺、一個茶碗，大家公用。如果到了田間野外，就放在田埂或空地上，曾俊明的〈勤〉是室內工作茶的典範，林玉山的〈嘉義糖廠海報〉，則是室外工作茶的經典畫作。這種民俗茶最簡最儉，但也最和最貼心。

第五種是辦公茶或休閒茶。光復初期是勤儉建軍的時期，因此在兩位蔣總統的領導下，玻璃茶杯是開會辦公的基本飲器。家常茶或工作茶的茶器是爲大家而設的，但玻璃茶杯則是專用茶器。想想看貴爲總統的蔣中正先生居家桌上，只有簡單的一只玻璃茶杯，那眞是「儉」與「謙」的組合。嚴家淦總統以後，玻璃杯漸用茶托，到了李登輝總統執政，總統府辦公室的待客茶則以青花蓋碗爲主。辦公室後來漸用陶瓷甚或保溫杯，而開會則漸由玻璃杯變爲紙杯，茶器的要求愈來愈寬鬆簡陋了。簡單易泡，不佔空間，是辦公茶的設計主旨。這種茶法也漸發展成休閒茶，可以在書房之類的空間品茗，也可以在清茶館或庭園。在旅遊時，火車上的飲茶法，就是最典型的簡易休閒茶。不過由於時空的改變，火車上不再供應茶了，

只供應開水，而且隨著火車的等級，茶杯有塑膠杯與紙杯之分。

　　第六種是老人茶。以年紀當作茶法命名，實在是一種很奇怪的現象，也是很不周全的名稱，它是從傳統工夫茶演化而來的。傳統工夫茶極盡奢華之能事，成套備辦，耗資萬千。這種改良的工夫茶則極盡平凡之能事，二、三十年前一組約只要三、五十元。它是大量製作的，所有的茶器都是相同質材，一套共有六件：一把茶壺，一個茶海，四枚茶杯。到了一九七七年左右，增加了公道杯，一套就漸漸變成七件了。寺廟前、榕樹下、家門前、稻埕上、客廳裡，它無所不在。在器物要求上，簡樸無華，所以它「儉」；在人倫追求上，人人有茶喝，所以它「慈」；在主客相待上，客客氣氣，所以它「謙」；在天人相處上，它敬神尊衹，所以它「和」。這種最有臺灣味的民俗飲茶法，是近代茶藝的源頭，它接軌了臺灣傳統茶藝與當代茶藝。

　　本次六種泡茶法的茶器，儘量減少雷同，基本上的規劃大致如下：

一、奉茶：（一）龍罐一只、鶯歌古陶茶碗二個、茶几一座；（二）茶桶一個、茶盤一個、杯璃杯五枚、水渣桶一個、茶几一座。

二、待客茶：日本土瓶茶壺一隻、日本有蓋茶碗五個、日本漆托五枚日本漆盤一枚、日製層盒一組、日本鐵水壺一隻、日本風爐一座。

三、飯後茶：（一）壽字茶壺一隻、壽字茶杯六個、壽字茶盤一個，或（二）壽桃茶壺一隻、壽桃茶杯五個、壽字茶盤一個

四、辦公茶：杯璃杯三個、杯璃杯蓋三個、杯璃杯托（或墊）三個熱水瓶一個、大水壺一把

五、工作茶：中型水壺一個（燒水器兼泡茶器）、鶯歌古瓷茶碗三個

六、老人茶：老人茶器一組、忠友茗爐一組

按：這是原來的擬案，力求以研究考證方法，回復史實，但是本次茶法是由蔡大宗師指導，爲了尊重指導人的文化理念，歷史茶法改爲兼顧實用理念的改良茶法，有心的讀者應該可以從上節得知大旨。

又，茶會執行以後，主客李瑞河認爲宜加餐前茶，以利主客交流。

一個茶宴的舉辦絕不是一兩個人所能辦到的，如果要求茶會的高精雅度，還有待專家學者的協助。辛巳千禧三友茶會的茶湯，在蔡大宗師的指正下，練習的時候大有進展，幾乎是脫胎換骨、一日千里。

相同的，「三友茶室」的顧問葉國良教授，透過三友茶聯來詮釋三友的茶會精神也是精彩絕倫的。三友茶會共有六種，春天的茶會叫做青陽雅集，是專爲一般的專家學者舉辦的；夏天的茶會叫做朱明雅集，是專爲傳統藝術宗師舉辦的；秋天的茶會叫做白藏雅集，是專爲生活藝術大師舉辦的；冬天的茶會叫做玄英雅集，是專爲工藝美術大老舉辦的。此外還有專爲藝術文化主官舉辦的玉燭茶會，以及一般茶會名爲三友茶會。最特別的是前後只辦三次的世紀茶人大會，千禧三友茶會。

至於三友茶會的青陽、朱明、白藏、玄英，是由張明瑯命名，現已廣爲茶界使用。

台灣民俗藝術③

台灣茶藝發展史

三百年來茶藝本土化的歷程

著者	張宏庸
顧問	財團法人中華民俗藝術基金會
總策畫	林明德
編輯	洪淑珍
內頁設計	劉彩鳳

發行人	陳銘民
發行所	晨星出版有限公司
	台中市 407 工業區 30 路 1 號
	TEL:(04)23595820　FAX:(04)23597123
	E-mail:service@morning-star.com.tw
	http://www.morning-star.com.tw
	郵政劃撥：22326758
	行政院新聞局局版台業字第 2500 號
法律顧問	甘龍強律師
製作	知文企業（股）公司　TEL:(04)23581803
初版	西元 2002 年 8 月 30 日

總經銷	知己實業股份有限公司
	〈台北公司〉台北市 106 羅斯福路二段 79 號 4F 之 9
	TEL:(02)23672044　FAX:(02)23635741
	〈台中公司〉台中市 407 工業區 30 路 1 號
	TEL:(04)23595819　FAX:(04)23597123

國家圖書館出版品預行編目資料

臺灣茶藝發展史／張宏庸著. － － 初版. － － 臺中
市：晨星，2002〔民 91〕
　　面；　　公分. － － （臺灣民俗藝術；3）

ISBN 957-455-245-4（平裝）
　1. 茶道－臺灣－歷史

974.8　　　　　　　　　　　　　91010240

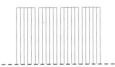

——— 請沿虛線摺下裝訂，謝謝！———

更方便的購書方式：

(1) 信用卡訂購 填妥「信用卡訂購單」，傳真或郵寄至本公司。

(2) 郵 政 劃 撥 帳戶：晨星出版有限公司　　帳號：22326758
在通信欄中填明叢書編號、書名及數量即可。

(3) 通 信 訂 購 填妥訂購人姓名、地址及購買明細資料，連同支
票或匯票寄至本社。

◉ 購買 1 本以上 9 折，5 本以上 85 折，10 本以上 8 折優
待。

◉ 訂購 3 本以下如需掛號請另付掛號費 30 元。

◉ 服務專線：(04)23595819-231　FAX：(04)23597123

◉ 網　　址：http://www.morning-star.com.tw

◆讀者回函卡◆

讀者資料：

姓名：＿＿＿＿＿＿＿＿＿ 性別：□ 男 □ 女

生日： ／ ／ 身分證字號：＿＿＿＿＿＿＿＿＿

地址：□□□＿＿＿＿＿＿＿＿＿＿＿＿＿＿＿＿＿＿＿＿＿＿

聯絡電話： （公司） （家中）

E-mail ＿＿＿＿＿＿＿＿＿＿＿＿＿＿＿＿＿＿＿＿＿

職業：□ 學生 □ 教師 □ 內勤職員 □ 家庭主婦
　　　□ SOHO 族 □ 企業主管 □ 服務業 □ 製造業
　　　□ 醫藥護理 □ 軍警 □ 資訊業 □ 銷售業務
　　　□ 其他＿＿＿＿＿＿＿＿＿＿

購買書名：台灣茶藝發展史

您從哪裡得知本書： □ 書店 □ 報紙廣告 □ 雜誌廣告 □ 親友介紹

□ 海報 □ 廣播 □ 其他：＿＿＿＿＿＿＿＿＿＿＿

您對本書評價：（請填代號 1. 非常滿意 2. 滿意 3. 尚可 4. 再改進）

封面設計＿＿＿＿＿版面編排＿＿＿＿＿內容＿＿＿＿＿文／譯筆＿＿＿＿＿

您的閱讀嗜好：

□ 哲學 □ 心理學 □ 宗教 □ 自然生態 □ 流行趨勢 □ 醫療保健
□ 財經企管 □ 史地 □ 傳記 □ 文學 □ 散文 □ 原住民
□ 小說 □ 親子叢書 □ 休閒旅遊 □ 其他＿＿＿＿＿＿＿＿＿

信用卡訂購單（要購書的讀者請填以下資料）

書　　　　名	數　量	金　額	書　　　　名	數　量	金　額

□ VISA □ JCB □萬事達卡 □運通卡 □聯合信用卡

● 卡號：＿＿＿＿＿＿＿＿＿ ●信用卡有效期限：＿＿＿年＿＿＿月

● 訂購總金額：＿＿＿＿＿＿元 ●身分證字號：＿＿＿＿＿＿＿＿＿

● 持卡人簽名：＿＿＿＿＿＿＿＿ （與信用卡簽名同）

● 訂購日期：＿＿＿年＿＿＿月＿＿＿日

填妥本單請直接郵寄回本社或傳真(04)23597123